KB262584

글쓰기의 기적

글쓰기의 기적

인쇄 · 2013년 2월 19일
발행 · 2013년 2월 28일

지은이 · 최한겸
펴낸이 · 한봉숙
펴낸곳 · 푸른사상
주간 · 맹문재 | 편집 · 김재호 | 교정 · 김소영, 김재호

등록 · 1999년 7월 8일 제2-2876호
주소 · 서울특별시 중구 충무로 29(초동) 아시아미디어타워 502호
대표전화 · 02) 2268-8706(7) | 팩시밀리 · 02) 2268-8708
이메일 · prun21c@hanmail.net / prunsasang@naver.com
홈페이지 · http://www.prun21c.com

ⓒ 최한겸, 2013

ISBN 978-89-5640-985-6 03800
값 18,000원

글쓰기의 기적

최한겸

"글을 쓴다는 것은 소중한 일이다."

글쓰기에 필요한 책을 준비하면서 가장 강조하고 싶은 말이다.

글을 어떻게 하면 잘 쓸까 하는 고민은 누구나 가지고 있고 또 많은 지침서가 나와 있다. 그런 책만으로도 도움을 받는 데 문제가 없고 새로운 글쓰기 책이 나와야 할 이유가 없을 것이다. 그럼에도 불구하고 글쓰기 책을 내는 이유는 이미 나온 책에서는 강조되지 않았던 것이기도 하고, 너무도 소중한 가치를 새겨야 할 필요가 있다는 판단에서다. 그것이 "글을 쓴다는 것은 소중한 일이라는 생각"이다.

다시 한번 강조하건대, 글을 쓴다는 것은 소중한 일이라는 생각, 그 생각이 무엇보다 중요하다. 글을 어떻게 쓰느냐, 잘 쓰느냐, 무엇을 쓰느냐 하는 구체적인 행위보다도 더 중요한 것이 글쓰는 것이 소중하다고 인식하는 것이라는 말이다.

이런 이야기를 해도 독자들은 "구체적으로 무엇이 소중하냐"고 묻고 싶을 것이다. 그것은 이제 어리석은 질문임을 알아야 한다. 글쓰기에 무슨 왕도는 없기 때문이다. 필자 또한 그 질문에 대답할 방도를 갖고 있지 않다. 그럼에도 이 책에 어떻게 하면 글쓰기를 잘 하는가 하는 식의 무슨 왕도라도 있는 양 요령들을 설명하게 되었다. 이 책에서 소개한 내용들은 글을 쓴다는 것이 소중하다고 생각하는 사람들에게는 소용에 닿는 이야기들이다.

이 책의 제목을 '글쓰기의 기적'이라고 한 것은 실제로 기적이 일어나기 때문이다. 기적이라고 하면 기적 같은 변화가 일어나는 것으로 짐작할 것이다. 그러나 이 책에서 이야기하는 기적은 글 속에서 나타난 '글의 변화'를 말하는 것이다. 다르게 표현해서 '생각의 변화'를 기적이라고 표현했다고 하면 더 정확할 것이다. 필자는 그 기적 같은 글의 변화, 생각의 변화를 보여주고 싶었다. 그렇다면 기적처럼 어떤 이유로도 설명할 수 없이 일어나는 내면의 변화를 어떻게 밖으로 드러낼 수 있다는 말인가? 고민하고 고민을 해왔다. 드러내는 방법은 완성된 글에서 발견하는 방법 밖에 없었다. 그런 방법으로 많은 사람들이 읽는 신문에 등장한 글들을 소재로 삼아 기적의 흔적들을 추적했다.

필자 또한 글을 쓰는 동안 '기적이 일어난다'는 것을 항상 경험한다. 그래서 글을 쓰는 것을 어떤 틀 속에 규정지어서는 안 된다는 것이 평소의 소신이다. 그러나 학생들을 가르치면서 글쓰기를 기적으로만 설명해서는 글쓰기 교육을 할 수 없었다. 실제로 글은 일정한 틀이 있지만, 그렇다고 틀 지어서 쓸 수 있는 것이 아니었다. 참 알 수 없는 것이었다. 길이 있다고 해도 그 길대로 글이 쓰여지지 않는데는 그 길이 무슨 소용이 있는가. 그런가 하면 정해진 길이 아니라 뜻밖의 새로운 길로 이어지는 행운에 대해서는 또 무엇으로 설명할 수 있는가.

정해진 길이 있으면서도 길이 있다고도, 없다고도 할 수 없는 것은 무엇인가. 고민스런 화두가 아닐 수 없었다. 그때 떠오른 기적 같은 생각이 바로 정해진 대로 되지 않는 것. 거기에 글쓰기의 소중한 무엇이 있을 것이라는 생각이었다. 그것은 '자유'이기도 하고 '생명'이기도 한 것이다. 글이 살아 있다는 것, 곧 생명을 가졌다는 사실이다. 글이 글쓴이가 좌지우지할 수 없는 천부의 생명력을 부여받는다는 사실. 그것을 나는 '글쓰기의 기적'이라 부르기로 했다. 막연하게 들릴지 모르지만 글에 생명이 있고 살아 있다는 사실은 진리에 속한다.

그렇다고 너무 막연하게 글을 대하는 자세 또한 옳지 못하다. 어미닭이 알을 품는 것은 기적이 아니다. 그 알이 어미닭과 교신해서 알을 깨고 나오는 것이 기적이다. 그 기적 속에는 신비도 숨어 있지만, 생명을 잉태하는 인내와, 치열한 관찰과, 때를 읽어내는 통찰과 함께 정교한 질서가 숨어 있다는 것을 잊지 말아야 한다. 그러므로 글을 쓰기 전에 세밀한 개요를 만드는 것, 명확하고 논리적인 순서를 지키는 것, 만들어진 자신의 생각들을 확인하는 것 등은 여전히 유효하다. 또 개요를 잘 짜면 교정과정에서 시간을 단축할 수 있고, 이미 정리된 생각들을 다시 정리하지 않아도 된다고 하는 글쓰기 원칙도 여전히 중요하다.

이 책은 3부로 정리했다. 서문에서 글쓰기의 소중함을 강조한 대로 1부에서는 글쓰기가 무엇인지에 대해 보다 근원적인 질문을 던지고 생각해보기 위해 세종대왕과 이집트의 타무스왕과의 가상대화를 시도했다. 시대와 문명을 관통하는 대화를 통해 퇴출의 위기마다 기적처럼 되살아나 인류문명을 꽃피운 문자문명의 운명에서 글쓰기의 '기적적 가치'를 음미해보았다.

2장 '글쓰기의 실제'에서는 기사 작성에서부터 작문과 르포형식에 이르기까지 다양한 형식의 글쓰기를 소개하고 훈련할 수 있는 팁들을 소개했다. 특히 글쓰기에서 가장 중요하고 어려운 단계가 의제 설정이라는 점에 주목했고, 일반적인 글쓰기보다는 일정한 규칙이 있고, 글감을 찾기 쉽다는 점에서 저널리즘 글쓰기를 중심으로 글쓰기 훈련을 하는 방법을 제안했다.

3부 '글쓰기 사례연구'에서는 실제 대중매체에서 접하는 칼럼 20여 편을 소재로 글 속에서 어떤 변화가 일어났는지를 분석해보고 성공적인 사례와 실패한 사례를 구분해서 정리해보았다. 칼럼분석에는 다산 정약용 선생이 제자들에게 일러준 공부법 가운데 저널리즘 글쓰기의 특징을 잘 설명한 10가지 공부법을 찾아 그 특징을 잘 살려낸 칼럼에 적용했다. 다산은 생애를 통틀어 많은 제자들을 길러내고 자료를 수집 분류하고 기록해서 18세기 당시로서는 상상할 수 없는 데이터베이스를 구축해 실학사상을 집대성해낸 미래학자였다. 다산의 공부법은 요즘의 저널리즘 글쓰기와 꼭 닮았다. 18세기는 서구에서는 르네상스의 물결이 한창이던 시절이고, 인쇄술의 발달로 지식과 정보가 넘쳐나던 때였다. 어쩌면 18세기의 상황은 오늘날 인터넷이 등장하면서 지식 정보 환경이 혁명적으로 달라진 21세기 상황과 닮아 있다고 할 수 있다. 다산은 그런 정보화 물결 속에서 지식과 정보를 잘 다루고 활용했던 인물이다. 18세기 조선의 저널리스트였던 다산의 가르침을 오늘날 명칼럼을 써서 '글쓰기의 기적'의 본보기가 되어준 10명의 문장가들의 이름 위에 새기고 축하를 드린다.

이 책에서 소개한 글쓰기의 실제와 사례연구 등은 필자가 저널리즘 과목을 강의한 결과물을 엮은 것이기도 하다. 이 책이 나올 수 있었던 것은 필자를 찾아 강의에 귀기울여준 학생들 덕분임을 알고, 필자와 호흡을 함께 한 인연으로 언론 현장으로, 또는 각계 현업으로 진출한 그들에게 감사의 마음을 전한다.

2013년 2월
최한겸

제2부 글쓰기의 실제

제1장 _ 기사 • 83

제2장 _ 작문 • 100

제3부 글쓰기 사례 연구

제1부

글쓰기란 무엇인가

세종대왕과
타무스왕의 문명 논쟁

애초에 거리의 한계를 극복할 수 있는 철도가 없었다면 내 아이는 고향을 떠나지 않았을 것이고, 나는 그의 목소리를 듣기 위해 전화를 사용하는 일도 없을 것이다. 만일 대양을 횡단하는 선박이 등장하지 않았더라면 친구는 항해에 나서지도 않았을 것이며 자연히 마음 졸이며 그의 소식을 전보로 전해들을 필요도 없을 것이다.

— 프로이트, 『문명 속의 불만』

만일 화약과 탄환이 더 일찍 발명되었더라면 아킬레스 이야기가 나올 수 있었을까. 그리고 인쇄술과 인쇄기가 존재했더라면 '일리어스'가 탄생할 수 있었을까? 인쇄술의 탄생으로 인해 노래와 이야기, 그리고 시가(詩歌)가 소멸하여 서사시의 존재조건 자체가 사라진 것은 당연한 귀결이 아니겠는가?

— 카알 마르크스, 『독일 이데올로기』

플라톤의 '파이드루스' 첫 머리에 소개된 이집트 타무스왕의 문자에 대한 생각을 토대로 꾸며본 타무스왕과 세종대왕과의 가상대화이다.

타무스왕 세종이시여, 기술의 발명자는 그 기술이 장차 이익이 될지 해가 될지를 판정하는 최선의 재판관은 될 수 없소. 지혜의 아버지인 당신은 백성들을 위한 나머지, 한글의 창제가 백성들을 무지에서 깨우고 백성들을 소통하게 하여 태평성대를 이루게 하리라 믿고 싶을 것이오. 그러나 한글은 도리어 백성들을 진정한 지혜 대신 교만한 백성으로 만들고 나아가 백성들을 서로 갈라놓는 불화의 씨앗이 될 것이오. 한글은 당신이 사랑하는 조선을 오히려 고립시키고 왕과 나라를 위한 충성심마저 황폐화시킬 것이오.

세종대왕 타무스여, 나는 기술 발명자가 아니며, 한글을 기술이라 부르지 마시오. 왕께서도 언급했듯이 한글 창제가 어떤 이익을 줄지, 손해를 줄지 판단하는 일이 백성들의 몫인 것은 옳은 것이오. 조선의 왕으로서 백성들에게 이익이 되고자 하는 것이 가장 큰 바람인 것이지만 동시에 말과 글이 다른 현재 조선의 사정은 스스로 생각이나 지혜마저 집을 짓지 못하게 하는 것이어서 안타까운 실정이오.

타무스 세종이시여, 참으로 갸륵하고 지극한 백성 사랑이오. 말과 글이 달라 백성들이 지혜의 집을 지을 수 없다면 새로운 문자 또한 지혜의 집이 될 수 없을 것이오. 자비의 왕인 세종이시여, 문자를 습득한 백성들이 기억력을 사용하지 않게 되면 제대로 된 지혜의 집을 짓는 대신에 결국 기억력을 잃게 될 것이오.

세종 타무스여, 기억력을 잃게 될지 지혜의 집을 짓게 될지는 두고 볼 일이오. 중요한 것은 새로운 문자를 만드는 것은 새로운 세계를 만드는 것이오. 조선은 새로 건국한 나라이며 조선의 질서가 절대 필요한 것이오.

타무스 세종이시여, 역시 대왕은 현명하고도 위대한 왕이시오. 조선을 사랑하는 마음은 충분히 이해하나 문자는 참으로 위험한 것이오. 새로운 세계를 만들려는 것은 백성들을 오히려 괴롭히는 것일 뿐이오. 처음에는 문자가 통치자의 생각대로 백성들을 움직일 수 있을지 모르지만 결국엔 통치자를 옭아매는 동아줄이 될 것이오.

세종 타무스여, 이미 문자는 사용하고 있는 것이오. 책이란 것도 널리 사용하고 있는 것이오. 많은 책이 다른 나라에서 건너오고 그곳은 한자라

글쓰기의 기적

는 문자로 우리는 그 나라 문자를 배워야 하는 불편이 있는 것이오. 그들의 세계는 중국이오. 그렇다고 우리가 중국의 세계는 될 수 없는 것이오. 왕이시라면 새로운 세계를 만들기 위해 가장 중요한 것이 무엇이라고 생각하시오.

타무스 세종이시여, 서양에는 구텐베르크라는 기술자이자 장사치가 인쇄기술을 발명했소. 그 또한 후손들을 위한 나머지 인쇄술이 신성로마 교황청의 위상을 높여주리라 믿은 것이오. 그러나 인쇄술은 도리어 신도들 사이를 갈라놓는 불화의 씨앗이 되었고, 그가 사랑했던 교회의 신뢰성마저 손상시키고 말았소.

세종 타무스여, 인쇄기술의 결과가 어떻게 나타나느냐 하는 것은 전적으로 기술의 몫이오. 기술은 경쟁을 일으키는 것이며 경쟁은 항상 파괴의 본능을 가지고 있는 것이오. 나는 기계나 기술을 만들려는 것이 아니오. '세상의 중심'을 말하는 저 중국(中國)을 보시오. 나라가 흥하기도 하고 망하기도 하고 나라 이름은 바뀌지만 바뀌지 않는 것들이 있지 않소. 이해하시오? 영토와 백성(민족)과 글자가 있소. 영토와 백성은 하늘이 주신 것이지만 천부(天賦)의 자산을 가꾸는 데에는 지성(至誠)이 필요한 것이오. 그것은 정신이며 표현된 것은 글자가 아니겠소.

타무스 세종이시여, 내 일찍이 토트신이 문자를 발명하였기에 탐탁찮게 생각한 일이 있소. 그런데 2천 년이 지난 오늘날 문자의 처지가 내가 말한 그대로가 되었소. 많은 학자들이 내 말이 맞다고 서로들 나를 앞세우고 있는 것이오. 대왕의 백성들에 대한 사랑이나 조선의 천년왕국을 위한 대왕의 설계를 모르는 바 아니나 그것은 참으로 근시안적이라고 생각하오. 조선의 왕이 아니라 인류 전체의 통치자로서 문명 발전의 큰 틀에서 문자창제를 생각하기 바라오.

세종 세계는 여러 국가들이 모여 만들어지는 국가공동체일 것이오. 조선이 없는 세계는 없는 법이오. 문자가 있으므로 정신이 있고, 영토나 백성이 변할 수는 있어도 정신이 변해서는 국가가 유지될 수 없는 것이오. 국가가 있어야 세계와 소통할 수 있고, 내가 있어야 세계가 있는 것이오. 내가 우주의 중심이라는 생각이 보편적인 것이오. 우리 조선에는 그런 보편성을 위해 말과 글을 하나로 통일하는 한글을 창제하는 것이오.

타무스　…잘 알겠소. 건투를….

신화 속 이야기이기는 하지만 타무스왕이 기원전 500년대의 인물이고 세종대왕이 15세기 인물이니 2,000년의 공백을 두고 하나의 주제에 대해 대화의 틀을 설정한다는 것 자체가 무리일지 모른다. 그러나 두 사람 다 통치자로서 문자를 대하는 태도가 극명하게 다르다는 점에서 세기를 초월해 논쟁을 해볼 가치가 있다고 생각했다.

타무스왕은 매우 지혜로운 인물로 평가받고 있다. 주로 과학문명과 문자문명의 대립적 관점을 극명하게 해주는 대표적인 사례로서 자주 인용되는 단골손님이다. 문자를 대뜸 기술로 취급하고 있는 타무스왕의 태도는 뜻밖이다. 근대 철학자들 대부분이 문자를 도구로 삼아 쓰다 버리는 것쯤으로 연구결과를 생산해내고 있는 단초가 되고 있기도 하다. 문자가 기술이고 도구라면 기술결정론적 관점에서 풀이할 경우 전혀 다른 결론이 나올 법한데도 문자의 경우는 이래도 퇴장, 저래도 소멸할 수밖에 없는 것으로 결론지어지는 경우가 허다하다.

흔히 문자소통의 한계를 거론하면서 영상언어를 거론하는 경우를 본다. 영상언어가 오감을 자유롭게 한다는 맥루한의 설명이 있기도 하다. 벤야민(Walter Benjanin)의 경우도 근대의 새로운 경험을 설명하는 틀을 기술에서 찾고 있다. 1928년 출판된 그의 아포리즘 선집 『일방통행로』에서는 책문화의 위기를 역설하고 있다. 그는 "모든 상황은 책이 이러한 전승된 형태로서는 종말을 맞이했음을 알려주고 있다"고 선언한다. 벤야민의 미디어 철학을 전하고 있는 프랑크 하르트만은 『미디어 철학』에서 "인쇄된 책에서 문자는 자신의 피난처를 찾았고 한동안은 독립적인 현존을 누렸다. 하지만 영화와 광고는 독해습관을 변화시키고 있으며, 문자는 이미 신문에서 수평적으로 읽힐 뿐 아니라 수직적으로도 읽힌다"고 영화와 광고가 글쓰기 평면을 바꾸고 있는 현상을 지적하고 있다. 과연 철학적 사유의 결과대로 영상언어가 문자를 대신해 인류문명의 보편성을 구현해내고 인류소통의 숙제를 해소할 수 있을지는 다른 기회로 넘겨야 할 것 같다.

여기서 문자 탄생의 비밀을 소개하는 이유는 문자의 기구한 운명을 이해할 필요가 있다고 여겨서다. 한때 TV가 등장하면서 문자의 위기, 책의 위기가 온 적이 있다. 디지털문명을 맞이하면서 또다시 문자는 절체절명의 위기를 맞았다. 그러나 여전히 문자는 건재하다. 오히려 더욱 왕성하게 디지털문명의 총아로서 문자의 존재가치를 누리고 있다.

그런데 문자를 사용해보기도 전에 단정적으로 문자의 한계를 지적하는 타무스의 지적이 왜 후세 학자들을 사로잡고 있는가. 전후 맥락상 도무지 이해할 수 없는 타무스왕의 판정에 대해 지금까지 의문을 제기한 문헌기록을 찾지 못했다. 대부분의 저술들이 아무런 의심 없이 타무스왕의 말을 문자를 폄하하는 데만 인용해온 사례만을 보았을 뿐이다. 이런 이상한 현상에서부터 문자소통이 왜곡되는 단초가 된 것으로 보인다. 문자는 이런 왜곡과 폄하의 계곡을 수없이 건너면서 오늘에 이르렀다.

그러나 우리는 여전히 21세의 오늘도 문자의 세계관 속에 살고 있다. 세종대왕과 타무스왕의 가상대화에서 보았듯이 문자가 지혜의 집이냐, 지혜의 집이 아니냐의 논쟁은 아직도 진행 중이라고 해야 할 것 같다. 그것은 문자로 이루어지는 글쓰기가 지혜의 집에 도달하기도 하고, 지혜의 집 근처에도 이르지 못하기도 하고, 아예 길을 잃고 마는 경우도 있기 때문이다. 중요한 것은 인간이면 지혜의 집에 도달하고자 하는 욕망은 막을 수 없다는 것이고 그 길은 문자의 수레바퀴를 굴리지 않고는 불가능하다는 점이다.

　이 책은 지혜의 집에 이르고자 하는 사람들, 특히 학생들에게 문자의 수레바퀴를 굴리도록 하는데 순풍이며, 뒷바람이 되기를 바라는 뜻을 담은 것이다. 오랜 글쓰기를 생업으로 살아온 사람으로서 글쓰기는 문자를 굴리는 일이라고 여기고 수레바퀴를 굴리듯이 매일 매일 글쓰기를 하고 있다. 수레바퀴를 굴리는 일은 그리 어렵지 않다. 또한 힘이 들지도 않는다. 더욱이 수레바퀴를 굴리는 것은 재미있는 일이다. 거기에는 무슨 목적이 있을 수 없다. 그냥 굴리는 것이다. 그런데 그렇게 굴리다 보면 어딘가 닿는다. 거기가 지혜의 집인지, 여전히 황야인지는 중요치 않다. 지혜의 집이면 지혜와 손잡고 다시 수레를 굴려갈 것이고, 황야에 도달했다면 황야의 바람과 벗하여 '거친 생각과 불안한 눈빛'일 수도 있고, 날것의 싱싱함으로 무장해 있을 수도 있다. 누군가 지혜의 집을 짓겠다고 고집하는 사람이 있다면 그건 어리석은 것이다. 황야의 싱싱함으로 무장하고 싶다고 그렇게 되는 것 또한 아니다. 수레바퀴의 끝에서 만나게 되는 그것은 문자의 몫이고 문자는 구속되지 않고 그 자체로 살아 있는 일종의 에너지다. 분명한 것은 내가 쓴 글이지만, 나의 것이 아니라는 점이다. 글로써 생명력을 가질 때 잘 쓴 글이다. 나를 떠나 스스로 가는 길에 새로운 사람들을 만날 것이고, 다시 새로운 생각을 만나고, 힘을 얻고 계속해서 살아 숨쉴 수 있는 것이다. 나에게서 출발하지만, 나에게서 떠나갈 때 글은 생명력을 얻는다. 그것은 나의 세상과 결별하는 것이며, 새로운 세상과의 조우이며, 그것이 다시 나와 만나 새로운 세상을 나에게 선물하는 것이다. 이것이 기적이 아니고 무엇이겠는가.

글쓰기의 기적

제2장

의제 설정이 반이다

책은 내 마음에서 생겨나는 게 아니라 뱃속 어딘가에서 떠오른다. 그것은 내가 접근하지 못한 대단히 어둡고 비밀스러운 장소에 숨겨져 있으며 내가 그저 모호한 느낌으로만 짐작하는 것, 아직 형체도 이름도 색깔도 목소리도 없는 그런 것이다.

— 작가 이사벨 아옌데

1. 글쓰기란 무엇인가

글쓰기는 모든 사유행위의 출발점이다. 글을 쓸 때 가장 중요한 건 '에너지'다. 글을 써낼 수 있고, 쓰고 싶고, 써내려가야 하는 물리적인 힘을 말하기도 하고, 글이 사람의 마음을 움직이고 세상을 움직이는 동력으로서 에너지이기도 하다.

우선 글을 써야 하므로 글을 전개시켜 나가는 데 힘이 필요하다. 글을 읽는 행위를 '독해력(力)'이라고 한다. 읽는 데도 '힘'이 필요한데 글을 쓸 땐 두말할 필요도 없다. 우리가 쉽게 글을 쓰지 못하는 건 생각하는 힘이 없어서다. 생각하는 힘이 없는 이유는 방황하기 때문이다. 왜 방황하는가. 길을 잃었기 때문이다. 누구든지 길을 잃었던 경험이 있을 것인데 그때는 다리에 힘이 풀리고 식은땀이 나다가 종국에는 지쳐서 주저앉게 된다. 이때 힘만 있다면 헤쳐나가 길을 찾을 수 있다. 방황하는 지점은 길과 멀리 떨어져 있지 않다. 방향을 잃었다고 하는 편이 더 이해하기 쉬울 것이다. 길 위에 있다면 지쳐 있어도 갈 수 있다. 이 길을 가면 목적지에 도달한다는 확신이 깔려 있기 때문이다. 그만큼 방향이 중요하고 그 방향을 유지해내는 데 힘이 필요한 것이다.

그렇다면 방향은 어떻게 찾는가. 곳곳에 산재돼 있는 표지들의 의미를 읽어내는 것이다. 곧 개념이다. 우리가 밤에 산길을 가다 길을 잃었을 때 어떻게 길을 찾는가. 아무것도 보이지 않는 칠흑 같은 밤일 때, 유일하게 하늘에 별빛이 있다. 그걸 모르는 사람에게 그 별빛은 아무런 도움이 되지 않지만 방향을 알려주는 북극성을 알고 있는 사람이라면 문제없다.

길을 잃는 것이나 방황하는 것은 개념을 정확히 모르기 때문이다. 개념을 바로 아는 것은 지칠 줄 모르는 힘을 얻는 것과 같다. 그러면 글 쓰는 자세가 달라지고 힘이 생긴다. 정신을 움직이고 우리를 붙드는 건 개념이다. 다시 길 위에 서는 것은 문제없다.

개념이 바로 서면 이어서 쓸 내용이 차례대로 줄서서 기다리고 있다. 글의 분위기를 압도할 수 있다. 처음 시작할 땐 머리가 텅 비어 있더라도, 쓰다보면 생각과 아이디어가 솟고 이야기가 확산된다. 아울러 일상생활에 감사하는 마음을 갖는다면 쓸거리가 많을 것이다. 어떤 사건이 발생했을 때 그것이 왜 나를 한달음에 글 쓰도록 만들었는가 하는 모티브를 놓치지 말아야 한다.

글쓰기에도 여러 가지가 있기 때문에 범위를 좁혀서 이야기한다면 저널리즘을 이야기해야만 한다. 저널리즘은 사유 중에서도 '의문'에서 시작된다. 기자는 끊임없이 자문하고 답을 구해야 하는 존재다. 지금은 매체가 발달함에 따라 1인 미디어 시대가 되었기에 기자가 따로 있지 않다. 블로그도 있고, 각 매체마다 시민기자 또는 블로그 기자단과 같은 독자참여형도 더러 있다. 누구든지 기자인 시대가 된 것이다. 기자라는 이름은 세상을 향해 나 자신의 목소리를 낼 수 있는 사람이라는 뜻이다. 사람이 자기 생각을 떳떳이 말하고 그것이 일부이건 전부이건 이루어지게 만드는 것은 중요한 일이고 자신의 존재이유이기도 한 것이다.

글쓰기는 대부분 어렵다고들 한다. 세상에 쉬운 일이 어디 있는가 하고 생각하면 글쓰기는 매우 쉬운 일이기도 하다. 어렵다는 것은 글을 쓰는 자체이기보다는 그 글이 어떤 작용을 하도록 만드는 그 과정이 어렵다는 것일 것이다. 감동을 준다거나, 글이 매우 설득력이 있어서 다른 사람들의 생각을 바꾸게 하는 것일 때 의미가 있고, 재미가 있고, 계속 써 나갈 수 있는 것인데, 그게 힘드니까 어려운 것이다.

2. 의제 설정의 중요성

의제 설정은 글쓰기의 시작이자 끝이다. 글의 성패를 좌우하는 것이기도 하다. 글쓰기에서 그 정도로 중요한 위치를 차지하는 것이 의제 설정 이외에 또 있지 않다. 의제 설정이란 주로 언론 영역에서 사용되는 학문적 개념이라서 글쓰기에 의제 설정을 적용하는 것이 적절한지 의문이 들 수도 있을 것이다. 그러나 글쓰기는 어찌 보면 언론활동 가운데 지극히 일부분이기도 하지만 어찌 보면 언론활동을 넘어서는 더 보편적인 사유행위의 총칭이기도 하다. 제대로 글쓰기 공부를 하려 한다면 의제 설정을 놓쳐서는 쉽게 한계에 직면할 가능성이 크다. 의제 설정은 글의 메시지를 뽑아올리는 두레박과 같다. 글의 주제메시지는 어떤 상황, 어떤 관점, 어떤 관계 속에서 보다 뚜렷해진다. 글의 토양은 따로 있지 않다. 땅 속 깊이 파고 내려간 우물이라면 당연히 깨끗한 우물물을 길어 올릴 수 있다. 사막에서라도 땅 속 깊이 파내려가면 언젠가는 물이 나오는 이치와 같다. 새로운 공간을 만들어내는 것이다.

물이라도 같은 물이 아니고 같은 물맛이 아니다. 다시 말해서 글은 메시지만이 아니라 만 가지의 맛을 가진다. 그것은 글의 주제와 주제 메시지를 뽑아올려내는 장치들을 어떻게 제시해내고 어떻게 요소요소에 배치하고 어떻게 엮어내느냐에 따라 달라진다. 맛집으로 소문나는 식당은 음식 맛이 결정한다. 그러나 음식 맛뿐만 아니라 가격요소도 있고, 심지어 그릇도 맛을 좌우한다. 재료와 재료를 엮어내고, 공간을 연출하고, 분위기가 더해지게 되면 음식 맛은 오히려 부차적인 것이 되고 다른 이야기가 곁들여지면서 훨씬 풍성한 식사시간이 될 수 있다. 의제 설정은 이와 같다. 맛집이라고 해도 밥만 먹고 나오는 집도 있다. 달리 할 얘기도 없이 단순하게 끝난다. 글쓰기로 치면 더 쓸 재료가 없으니 난감한 형국이다. 의제 설정이 잘되면 글쓰기는 매우 쉽다. 읽는 사람도 즐겁다. 모두가 행복한 일이 된다.

3. 기자란 무엇인가

기자는 값(가치)을 매기는 사람이다. 이때 가치라는 것은 사회적, 정치적 가치이다. 물건 값은 시장이 결정하는 것으로, 시장에 반영된 수요 공급 원칙이 가격 결정의 가장 결정적 요소이다. 시장 가격을 누군가가 결정하려 한다면 그건 조작이다. 마찬가지로 기자가 자신이 쓴 기사에 사회적 정치적 가치를 매긴다고 해서 곧바로 결정되는 것은 아니다. 기자가 가치를 매기더

글쓰기의 기적

라도 그것이 여론이라는 시장에서 그대로 값으로 반영될지, 어떨지는 알 수 없다. 같은 기사라고 하더라도 어떤 기사는 대단한 반향을 일으키는가 하면 어떤 내용은 아무런 반응 없이 묻히는 경우가 많다.

이때 기자의 역할은 가치에 충실해야 한다는 것이다. 개인이든 단체든, 심지어 국가의 차원이라 해도 가치가 이해관계에 따라 좌우되어서는 안 된다. 기자가 가치를 매기는 기준이 이해관계에 있지 않다는 것이다.

그렇다면 기자가 가치를 매기는 기준은 어디 있는가? 나는 그것을 보편성에서 찾는다. 이른바 보편적 가치라는 얘기다. 다시 말해서 기자는 보편성에 기초해서 사고하고 판단하고 기사를 생산해내는 것이다. 보편성이란 매우 추상적인 개념이지만 어느 사회이든지, 어느 공동체이든지 보편성에 뿌리를 두고 유지되는 것이어서 결코 막연한 개념이 아닌 매우 현실적이고 구체적인 기준인 것이다.

예컨대 개가 사람을 물었다는 사실은 뉴스가 되지 않는다. 개가 사람을 문 것이 뉴스가 되는 경우는 물린 결과가 충격적인 경우에만 해당한다. 예를 들어 개가 물어서 사람이 사망했을 경우는 '사망'이라는 것이 사고이기 때문에 당연히 뉴스가 되는 것이다. 그러나 사람이 개를 물었다고 한다면 그 결과와 관계없이 뉴스가 된다. 여기서의 보편성은 개는 사람을 물 수 있다는 것과 사람은 개를 물지 않는다는 것이다.

보편성의 기준을 설명하기에는 이 정도 사례로는 턱없이 부족하다. 보편성에 대해서는 서로의 입장에 따라, 보는 관점에 따라 전혀 다른 기준이 있을 수 있다. 세종시를 수정하느냐 그대로 두느냐 하는 문제도 마찬가지다. 국가의 행정 기능이 분할되어서는 경쟁력을 잃는다는 국가경쟁력을 바탕으로 한 주장도 보편성의 범주에 속하는 반면, 국토 균형 발전과 서울 과밀화 해소 또한 국가경쟁력의 핵심이며 이를 위해 행정기관 일부를 옮기는 행정복합도시 건설 구상 또한 보편성의 문제이다. 그렇다면 이런 경우 가치는 어떻게 매겨지는가?

기자에게 요구되는 것은 이렇듯 매우 복잡하고 다양한 가치들이 충돌하는 상황과 만나는 것이다. 특히 요즘같이 문명과 문명, 세대와 세대, 가치와 가치가 상충되는 환경 속에서 변치 않는 가치를 찾아낸다는 것은 결코 쉬운 일이 아니다. 끊임없이 세상에 관심을 가지고, 단편적인 시각이 아니라 긴 안목을 가져야 하고, 세대를 뛰어넘는 통시적 관점을 가지려는 노력이 필요하다.

여기 수록된 칼럼들 중, 잘 된 칼럼들은 이와 같은 가치기준을 어떻게 반영하고, 어떻게 제시하고 있는지를 보여주는 것들이다. 이 칼럼들을 읽는 것으로도 가치기준을 확립하는 데 큰 도움이 될 것이지만, 여기에 만족하지 않고 이들 시대를 관통하는 글들에 기반해서 자신의 관점을 확립하고 발언할 수 있는 훈련을 쌓아갈 수 있을 것이다.

그 훈련의 방법들은 다양하고 매우 과학적인 접근이 시도될 것이다. 가치는 대상이 놓인 환경(조건, 관계)에서 나온다. 어떤 조건을 어떻게 배치하느냐에 따라 가치는 달라진다. 기자는 이 조건이나 관계 등 환경을 면밀하게 관찰해야 하고 구조화해야 한다. 이 작업의 1단계는 읽는 행위에서 환경, 즉 조건과 관계를 따져서 파악될 것이고, 2단계는 쓰기를 통해서 마찬가지의 방법으로 조립될 것이다. 3단계는 이런 조건과 관계들을 어떻게 배치하느냐의 문제이다. 이 배치단계에서 가치의 대부분이 결정되기 때문에 중요한 과정이라 할 수 있다.

이런 과정을 거치게 되면 자신의 관점이 생기고, 자신의 목소리를 낼 수 있게 된다. 독자들은 당신의 주장에 주목할 것이고, 당신의 글에서 카타르시스를 느낄 것이다. 이것을 통찰력이라 한다.

글쓰기의 기적

제3장

글쓰기의 기본조건

나는 어떤 장면을 강렬한 이미지로 만들어낸다. 만일 그 장면을 절대적이고 완전한 이미지로 형상화하지 못한다면 나는 아무것도 쓰지 못할 것이다. 그렇지 않으면 내가 잘 알지 못하는 장소와 사람들, 삶에 대해 글을 쓰지 못할 거라는 뜻이다.

— 소설가 도로시 캔필드 피셔

1. 설득하는 데 큰 목소리는 필요치 않다

기자를 포함해 언론인들이 가장 많이 쓰는 말은 '이야기 된다' 또는 '이야기 안 된다'이다. 이야기가 된다는 것은 설득력을 지닌다는 뜻이다. 이전에 나왔던 얘기를 목소리만 높여서 다시 하는 것은 극도로 싫어하는 것이 언론의 기본적인 생리이다. 목소리는 높지 않더라도 주장하는 바를 뒷받침하는 풍부한 근거가 있는 글이 좋은 점수를 받는다. 내실 있고 튼실한 글이 평가를 받는 셈이다. 따라서 현실을 정확하게 반영, 실사구시적 글을 쓸 필요가 있다.

"주장은 주장일 뿐이다."라는 말은 곧 '주장≠옳음'이라는 말이다. 논술강의를 들어본 사람이라면 이 사실을 대부분 다 알지만 자기 주장에 대해서는 생각이 달라진다. 자기 주장에 대해서는 옳은 것이고 관철되어야 하는 '절대가치'를 부여하는 것이다. '주장≠옳음'이라는 등식이 성립한다면 '자기 주장≠옳음' 등식 또한 성립되어야 한다. 그러나 실제 생활에서는 '자기 주장=옳음'을 당연시하려는 경향이 흔히 있다. 특히 글을 쓸 때는 이와 같은 경향이 일종의 '소신'이라는 이름으로 강조되기도 한다. 논술 글에서는 특히 주장이 분명해야 한다고 강조하는 경우가 있다. 맞는 얘기다. 그럴 수만 있다면 얼마나 좋겠는가. 나의 주장이 옳다는 것은 희망사항인 것이지 항상 성립하는 것은 아니다. 설령 나의 주장이 옳다 하더라도 옳다고만 주장하는 것, 주장만을 내세우는 것은 금기사항이다.

글을 쓴다는 것은 자기의 주장에다 객관의 옷을 입히는 과정이다. 주장이 설득력을 얻기 위해서는 주장하는 모습을 탈피해야 가능하다. 이때 객관의 옷을 입는 가장 쉬운 방법은 자기 부정의 태도이다. 자신의 주장이 틀릴 수도 있다는 전제를 갖는 것이다. 자기를 부정하는 모습은 글쓴이가 스스로를 바라보는 관찰자인 것을 증명하는 방법이다. 누가 과연 스스로를 부정할 수 있는가. 객관적 틀을 유지하려고 애쓰고 있다는 것, 그것만으로도 충분히 객관적인 것이다.

또 다른 객관의 방법 중에서 가장 대표적인 형태는 의문을 제시하는 것이다. 스스로 질문하고 답하는 과정은 자신의 생각을 발전시키고 전달하는 가장 효과적인 방법 가운데 하나이다. 묻는다는 것은 찾는다는 것이다. 단편적인 정보라도 서로가 알고 있다면 단답형의 질문과 답만으로도 전달이 가능하다. 가까이 있는 것이라도 서로가 모른다면 나도 알고, 너도 아는 위치부터 찾아 설명해야 하기 마련이다. 내가 알고 있는 것을 너도 알 때 객관은

글쓰기의 기적

힘을 발휘한다. 그런데 흔히 상대가 무엇을 알고 있는지 모른다. 그렇다면 "너는 무엇을 알고 있느냐?" "네가 알고 있는 것은 무엇이냐?"라고 물어야 한다. 이렇게 물어보면 상대방은 나에게 똑같이 물어올 것이다. "너는 무엇을 알고 있느냐?" 그렇다. 결국 그 질문은 나에게로 돌아오게 되어 있다.

누구나 상대방에게 설명하려고 한다. 글 또한 상대방에게 메시지를 전달하는 것이라고 이해하고 있다. 그래서 많은 말을 하게 되고 많은 글들이 쏟아지고 있다. 디지털 문명은 어느 때보다 메시지 전달이 편리하고 커뮤니케이션이 자유롭고 부족함이 없다. 그런데 어찌하여 불통사회라는 말이 무성하고 소외의 문제가 심각해지는 것인가. 그것은 커뮤니케이션이 잘못되고 있다는 증거일 것이다.

커뮤니케이션에는 말하는 사람(Speaker)이 있고, 메시지(Message)가 있고, 전달수단(Channel)이 있고, 듣는 사람의 반응(Respond)이 있고, 메시지의 효과(Effect)가 있다. 이러한 5가지 단계가 커뮤니케이션의 과정이다. 하지만 흔히들 커뮤니케이션에서 메시지를 전달하는 것에 치중하거나 전달이 중요하다고 이해하고 있다. 그러나 커뮤니케이션에는 전달과 함께 반드시 반응과 효과가 있게 마련이다. 디지털 문명은 반응의 문명, 즉 타자(他者)의 문명이다. 어느 때보다 커뮤니케이션 수단은 발달되어 있고 소통은 활발하게 이뤄지고 있으며 말하는 사람은 많다. 그런데 그것이 불통이고 불화이고 불만이 가득하게 된다면 문제는 전달에 있다고 봐야 한다. 그렇다면 즉각 "뭐가 문제지?"라고 물어야 한다. 그것을 다른 누구에게 묻는 것이 아니라 메시지를 전달한 자기 자신에게 물어야 한다.

공교롭게도 사람들은 디지털 미디어들을 통해 자신의 이야기를 쏟아내고 있다. 블로그를 통해 일상과 취미 등 자신의 이야기를 담아내고 페이스북은 소소한 나의 일상을 보여주는 미디어로 자리 잡고 있다. 자신도 모르는 사이에 나를 드러낼 뿐만 아니라 타자의 삶 역시 속속들이 들여다 볼 수 있게 된 것이다. 기업들 역시 이 기회를 놓치지 않고 자신을 노출시킨다. 디지털 매체 속의 광고는 관계 맺기에 열중이고 메시지 전달은 그 다음이다. 과거 매스미디어를 통해 수용자의 의사와는 상관없이 메시지를 쏟아내던 방식은 먹혀들지 않게 되었다. 매스미디어에서도 광고 유형은 메시지가 아닌 이미지로 바뀌었다.

탈바꿈해버린 디지털 미디어 공간 속에서 여전히 자신의 메시지를 전달하려 하는 과거 원시 문명인들의 시도들 역시 끊이지 않는다. 그러나 그것은 누가 막지 않아도 거대한 대중들의 삶의 이야기들에 이내 묻히기 마련이다. 그러니 대중 속에 나를 드러내는 일이 무슨 의미가 있는가. 패러다임의 변화는 이렇게 무서운 것이다. 말하는 사람이 어떤 메시지를 전달하는 방식이 이제는 달라져야 하는 것은 분명해졌다. 그러면 메시지는 어떻게 전달해야 할까.

앞에서 디지털 문명이 타자의 문명이라고 규정한 바 있다. 이는 타자, 곧 상대방이 중심이 되는 패러다임이다. 나에게서 너에게로 중심이동이 일어난 것이다. 디지털 문명이 타자의 문명이라고 하는 것은 바로 이런 변화를 말하는 것이다. 지금까지의 커뮤니케이션이 내가 상대에게 메시지를 전하는 것이었다면 이제는 상대가 나에게 메시지를 전할 수 있게 해야 한다. 그것은 상대에게 먼저 묻는 것이고, 형식과 내용이 달라졌을 뿐 그것 역시 메시지를 전하는 것이다.

그 형식은 질문이고, 내용은 '내가 모른다'는 것이 될 것이다. 내가 찾고 있는 것, 나의 위치를 드러내는 것이 곧 나를 드러내는 것이다.

디지털 미디어를 통해 자신의 삶을 속속들이 드러내듯이 메시지 전달방식도 나를 드러내는 것에서부터 시작한다. 중요한 것은 이제부터다. 예컨대 블로그나 페이스북을 통해 드러내는 자신의 삶은 대부분 자신의 자랑거리들이다. 자신의 못난 구석, 자신의 고통, 자신의 어려움에 대해서는 말하려 하지 않는다. 어쩌면 그것들은 누가 대신해줄 것이 아니기에 아예 드러내지 않는 것인지도 모른다. 그것은 어디까지나 자신의 몫이지만 절실한 사람은 해결책을 제시해줄 누군가를 찾고, 무엇이든 묻게 되어 있다. 그러나 지금은 정보가 너무 흔해 빠져서 문제다. 그 흔한 정보, 그 흔한 인생길의 물음에 대한 대답들도 자신에게는 도움이 되지 않는다. 찾으려는 노력이 없어서 보이지 않을 뿐이다. 찾는 노력은 '내가 모른다'는 생각으로 질문을 던져보는 것이다.

나 또한 지금까지 주장만 하려고 했다. 주장할 때 범하는 가장 큰 오류는 무엇은 옳고 무엇은 그르다고 하는 어떤 확신이다. 누구나 자신의 기준에서 옳고 그름은 이미 정해 놓고 있다. 내가 맞다고 생각했으니 물을 이유가 없었다. 기자생활을 하면서 많은 질문을 했던 것은 무엇보다도 소중한 자산이 되어 있다. 그래서 글을 쓰는 데도 기자생활의 경험을 담아 글쓰기에 적용해보았다. 그랬더니 놀라운 일들이 일어났고, 성과가 나타났다.

나는 수업시간에, 어떤 과목이 되었든지, 자기소개서를 써오라고 한다. 그러면 학생들은 저마다 취업용 자기소개서를 써온다. 요즘 대학생들에게 가장 쉽고도 어려운 것이 자기소개서가 되어있다. 자기소개서는 매우 형식적이다. 나의 부모님은 어떤 분이고 나는 어떤 성격이며, 어떤 꿈을 가졌고 어떤 일들을 해왔고 그래서 최선을 다해 열심히 하겠다는 식이다. 나는 누구든지 자기 고민이 있을 것 아니냐, 자기의 고민을 담아보라고 주문한다. 그러면 학생들은 당장 자기소개서를 써야 하는데 거기다 나의 고민을 담아도 되느냐고 질문한다. 나는 그래도 된다고 대답한다. 채용담당자가 어떤 형식을 원하는지 모르지만, 적어도 자기소개서에 진솔한 자기 고민이 담겨 있다면 그것만으로 어떤 직무에서든 책임을 다할 진지한 자세를 갖추었다고 생각된다. 자기 고민을 털어놓고, 자기를 돌아볼 줄 아는 자세라면 회사에서 다른 누구와도 소통할 수 있고, 자신을 내려놓고 물을 줄 알고, 타자를 중심에 놓을 줄 알 것이다.

글은 살아 있는 생명체다. 글은 그 자체로 에너지를 갖고 있고, 살아 움직이며, 일(역할)을 수행한다. 그러므로 독립적이다. 글은 그래서 자유다. 자유를 먹고 산다. 글에는 자기의 이야기가 담기기 마련이지만 일단 탈고한 이후에는 자신이 좌지우지할 수 있는 것이 아니다. 글에 담긴 자신이 어떻게 타인에게 투영될 것인지가 걱정되기 때문에 솔직해지기 어려운 것이다. 솔직한 자기 모습이 가장 좋다. 다른 사람들이 가장 보고 싶어 하는 것이기도 하고 자신을 드러내는 사람에게 아낌없는 박수를 보내게 된다. 자기를 드러내는 것은 말이 쉽지 자기를 제대로 드러내기란 어려운 일이다.

글은 메시지이기 이전에 자기 고백의 공간이며 자기 자신과의 대화록이다. 자기 관찰의 창이며, 자성의 기록이다. 사회적 의제를 다룬 글이라고 해도 출발점은 자기로부터다. 분명 자기 고백의 행위가 자기가 아닌 타자에게로 다가가는 시간이다. 자기로부터 떠나는 여정인 것이다. 오로지 떠나야 한다. 오로지 타서 재가 되어야 한다. 글은 자기를 변화시키는 가장 훌륭한 수단이다. 스스로 타지 않으면, 자기로부터 떠나지 못하면, 자유로울 수 없다. 자기로부터 자유롭지 못하면 변화하지 못하는 것이다. 거기에는 구속만이 기다릴 뿐이다. 스스로 타서 재가 되어야 한다. 그것이 승화이다. 짧은 글이나 논술에서 무슨 승화를 요구하느냐고 할지 모른다. 그러나 글은 그 변화가 바탕에 깔려있어야 새로운 생명력을 가지는 것이다.

2. 주장의 요령

　어떤 가치이든 영원한 것은 없다. 당장 잘잘못을 가릴 것을 요구하고 옳고 그름에 따라 어떤 결정을 내릴 것을 요구하는 것이 현실이다. 어느 누구도 그 현실에서 자유로울 수 없는 것 또한 사실이다. 그래서 글을 쓴다는 것은 어려운 일이고 가치를 부여하는 것은 중요한 일이다. 옳고 그름은 시간이 지나면 가려지기도 하고 달라지기도 한다. 사회에는 항상 정/반이 존재한다. 정은 옳은 것이고, 반은 틀린 것이 아니며, 어떤 것이 항상 옳고 어떤 것이 항상 나쁜 것은 아니다. 두 가치는 항상 충돌하기 마련이고 충돌 속에서 합이 나온다.

　공지영의 소설『우리들의 행복한 시간』을 읽어보았을 것이다. 나는 이 소설을 내가 가르치는 학부 학생들에게 독후감을 써오게 한 일이 있다. 대부분의 여학생들은 이 소설을 읽으면서 펑펑 울었다고 한다. 도서관에서 책을 읽다가 도저히 참지 못하고 소리 내서 엉엉 우는 바람에 주변 학생들이 모여들기도 했다는 소설. 공통적으로 느끼는 바는 아마도 사랑이라는 것, 사형에 대한 것일 것이다.

　많은 학생들이 사형제도에 대해 다시금 생각했다고 한다. 평소 살인을 한 범죄자라면 마땅히 사형에 처해야 한다는 생각을 가졌던 학생들도 이 책을 읽은 후에는 사형제도를 반대하게 되었다고 했다. 한 사람이 자신의 생각이나 가치관을 바꾼다는 것은 쉬운 일이 아니다. 이 책은 그 정도로 사형의 문제, 인간이 존엄한 이유에 대해 설득력을 가졌다고 할 수 있다.

　그렇다면 이 책이 주장하는 바, 사형제도에 반대하는 주장이 설득력을 가지는 이유는 무엇인가. 살인을 한 흉악한 범죄자도 인간이라고 주장하는 것이 과연 설득력을 가질 수 있을까. 이유 없이 한 대를 맞아도 참을 수 없는 것이 보통 사람의 감정이고 그에 마땅한 벌을 주는 것이 사회의 상식이다. 하물며 이유 없이 누군가에게 죽음을 당해야 했던 사람의 경우에야 더 말해 무엇하겠는가. 그의 사랑하는 가족과 그로 인해 생기는 인성파괴, 가정파괴와 같은 제2, 제3의 불행은 어떻게 보상될 수 있는 것인가.

그러나 이 소설에서는 사형제도에 대한 반대를 주장해도 하등 거부감이 없다. 왜일까? 객관적 틀을 확보하고 있기 때문이다. 살인자는 감옥에 있고 사형수로서 고통 받고 있는 상황이다. 이대로만 두면 사형수에게 동정을 보낼 사람은 없다. 그러나 작가는 주인공 유정을 등장시켰다. 그녀 또한 상처가 있고 그 상처로 자살을 3번이나 기도하며 고통 속에서 살아가는 피해자이다. 나쁜 짓을 한 사람과 누군가에게 피해를 본 사람을 나란히 등장시키고 있다. 두 사람은 직접적으로 연결되어 있지는 않다. 두 사람을 연결시키는 장치로 수녀가 등장한다. 작가는 고통을 통해서 새로운 만남을 만들고 새로운 장치를 작동하게 하고 이 장치 위에서 새로운 가치를 만들어낸다.

2009년 초반 우리 사회를 뜨겁게 달구었던 문제가 종부세 논란이었다. 종부세가 헌법재판소에서 위헌결정이 내려지면서 입법취지를 어떻게든 살려야 한다는 주장과 부유세의 일종이므로 자유시장 경제체제에서는 용인될 수 없다는 가치 논란이 거세게 일었다. 이 문제 또한 가치를 어디에 두느냐에 따라 전혀 견해를 달리할 수 있다. 어떤 경우에라도 반대의 가치는 살아 있어야 한다는 관점에서 자신의 논지를 주목할 필요가 있다.

2012년은 대통령 선거로 뜨거웠던 한 해였다. 그 결과는 두 후보의 득표율이 51.6%와 48%로 박빙이었고, 세대 간 대결양상이 뚜렷했던 것으로 나타났다. 선거가 끝난 뒤 포털사이트 등에서는 젊은 세대들을 중심으로 장년 노년 세대들을 향한 노골적인 불만의 목소리들이 터져 나오기 시작했다. 신문과 방송들은 앞다퉈 이번 선거 결과와 세대 간 갈등 양상을 다루기 시작했다.

젊은 세대들은 이런 세대투표가 계속되면 앞으로 젊은 세대가 희망하는 대통령이 탄생하기는 어렵게 됐다며 절망감을 표시하기도 했다. 모두가 자기 입장에서 이해관계를 따져 발언을 하고 동지의식을 드러내며 공감했다.

이번 선거의 투표율은 75.8%로 집계돼 기록적인 투표율을 보였다. 특히 50대가 89.9%의 투표율을 보이면서 세대별 투표율이 운명을 갈랐다는 말이 나올 정도였다. 그런데 이 투표 결과가 엉뚱하게도 세대 간 갈등이라는 사회적 숙제를 낳은 것이다. 참으로 황당한 일이지만 그것이 실제 현실로 나타나고 있는 데는 할 말이 없다. 투표율이 70%를 넘으면 어느 후보에게 유리하다는 말이 공공연히 나올 정도로 투표율이 당락을 좌우하리라는 것은 예상된 일이다. 그 때문에 각 진영마다 투표를 독려하는 선거 캠페인을 벌였더니 실제로 투표율이 기록적으로 오른 것이다. 뚜껑을 열어보니 기대했던 젊은 세대보다도 50, 60대들의 똘똘 뭉쳐 투표장으로 달려갔던 것이다. 이 현상을 어떻게 설명해야 할 것인가. 그렇다고 다음 선거에서는 투표하지 말라고 할 수도 없다. 그렇다면 세대 간 갈등은 어떻게 해소할 수 있을까? 내가 20대이므로 20대의 편에 서서 갈등을 증폭시키는 역할을 해도 좋다. 억울한 측면을 찾아내고 그것을 의제로 삼을 줄 안다면 좋은 경험이 될 수 있다. 어느 쪽이든 이런 의문을 가져보는 것이 필요하다.

3. 보편성의 문제

글은 보편성을 지향해야 한다. 보편성을 담은 글은 차원이 다르다. 글은 앞서 객관성을 유지해야 한다고 한 바 있다. 또 자신을 관찰하는 관찰자의 위치에 서야 한다고 강조했다. 이런 주문들은 보편성에 뿌리를 두고 있다.

교과서 개정 논란은 보편성의 범주에서 살펴볼 필요가 있다. 교과서 개정의 문제는 역사성에 대한 시각차가 발단이다. 역사를 둘러싸고 서로 다른 주장이나 생각을 가질 수는 있다. 역사관을 달리하는 것은 자유이기 때문이다. 그러나 문제는 주장의 타당성에 있다. 개정을 찬성하는 쪽이든, 반대하는 쪽이든 보편적 가치관에 기초하고 있다는 점에서는 다를 바 없다. 문제는 보편성을 어떤 장치로 설명해내느냐 하는 데 있다.

국가적, 또는 민족적 의제의 경우, 보편성의 문제는 공간적, 시간적 제약을 받게 마련이다. 예컨대 교과서 개정의 문제는 통시적으로 보느냐 공시적으로 보느냐에 따라 전혀 다른 주장이 나올 수 있다. 개정을 반대하는 쪽에서는 정부의 교과서 개정 권한을 문제 삼는다. 역사는 한 정권의 소유물일 수 없다는 것이다. 이 주장은 역사의 연속성을 이야기한다는 점에서 보편성에 문제가 없다. 그러나 공간적 관점에서 정부가 놓여 있는 정치적 공간과 역사교과서의 이념적 지평이 다르다면 개정을 요구할 수 있다고 보아야 할 것이다.

그러나 개정을 반대하는 쪽은 아예 정부의 교과서 개정 시도 자체를 불법시한다. 5년 밖에 안 되는 정부가 긴 역사의 통시성을 무시하고 역사해석을 좌지우지해서는 안 된다는 것이다. 이때 내세울 수 있는 반론이 있다. 헌법에 명시된 국가의 정체성이다. 정부는 국민들이 국가의 정체성에 혼란이 없도록 교육할 의무를 지도록 되어 있다. 이를 근거로 청소년들의 국가정체성을 훼손할 우려가 있다고 판단되는 경우, 정부가 교과서를 개정하는 것이 하등 이상할 것이 없는 것이다. 교과서 개정이슈에서 보편성은 '역사성'이라는 가치와 '국가정체성'이라는 가치의 충돌이다.

여러 가지 교과서 개정 이슈를 다룬 칼럼들이 많으나 범주는 거의 두 진영으로 극명하게 갈린다. 어느 편이 옳은 것인지 쉽게 분간이 되지 않을 정도로 치열한 공방을 벌이고 있다. 보편성의 문제로 보면 역사성을 내세우는 쪽이 우세할 듯하지만 의외로 고전을 하고 있는 모습을 볼 수 있다. 왜냐하면 통시성만 강조하다 보니 다른 한편의 공시적 가치를 무시하는 결과를 낳았기 때문이다. 헌법에 명시된 국가의 보편적 가치를 존중하지 않고서는 역사성 또한 존중받기 힘든 것이다.

어느 일방의 가치에 매몰되지 말아야 한다. 2009년 9월 20일 전후, 미국발 세계경제 위기가 최고조에 이르렀을 시점에는 우리나라 언론에도 자본주의의 폐해를 지적하는 칼럼들이 주를 이뤘다. 그러나 같은 달 24일자 중앙일보 김종수 논설위원을 필두로 자본주의의 폐해에 대한 반론이 제기되면서 바로 다음날인 25일 동아일보 김순덕 논설위원 등이 잇따라 세계경제 위기의 원인을 자본주의 종언으로 연결시키는 주장을 경계하는 목소리를 내면서 일정한 균형을 유지하는 모습을 보였다.

4. 구조를 세우고 그림을 그리듯

글쓰기는 붓 가는 대로 쓰는 것이 아니다. 흔히 학교 국어시간에 배우는 여러 종류의 글쓰기 중에 수필은 붓 가는 대로 쓴다고 되어 있다. 하지만 수필 또한 붓 가는 대로 쓰면 망한다. 건축을 할 때 설계도가 필요한 것처럼 어떤 글이든 설계가 필요하다. 글을 제대로 배우기 위해서라도 신문 글쓰기, 즉 저널리즘 글쓰기를 바탕으로 하는 것이 도움이 될 것이다. 그것이 매우 형식적인 서론, 본론, 결론이라도 좋다. 그림을 그릴 때 구조를 먼저 잡듯이 서론, 본론, 결론을 노트에 적는다. 서론에는 내가 하고 싶은 말을 적는다. 본론에도 첫 줄에 내가 하고 싶은 말을 적는다. 결론에도 내가 하고 싶은 말을 적는다. 그렇게만 적어도 훌륭한 글이 된다. 그 다음은 자기가 하고 싶은 말에 대해 왜 이런 말을 하고 싶었는지 처음 생각이 들게 된 상황을 붙이면 될 것이고, 그 다음은 그 생각대로 되지 않는 것을 적으면 될 것이고, 그 다음은 되지 않는 요인을 찾아 적으면 될 것이다. 갈등이 있었다면 다음에는 어떻게 해야겠다는 생각을 적는다든지, 아니면 해결이 되었다든지, 다른 방법을 찾는다든지 하는 결말을 덧붙여 이어 나가면 될 것이다.

5. 글의 재료로 신문을 활용하라

글쓰기에서 항상 하게 되는 고민은 '무엇을 쓸까' 하는 것이다. 신문에서 끊임없이 뉴스를 쏟아내는 모습을 보면서 어째서 그게 가능할까 하고 궁금해한 적이 있다. 발생하는 사건들이야 뉴스가 되지만 사건이라고 모두 뉴스로 취급하는 것도 아니다. 또 뉴스가 될 만한 굵직굵직한 사건이 매일매일 있는 것도 아니다. 기자들도 일반 사람들과 똑같이 뭘 쓸까를 고민하고 그 고민은 뉴스를 만들어 내는 것이다. 신문에는 그런 흔적들을 발견해낼 수 있다.

그러나 당장에는 그 깊이까지 보아내기는 어려울 것이다. 항상 관심을 놓지 말아야 할 것은 시사와 관련한 주요 흐름과 사회적 논란, 주요 사건들이다. 그냥 보아 넘겨서는 자산이 되지 않는다. 사회적 의제 등에 대해 항상 자신의 생각을 요약하고 정리해 나가야 한다. 신문에서 인간과 세상에 대한 끊임없는 관심과 개입 의지를 키워야 한다.

6. 문장은 될 수 있는 대로 짧게

짧아야 좋은 글이다. 특히 시험에서 평가받는 글이라면 짧은 문장을 구사하는 것을 심사위원들이 높이 평가한다. 복문이나 중문은 문장에 정말 자신

있는 경우가 아니라면 쓰지 않는 게 좋다. 하나의 주어에 하나의 동사로 된 단문 위주의 글쓰기가 좋다. 실제로 읽어보면 경쾌하고 명확해 읽는 사람이 짧은 호흡으로 글을 대할 수 있어 상쾌한 느낌을 준다. 주어가 긴 형식은 번역에서 많이 발견되는데 좋지 않다.

7. 새로운 관점과 신선한 시각

글쓰기에서 가장 중요하게 생각하는 가치 가운데 하나가 변화와 새로움이다. 글쓰기에서 저널리즘, 즉 논술이나 의제 설정을 도입하는 이유도 뉴스 자체가 새로운 이야기를 다루는 것이고 새로운 이야기는 그저 주어지는 것이 아니라 새로운 관점과 새로운 시각을 필요로 하기 때문이다. 기존에 나온 것을 잘 정리하는 것도 필요하지만 그것을 뛰어넘는 것은 남들이 보지 못한 새로운 시각과 문제 제기 방식이다. "태양 아래 새로운 것은 없다"는 말이 있다. 그 말을 액면 그대로 이해하면 이 세상에는 하나님이 이미 모든 것을 창조했고, 더 이상 새로운 것은 없다는 뜻일 것이다. 매우 절망적인 세상이 아닐 수 없다. 새 것이 없다면 무슨 재미로 사나. 달리 생각해보면 이미 새 것이 없으니 내가 만드는 것이 새 것이니라 하는 이야기와도 같다. 한 연주가가 차이코프스키의 〈백조의 호수〉를 연주하고 있다고 하면 그의 연주는 새로운 것인가, 전혀 새롭지 않은 것인가.

지난 2012년 말 개봉된 뮤지컬 영화 〈레미제라블(Les Miserable)〉의 흥행 성적이 놀랍다. 600만 관객을 불러 모았다고 하고, 총 5권으로 이루어진 빅토르 위고의 한글 번역본 도서도 16만 부가 넘게 팔렸다는 소식이다. 나는 『레미제라블』이 프랑스 혁명을 배경으로 한다는 것도 이번에 영화를 보고서야 알았다. 프랑스 대혁명에 대해서는 '프랑스 혁명사'를 읽었던 기억이 있다.

어린 시절 읽었던 세계명작 '장발장'은 빵 한 쪽을 훔쳐 19년 동안 감옥살이를 하는 내용의 매우 짧은 단편소설이었다. 그 원작이 수천 페이지짜리 역사 장편소설이었다고 하니 대단히 무식한 사람으로 살아왔던 셈이다. 그런데 당연히 부끄러워야 할 텐데 부끄럽지 않았다. 『레미제라블』이 혁명사를 다룬 소설이었다면 혁명 이야기에 목말랐던 대학생 시절 그냥 지나쳤을 리가 없다. 이제야 알게 된 것이지만 1990년대까지 『레미제라블』은 우리 사회에 제대로 소개된 적이 없는 책이었다고 한다.

아마 책이 있었더라도 장발장은 소설이었으므로 관심을 갖지 않았을지도 모른다. 내가 기어코 '프랑스 혁명사'를 찾아 읽었던 것은 19세기의 사회적 혼란상 속에서 살아가는 '비참한 사람들'에 대한 이야기보다는 혁명 그 자체에 주목하고 있었던 것인지도 모른다.

혁명가들이 〈Do you hear the people sing?〉을 부르는 웅장한 바리케이드 장면은 한국 역사 속에서도 재현됐던 것이다. 그렇다면 전혀 새로울 것 없는 혁명가와 혁명의 이야기들은 왜 반복해서 등장하는 것이며 왜 사람들은 전혀 새로울 것 없는 혁명의 이야기를 들으러 다시 몰려드는 것인가. "태양 아래 새로운 것은 없다"는 말 한 마디에도 이렇듯 새로운 것에 대한 메시지를 읽어낼 수 있다. 이것이 글쓰기이고, 한 가지 다른 점이 있다면 이것은 창작이라는 점이다.

제4장

어떻게 하면
글을 잘 쓰는가

과학자, 화가, 시인들은 모두 복잡한 체계에서 '하나만 제외하고' 모든 변수를 제거함으로써 핵심적 의미를 발견하려고 애쓴다. 현실이란 모든 추상의 종합이며, 이 가능성을 알아냄으로써 우리는 현실을 보다 잘 이해할 수 있다. 즉, 진정한 의미에서 추상화란 현실에서 출발하되, 불필요한 부분을 도려내가면서 사물의 놀라운 본질을 드러나게 하는 과정이라 할 수 있다. 그러므로 우리가 궁극적으로 할 수 있는 일은 추상화 자체의 본질을 찾아내는 것이다.
— 로버트 루트번스타인 · 미셸 루트번스타인, 『생각의 탄생』, 111쪽

좋은 생각은 그 자체가 지속적으로 질문을 한다.

— 소크라테스

"어떻게 하면 글을 잘 씁니까?" 필자가 많이 받는 질문이다. 강의를 할 때도 왜 이 수업을 듣고자 하느냐고 물으면 교수님께 어떻게 하면 글을 잘 쓰는지 배우고 싶어서라고 얘기한다.

어떻게 하면 글을 잘 쓰는가 하는 것은 여전히 나에게도 숙제이기는 마찬가지다. 그렇다고 숙제를 해결하겠다고 평생 끙끙대고 살아갈 수는 없는 일

아닌가. 기자 시절 참 많은 글을 썼다. 신문에 쓰는 글도 모자라서 당시로서는 선구자격으로 인터넷을 공부해서 1996년 한국에 인터넷이 상륙하자마자 개인 홈페이지를 만들어 정치부 기자의 취재 뒷이야기를 쓰기도 했다. 그 과정에서 필자는 글을 잘 쓰겠다는 생각을 하지 않게 되었다. 그 길로 글쓰기는 편안해졌으나 글 쓰는 일이 숙제인 운명에서 벗어나지는 못하고 있다. 그러니 그 글이 얼마나 잘 쓴 글인지, 글의 완성도가 어떤지는 따져 물을 필요도 없어진 것이다. 경험을 하고 나면 글이 있고, 경험이 없으면 글은 여전히 쓸 수 없는 것, 그래서 글은 먹은 게 있으면 똥을 누듯이, 그 똥이 건강한 똥이기 위해서는 먹는 단계에서 신경을 써야 하듯이, 함부로 먹었다가는 에너지가 되지 못하고 똥이 될 수 없는 이치와 똑같다는 것을 알고부터는 밥을 챙겨먹듯이 글 재료를 챙기는 일이 더 중요해졌다.

대부분의 학생들은 대부분 글쓰기에 두려움을 느낀다. 때때로, 과제를 내면 어떤 학생들은 무엇을 써야할까를 고민하느라 밤을 지새웠다고 고통을 호소하기도 한다. 주제를 뚫어지게 바라보기도 하고 반복해서 읽기도 해보지만 한발도 앞으로 나아갈 수 없었다는 것이다.

이런 학생들의 고충을 들어보니 글쓰기의 벽을 허물어 버릴 수 있는 몇 가지 수단을 마련해야겠다는 생각이 들었다. 글 쓰는 요령에 대한 책을 쓰려면 일찍 책을 냈겠지만 글쓰기라는 것이 이론서가 존재할 수 없는 것이라는 생각 때문에 내지 않았다. 실제로 글쓰기는 이렇게 해야 한다는 많은 주문들이 있기는 하지만 그것이 더욱 글쓰기를 어렵게 하는 것이 아닌가 하는 생각도 있었다.

학생들을 지도하면서 교재의 필요성을 느끼게 되었고 교재를 생각하다가 일반 독자들도 읽을 수 있게 글쓰기의 바탕이라고 할 수 있는 저널리즘에 뿌리를 두고 사례를 중심으로 책으로 묶어보기로 했다. 글 그 자체가 아니라 생각을 일으키는 단계가 중요하다는 생각에서 글쓰기에서 저널리즘을 강조하는 것이다. 시나 소설, 수필과 같은 작품으로서 글쓰기는 쉽게 벽을 느끼고 절망하는 경우가 많다. 필자 또한 그 문을 열고 들어가는 방법을 찾는 힘겨운 경험을 했던 기억이 난다. 하지만 저널리즘 글쓰기는 일정한 틀을 가지고 있고 일련의 글쓰기 과정을 포함하고 있다. 이와 같은 일정한 룰만 지킨다면 첫 과정에서 느끼는 두려움을 떨치고 나아가는 데 도움이 된다.

가장 어려움을 토로하는 순간이 글을 시작하는 첫 단계이다. 대부분 '아무 쓸 것이 없다'면서 막연해 하는 바람에 시간만 보내기 일쑤다. 바로 여기에 글쓰기의 핵심적인 중요한 과정 하나가 숨어있다. 자신의 주제를 찾거나 범위를 좁히는 과정 이전에 의제를 만들어내는 과정이 그것이다.

1. "글쓰기를 하는 것은 매우 소중한 기회다"

"글쓰기를 하는 것은 매우 소중한 기회가 된다"는 생각은 중요하다. 비현실적인 이야기가 아니다. 자신의 생각을 명확하게 하는 것은 성공인생을 위한 최고의 지름길을 가는 것과 같다. 무기력해지거든 글쓰기를 하면 좋다. 도전할 수 있는 힘이 생기기 때문이다. 막막하거든 글쓰기든 뭐든 해서 생각을 명확히 할 수 있다. 글쓰기를 하면 책 속에서만 만날 수 있었던 저명한 저자들과 만나야 할 이유가 생기고, 그들과의 대화과정에 질문을 던질 수도 있고 참여할 수도 있다. 무엇보다도 자신의 지적발전에 도움이 된다.

글쓰기는 다른 이들과 게임을 하는 것이 아니다. 성공적인 글쓰기는 기존 문제들에 대한 새로운 발견이며 자신의 궁금증들을 구조화하는 것이다.

글쓰기는 모든 선택받은 직종 누구나 요구받는 일이다. 변호사도 결국은 의뢰인을 대신해서 사건을 재구성하고 의뢰인의 의견을 전문 법률지식을 동원해서 글로 쓰는 일이다. 경찰관 또한 마찬가지고, 변리사, 회계사, 외교관, 컨설턴트, 홍보전문가, 정치인에 이르기까지 모두가 글을 쓰는 일이 주된 업무이다.

예를 들어 자신이 변호사로서 의뢰인의 사건을 처리해야 할 경우, 자기 멋대로의 자기 생각을 쏟아내지는 않을 것이다.

> "나를 믿어주십시오. 이 분은 매우 훌륭한 분이십니다. 그는 절대로 고소당할
> 만한 일을 하지 않았습니다"

이런 식의 말 대신에, 배심원들을 설득하기 위해 그 상황에 관한 증거와 단서들을 찾고, 증인들을 조사하고, 도서관을 찾아가 관련 법률 서적들을 찾을 것이다. 그 과정에서 그는 사건에 대한 생각을 명확히 할 것이다. 생각이 명확해지면 자신의 의뢰인이 무죄임을 밝혀내는 완벽한 시나리오를 써내려갈 것이다. 저널리즘 글쓰기는 이와 같다. 자연스런 의문이거나 의도적인 문제 제기이거나 특정 문제에 관한 의제를 설정한 다음에는 의제를 뒷받침하는 데 필요한 준비작업이 중요하다. 1차 준비작업과 2차 준비작업을 통해 데이터를 수집하게 되면 새로운 발견을 하게 되는데 여기에 머물지 않고 생각을 확장하는 방식으로 새로운 발견과 확장을 되풀이하게 되면 차츰 의제의 본질에 다가가게 되고 어느새 설득력을 갖춘 한 편의 글이 된다. 엄밀히 말하면 글은 쓰는 것이 아니라 "스스로" 되는 것이다. 독자들 또한 그 글 속에서 글쓴이가 발견한 것과 만나고 생각의 확장을 만나게 되고 그 발견과 확장에서 통찰을 읽고 무릎을 치면서 글을 읽어가는 것이다.

글의 전개과정에 필요한 1차 자료들은 바로 다른 이들에 의해 아직 다루

어지지 않은 것들을 가리킨다. 일차적 요소는 원자재격의 미가공 데이터들이 필요하다. 예컨대 소설, 시, 자서전, 법정 속기록이나 인구 조사, 각종 통계 등의 자료 등을 포함한다. 이들 자료를 바탕으로 글의 의제로서 객관적 지평을 확보할 수 있다.

2차 자료는 이미 가공이 된 데이터를 말한다. 2차 자료는 글을 전개할 때 논리를 개발하거나 반박하는 요령으로 활용하는 데 유용하다. 글의 힘은 데이터가 결정한다. 글 속에 데이터를 어떻게 연결하고 활용하느냐 하는 것은 매우 중요하다. 데이터를 잘 사용하면 글이 살아나고 데이터를 활용하지 못하면 죽은 글이 되고 만다. 데이터를 잘 활용한 글을 눈여겨보는 것부터 시작해보자. 그런 글들은 실마리를 찾아내고 수많은 정보들 가운데 원시데이터를 찾아내 그 실마리를 풀어내는 데 사용하고 있다. 이렇게 사용된 데이터가 2차 데이터인데 이것은 그 글 속에서 생명력을 가진다. 이것이 저널리즘 글쓰기 훈련의 한 단편이다. 다시 말하자면 2차 자료를 눈여겨보고 자신의 논리 전개에 필요한 1차 자료를 찾아내고 실마리를 풀어가는 맥락을 익히는 과정인 셈이다. 2차 자료에서 힌트를 얻을 수는 있다. 중요한 것은 자신의 본래 논의에서 출발하고 나아간다는 것이다. 2차 자료가 도움이 되지만, 반드시 하나 이상의 1차 자료를 바탕으로 자신의 글에 집중해야 한다.

2. 화제(話題)를 잡아라

저널리즘의 특징은 사람들의 생활과 행위 그 자체를 주목하는 것이다. 바로 '사람들의 이야기'다. 여기서 두 가지 주목해야 할 단어가 '사람'이라는 단어와 '이야기'라는 단어이다. 공론을 말하기도 하고, 국가나 체제, 이념이 화두로 많이 등장하지만, 저널리즘이 학문과 다른 것은 추상적이지 않다는 것이다. 저널리즘은 사람들의 욕망이나 생각이 구체적으로 어떤 행위로 나타나고 그 결과 어떤 공통점이나 현상으로 재현되는지 주목한다는 점이다.

법의 경우도 마찬가지다. 우리가 신문을 통해 접하게 되는 것은 '법질서'나 '법체계', '사형제'나 '유죄 또는 무죄'와 같은 것이지만 그 결과를 도출하는 과정은 결코 추상적이지 않다. 하나의 '죄'라는 것은 주제이다. 법은 '죄'의 유무를 가리는 기준이며 유무를 가리는데 필요한 것은 구체적인 행위들, 즉 데이터들이다. 여기서 구체적인 행위 속에는 육하원칙이 있게 마련인데 그것이 데이터가 되는 것이고 그것을 이야기로 재구성해내는 것이 '화제'이다. 그 화제들은 바로 나의 또 다른 경험이며, 자신이 겪을 수도 있는 미래의 경험으로서 귀를 솔깃하게 만들고 긴장하게 하는 것이다. 저널리즘 글에 등장하는 화제는 주제와 서로 연관성이 있는 논의를 만들어내야 하기 때문에 충분히 집중적이고 구체적이어야 한다.

화제를 끌어내기 위해서는 몇 가지 단계가 필요하다.

① 좀 더 자신의 주제에 집중하려면 찾아낸 1차 자료들을 꼼꼼하게 읽으면서 주제와 직접적으로 연관이 있는 문장과 단어들을 찾는다. 만약 눈에 띄는 구문이 있다면 그것이 눈에 띄는 이유를 적어두는 것이 중요하다. 만약 적어두지 않으면 해당 구문의 중요함을 나중에는 잊게 된다.

② 화제를 만들어내는 방법으로는 자신의 생각, 의견과 함께 특별한 단어, 구절, 문장 등 호기심이 가는 것에 주석을 달아두길 바란다. 많은 것을 쓰지 않는다고 해도 자신이 생각한 것은 기록해라. 구문들과 생각들을 카테고리 별로 모아야 한다. 다른 카테고리와 연결되거나, 반박하거나, 되풀이

글쓰기의 기적

하거나, 증명하거나, 반증하는 연관성이 있는 카테고리를 찾아보고 합칠 수 있는지 살펴보면 가장 많은 연관성을 가지고 있는 카테고리가 나올 것이다. 그것이 아마도 화제가 될 것이다.

③ 마지막으로는 범위를 좁혀야 한다. 한 편의 글을 쓰는 데는 항상 많은 자료와 사례, 카테고리들이 쌓이게 마련이다. 주제에 집중할 수가 없는 경우가 많다. 과감하게 잘라내는 작업이 필요한데 이때 다른 필자들이 자신의 화제를 발전시킬 수 있도록 어떤 장치를 사용했는지를 주목해야 한다. 주제가 정해지고 자료조사가 되고 나면 매우 속도감 있게 전개할 수 있어야 한다. 일단 생각을 쏟아낸 다음에 고치고 고치기를 반복하면서 완성도를 높이는 것이 좋다.

3. 긴밀하게 글을 읽는 법

글쓰기 과정은 관련 자료를 읽는 것으로 시작한다. 그냥 읽는 것이 아니라 '긴밀하게' 읽어야 한다. 물론 글쓴이의 직접적인 경험이 포함되기도 하지만 모든 글은 글쓴이 개인이 관찰하고 공부한 지식에 의존한다. 주로 그림, 영화, 행사와 같은 종류의 기록물들에서 새로운 발견을 하게 되므로 그런 글들을 긴밀하게 읽는 것이 시작인 셈이다.

글을 면밀하게 읽게 되면 사실과 더불어, 생체 조직으로 따지면, 세포까지 보게 된다. 그 속에는 인상적인 특징들, 예컨대 반대의 특징이나, 일치시켜내는 기술이나, 특별한 역사적 사항 등의 주요 특징들이 숨어 있다. 이들 특징들을 읽어내고 뽑아내는 것이 목표하는 것이다. 어떤 방법이든지 이러한 관찰들은 보다 긴밀하게 글을 읽는 것이 글쓰기의 첫 번째 단계이다.

두 번째 단계는 자신이 관찰한 것을 해석하는 것이다. 이것은 각각의 사실들과 글을 구성하는 세포들에 대한 관찰에서부터 결론을 도출하고 해석으로 나아가는 '귀납적 추론'이다. 귀납적 추론과 함께 자신의 관찰을 뒷받침할 데이터들을 주의 깊게 모으고, 새로운 발견을 하고, 다시 생각이 확장되고, 그 생각을 뒷받침할 데이터를 다시 또 구하는 것이다.

4. 독자에서 작가로 가는 글쓰기

1) 손에 연필을 쥐고, 줄을 긋고, 생각을 적고, 표지를 세워라

표지를 세운다는 것은 여백에 짧은 메모를 남기거나 놀랍고 눈에 띄는 질문이 있는 키워드와 구절들에 밑줄을 치고 형광색으로 눈에 띄게 하는 것을 말한다. 이런 방식으로 글을 읽으면 보다 면밀하게 집중할 수 있다. 긴밀하게 글을 읽는다는 것은 저술자의 의도를 생각하며 읽는다는 뜻이기도 하다. 이것이 독자에서 작가로 움직이는 첫 단계이다.

2) 저널리즘 글의 재발견

저널리즘 글쓰기에는 개념 논쟁이 필수적이다. 매우 미세한 개념의 차이를 두고 논쟁을 벌이는 것이다. 이 작은 개념 차이를 통해 글쓴이의 생각을 명확히 볼 수 있다. 자연 그대로의 현상이건, 문화적 현상, 또는 매체를 통해 가공된 현실에 대해서건 있는 그대로의 현실에서 우리는 어떤 생각을 떠올리게 마련인데 이들 생각들을 몇 가지로 재구성하고 반응하는 것, 즉 생각의 '주고받음'이 바로 저널리즘의 진취적 정신의 중심이며, 그것은 문명이라고 알려진 넓은 범위의 의사소통을 가능하게 한다. 모든 인류의 도전과 마찬가지로, 저널리즘 글쓰기의 전형은 논리적인 동시에 흥미롭다. 글의 표현만이 아니다. 좋은 글은 의제를 발전시켜가는 생각의 흐름과 그 의제를 뒷받침하는 증거와 함께, 생각의 '주고받기'를 가능하게 해주기 때문이다. 여기에 읽는 사람으로 하여금 새로운 무언가를 찾아가는 힘, 에너지를 불어넣어주기도 한다.

3) 동기 만들기

글쓰기는 목적과 동기가 있어야 한다. 이는 글쓰기만이 아니라 소설이나 영화 등 모든 창작활동이 마찬가지다. 어떤 영화는 시간낭비만 했다는 생각이 들게 하는 경우도 있다. 관객들을 모아놓고 아무 의미 없는 말만 되풀이하는 영화를 보는 것은 역겹고도 화나는 일이 아닐 수 없다. 그런 결과가 나타나는 것은 동기가 결여되었기 때문이다. 거꾸로 말해서 글 쓰는 동기가 없으면 그 책을 찾을 이유도 없다. 동기는 존재해야 할 이유다. 글의 존재이유는 '왜?'라는 한 마디면 된다. '왜?'라는 질문을 던지면 일련의 질문들 속에 반복되는 어떤 생각이 생기게 된다. 그렇다고 질문에 대한 답은 아니다. 여러 가지 생각이 등장하지만 주변만 맴돌 뿐이다. 그런 과정을 통해 뚜렷한 개념에 접근할 수 있다. 이런 과정에서 통찰이 생기는 것이다. 자신이 어떤 주제, 또는 무언가에 몰두해보면 이런 저런 가능성들을 떠올리기 마련이고 그 가운데 가장 기대되는 실마리 같은 한 가지 생각이 생겨난다. 그 생각이 본질적이고 매우 중요한 것이다. 이미 알려졌거나 널리 누구나 적용되고 있는 것에 대해 생각을 거듭하는 것은 무의미하다.

4) 의제의 발견과 확장

글의 의제는 자신이 만들어내는 공론의 메시지의 실루엣이다. 이는 조각가가 작품을 조각하기 전에 작품의 전체적인 이미지를 그리는 것과 같은 것이다. 의제는 자신이 수집하고 발굴하고 가공할 수 있는 1차 자료와 2차 자료 가운데 가장 훌륭한 단서를 기초로 그려진다. 의제는 개요를 쓰는 단계에서 조금씩 얼개를 갖춰가게 되지만, 전반적으로는 글쓰기 과정 전체를 통해 자신의 의제를 뒷받침하는 데 필요한 작업, 예컨대 타당성을 세우는 등의 과정을 통해 완성된다. 의제를 설정하더라도 그 의제가 무언가를 말해주지는 않지만 글쓰기를 통해 매우 정교하게 다듬어지면서 의제의 메시지는 진전을 거듭하게 되는 것이다.

한 가지 의제를 정하면 어떻게 의제를 뒷받침할 수 있을까 하는 걱정이 앞서기 마련이다. 자신이 설정한 의제조차 따지고 보면 이미 다른 사람의 '작품'이지, 순수하게 자신이 만들어낸 것이 아니다. 하지만 앞선 작품들 또한 처음은 아니었다. 다시 말해서 각도를 달리하거나 범위를 달리하면 처음이 될 수 있다. 우리가 세계에 존재하는, 이미 쓰여지고 형상화된 지식을 모두 안다는 것은 불가능하다. 인터넷의 등장으로 그것은 더욱 어렵게 되었다. 중요한 것은 본질이며, 본질에 대한 원칙이며, 본질에 천착하는 정직한 자세이다. 글쓰기 과정 동안에 주기적으로 글쓰기를 멈추고 다른 분야의 사람들이 그것의 중요성과 함께 의미를 제대로 이해할 수 있도록 가능한 한 간결하게 자신의 의제를 다시 정형화하는 것은 매우 좋은 연습이다. 의제는 처음에는 복잡해질 수 있지만 글을 쓰는 과정에서 다듬고 다듬는 속에 메시지의 정수(精髓)를 뽑아 올릴 수 있다. 너무 처음부터 의제 설정에 치우쳐서는 진전이 없다. 자신이 제시하고자 하는 문제의식에 대한 명확한 이해를

글쓰기의 기적

바탕으로 그런 문제 제기를 이끌어 낸 많은 질문들 중에서 한 가지 질문에서부터 시작하면 된다. 시작하는 것이 중요하다. 그것만으로도 독자들의 호기심을 불러일으킬 수 있다.

5) 글의 긴장감을 유지하라

글은 감정의 기복을 다스리기도 하지만 기본적으로 긴장을 유지할 것을 요구받는다. 이 긴장감은 글 쓰는 사람과 독자 사이에 만들어지는 근본적인 비대칭성에서 비롯된다. 일반적으로 저널리즘이 공유하고 있는 근거는 바로 이성이다. 글을 쓰는 목적은 저널리즘이 가지는 공적 가치를 논의구조를 가진 의제라는 장치를 통해 합리적인 대중에게 납득할 수 있도록 하는 공간을 만드는 것이다.

글을 쓰기 위해 필요로 했던 여러 가지 자료와 데이터들은 분류되고 재정렬될 때 의미를 가진다. 때로는 매우 사소한 자료들의 결합에서 가장 강력한 힌트를 얻게 될 수도 있다. 글의 긴장감은 반론에 대비하는 차원에서도 중요하다. 이를 위해 자신의 생각이나 의제에 반하는 질문을 던져볼 필요가 있다. 예상되는 반론이나 오류를 가정하고 자료들을 다시 점검해보는 것이다. 만일 자신의 의견에 대해 너무 많은 반론이 제기될 수 있다면, 다른 의제를 찾아야 한다. 반론이 전혀 없을 수는 없다. 중요한 것은 반론에 충분히 대비하는 것이다. 또 쉽사리 지나치게 되는 오류들, 즉 인과관계의 오류나 유추의 오류 등은 아무리 탄탄하고 충분한 자료와 탁월한 의제 설정에도 자신의 논의를 무색하게 만들게 되므로 다양한 오류들을 바로잡는 데에 소홀하지 말아야 한다. 그런 것을 피할 수 있도록 꾸준히 노력해야 한다.

6) 논의의 구조

흔히 일반적인 글의 논의구조에는 연역법과 귀납법이 있다. 연역법은 특정한 주장으로 시작해서 그것을 뒷받침하는 근거를 제시하는 방식이고 귀납법은 사실, 예시, 관찰 등을 통해 여러 가지 현상을 서술하고 검토한 후에 결론을 제시하는 방식이다. 그러나 저널리즘 글쓰기는 그런 논의구조를 고집하지 않는다.

저널리즘 글쓰기의 핵심은 발언하는 것이고, 발언의 목적은 설득이며 설득력을 높이는 방법이 논의의 구조를 짜는 것이다. 대중을 상대하는 데 필요한 논의구조를 정리해보면 단계를 세우고, 글의 뼈대와 맥락을 규정하고, 자신의 주장을 어떻게 내세울 것인가를 결정해야 한다. 논의의 구조가 명백해야 좋은 메시지를 도출할 수 있다. 글의 목적은 자신의 의제를 이끌어가는 것이고 의제를 도출할 수 있는 질문을 던져 다른 사람들의 잠재된 의식에 말을 거는 것이다. 글은 이렇게 써야 한다는 식으로 일정한 프레임에 묶으려는 것은 금물이지만 첫 번째 단락에서는 자신이 주장하고자 하는 의제에 대한 질문이 들어있어야 한다. 글을 써내려가다 보면 길을 잃는 경우가 많다. 이를 방지하기 위해 반드시 어디로 가고 있는지를 중간중간 확인하는 장치를 두는 것이 좋다. 글의 본론에서는 의제에 집중해서 질문에 질문을 거듭하면서 사례를 중심으로 풀어내도록 한다. 중심 생각이 없이 단순히 증거들을 나열하는 것은 곤란하다. 가장 좋은 글은 뚜렷한 관점을 가지고 여러 사회현상을 명확히 구분해서 본질을 꿰뚫어내는 통찰력과 이성, 명확성을 보여주는 글이다.

글쓰기의 기적

5. 글의 구조

저널리즘 글쓰기는 사회적 이슈에서 여러 가지 견해들의 균형을 유지하면서 일련의 동질적인 생각들을 일정한 방향성을 갖도록 조직화하는 것을 의미한다. 글이란 필수적으로 하나의 생각을 단숨에 드러내야 하는 선형적인 것이어서 글쓴이의 생각을 매우 엄격한 순서로 독자에게 전달할 수 있어야만 한다. 글의 관점을 보면 글의 구조를 미리 알 수 있다. 관점은 독자들이 알아야 할 정보와 독자들이 글을 받아들이는 데 필요한 순서를 알려준다. 따라서 글의 구조는 이렇다 할 정석이 없지만 자신이 하고자 하는 주된 주장을 드러내는 것이므로 반드시 한 치의 빈틈이 없고 깔끔해야 한다.

1) 질문에 대답하기

독자가 글을 읽을 때는 주로 '무엇을' '어떻게' '왜' 하는 3가지의 질문을 가진다. 그 질문에 답하는 방식으로 글을 구성해보는 것도 방법이다.

(1) "무엇을?"

독자들로부터 받을 것이라고 예상되는 첫 질문은 바로 '무엇'에 대한 것이다. 글쓴이의 의제를 뒷받침하는 사실들로서 무엇을 제시하고 있는가? 이 질문은 주장의 근거에 해당한다. 주장이 얼마나 진실한가를 묻는 것이다. 당연히 질문에 대한 대답, 즉 주장을 뒷받침하는 증명이 제시되어야 할 것이다. 그것은 글쓴이의 경험이나 관찰이 소개되는 단계이다. 이 부분은 완결된 글을 4등분했을 때 4분의 1지점을 넘지 않아야 한다. 자신이 관찰한 것이지만 최대한 압축하고 초점을 좁혀야 한다.

(2) "어떻게?"

독자들은 또한 의제를 내세울 때 '어떻게'라는 질문을 던져 현실에서 적용되는 단계를 알고 싶어 한다. 제시하는 근거와 다른 관점을 던져보기도 하고 주장과 근거 간의 상관관계를 따져보기도 할 때 '어떻게'라는 질문을 하게 된다. 이 질문은 한 편의 글에서 한 번에 끝나지 않을 수도 있다. 이 질문은 반론으로 연결되는 것이어서 중요한 검증단계에 해당한다.

(3) "왜?"

독자들은 왜 이 글을 쓰는지에서부터 묻는다. 다음으로 글쓴이가 왜 이 의제를 문제 삼는지에 대해 알고 싶어 한다. 글쓴이의 해석이 대중들에게 왜 중요한가 등등. 글은 그런 질문들의 취지를 드러낸다. 독자들은 이를 통해 글쓴이와 글을 이해할 수 있도록 한다. 보통 이 질문은 글의 서두에 소개하는 경우가 많지만, 곧바로 대답을 제시하지 않는다. 주로 대답은 글의 끝부분에 제시하는 것이 적당하다. '왜'에 대한 대답을 하지 않는다면 좋은 글로 평가받지 못할 것이다.

2) 글의 지도 그리기

글쓰기 훈련에서 스스로 할 수 있는 일 중에 자신의 생각을 이미지로 표현해보는 것이 있다. 글의 지도를 그려보는 일인데 자신의 생각을 명확히 하는 데 도움이 될 것이다. 무엇보다도 이 과정은 자신의 생각을 관찰자 입장에서 볼 수 있게 하는 효과가 있다. 글쓴이가 자신의 주장을 자신의 논리대로 자기 중심적 근거만으로 쓰는 것은 글로써 생명력을 갖지 못한다는 점은 이미 강조한 바 있다. 입장을 바꾸어서 글을 읽는 독자의 논리에 따라 자신의 글을 구조화하는 것이 큰 도움이 된다. 자신의 의제를 살펴보고, 독자들이 무엇을 알고 싶어 하고, 제시하는 글쓴이의 주장을 받아들이고 이해하기 위해 어떤 과정을 거쳐야 하는지를 알 수 있다. 이를 위한 가장 쉬운 방법은 이야기를 쓰는 것을 통해 글의 생각들의 지도를 그리는 것이다. 이 방법은 글쓴이의 생각에 대한 예비적인 기록이 될 뿐더러 글쓴이의 생각을 이해함에 있어서 모두 독자의 필요의 측면에서 글쓴이 자신을 돌아보게 한다.

글 지도는 독자가 '무엇을' '왜' '어떻게'와 같은 질문방식을 통해 글 속에 등장하는 주요 인물 또는 배경에 대한 설명, 문제 제기의 근거, 1차 정보와 2차 정보 찾아보기 등이 줄기를 타고 나열되는 방식이다. 글 지도는 글의 흐름과는 관계가 없다. 글 지도는 글쓴이의 글에서 주로 하고자 하는 생각과 논쟁을 시각화한 것이다. 글 지도를 마인드맵을 활용해서 다음과 같이 만들 수 있다.

마인드맵의 키워드들로는 '의제' '주요 인물 또는 배경' '문제 제기와 근거' '1차 정보와 2차 정보' '무엇을' '왜' '어떻게' '결론' 등으로 나눌 수 있다.

① **의제:** 자신의 의제를 한 문장 또는 두 문장으로 쓴다. 이 글의 존재이유, 즉 이 의제가 왜 중요한지 쓴다. 다시 말하자면, 독자들이 글쓴이의 주장을 이해함으로써 무엇을 배울 수 있는지를 쓰면 된다. 마지막에는 글쓴이의 결론을 충실하게 구체화할 수 있는 '왜'라는 질문에 대한 답을 예상할 수 있다.

② **다음 문장은 이와 같이 시작한다:** "이 주장을 받아들이기 위해 독자들이 알아야 할 첫 번째 사항은 바로, …." 그리고는 왜 독자들이 첫 번째 사항을 알아야 하는지를 말하라. 다음에 그 사항과 관련한 증거 한두 가지를 언

급하라. 이것이 '무엇'이라는 질문에 답하는 시작이다.

② 각각의 다음 문장은 이렇게 시작한다: "다음 알아야 할 사항은, …." 한 번 더 '왜'를 말하고 증거를 말하라. 글 지도를 모두 그릴 때까지 계속한다.

글의 지도는 자연스럽게 '무엇, 어떻게, 왜'와 같은 기본적인 질문에 사전적인 답변을 해줄 수 있어야 한다.

6. 의제 설정

의제는 단순히 '예'와 '아니오'로 대답할 수 없다. 의제는 화제도 아니고 동시에 사실도, 의견도 아니다. 좋은 의제는 논의의 대상과 논의의 방법 등 두 개의 영역으로 구성된다. 글에서 글쓴이의 주장과 주장을 뒷받침할 자료들을 토대로 무엇을 논의할 것이며, 어떻게 주장을 전개해나갈 것인지를 설계하는 것이다.

1) 의제 설정 과정

(1) 첫 번째 단계: 1차 자료들을 분석하라

글을 구성할 요소들, 예컨대 흥미 있는 사례, 논쟁 또는 이들을 설명할 자료들을 분석하고 이와 관련된 질문을 찾는다. 동원된 자료들에서 서로 상충되는 요소는 없는가? 주장이 뒤바뀐 것은 없는가? 작가의 논의에서 더 깊이 암시하고 있는 것은 무엇인가? 이러한 질문들에 "왜"라는 하나 또는 그 이상의 질문을 찾아본다. 이러한 과정은 더욱 발전된 의제를 찾는 데 도움이 될 것이다. "왜"라는 것이 없으면 아마도 단순한 관찰에 지나지 않을 것이다.

(2) 한 가지 만들고 있는 의제가 있다면, 기록하라

아주 훌륭한 의제가 떠올랐을 때 무언가 머리를 꽝 때리는 순간을 경험할 것이다. 자칫 집중력을 잃게 되면 기억에서 사라지는 일도 있다. 이를 위해 자신의 의제를 기록하는 것이 중요하다. 그 의제를 보다 명확하고, 논리적이고, 간단하게 남길 수 있다. 자신이 가지고 있는 생각들을 그 즉시 적는 습관을 들이는 것이 중요하다.

(3) 반론을 예상하라

세우려는 의제가 있다면, 그 의제와 반대되는 것에 대해 어떻게 논의될지를 생각해야 한다. 이 과정은 자신의 의제를 가다듬는 데 도움이 된다. 또한 자신의 논리를 새롭게 할 수 있다. 반론을 잠재우는 방법으로는 성공적인 재반론을 하는 것이 효과적이다. 모든 논의는 반론이 있다. 반론이 없는 것이 좋은 것은 아니다. 글 속에서 반론의 여지를 주고 재반론을 해가며 글을 전개시키는 방법도 좋다.

(4) 의제는 질문이 아니다

저널리즘 글의 독자는 토론하고, 발견하고, 답변할 수 있는 질문들을 기대한다. '북한은 왜 핵실험을 하는가?'와 같은 질문은 논쟁이 아니고, 논쟁이 필요치도 않다.

의제는 모호하지 않다. 의제는 정의할 수 있다. "4대강 사업은 성공한 정책인가 실패한 정책인가?" 또는 "4대강 사업이 강의 오염을 심화시킨 것과 홍수예방효과 중에 어느 쪽이 더 국익인가?"와 같은 것은 의제가 아니다. 어떤 학생은 "UFO가 존재하는가?"를 취재해보겠다고 해서 왜 의제가 될 수 없는지 설명해준 적이 있다. 이들 의제는 논쟁하기 어렵기 때문에 의제가 될 수 없다. 성공과 실패는 누구의 관점인가? 국익은 무엇을 의미하는가? 4대강에 대한 두 개의 의제는 이성적이고 철저한 것 대신 감정적이고 주관적이 되기 쉽다. 또한 UFO가 존재하느냐 여부는 아예 논쟁이 성립되지 않는 질문이다.

(5) 대결하려 해서는 안 된다

"촛불집회는 디지털 미디어와 결합한 대중과 대의민주주의의 결합이 이상적인가 하는 화두를 던졌다"는 문장은 논쟁할 수 있는 주장이기 때문에 효과적인 의제가 될 수 있다. 이 의제는 명확하고 논의가 가능한 주장이다. 디지털 매체를 가진 대중들에게는 대의민주주의가 맞지 않다는 데 대해 어떤 독자들은 동의할 것이고, 어떤 독자들은 동의하지 않을 것이다. 독자들은 이 의제에 대해 글쓴이가 어떻게 주장을 설득력 있게 이끌고 가느냐에 관심을 가지고 계속해서 읽으려고 할 것이다.

(6) 의제는 가능한 한 명확하고 구체적이어야 한다

일반적이거나 추상적인 단어를 지나치게 자주 이용하는 것은 옳지 않다. 예를 들어 "가수 싸이의 성공은 한국 음악이 끊임없이 모색해온 기획사 중심의 세계진출 패러다임을 뒤집고 한국적 신명에다 단순성과 오락성이 있는 한류의 특성을 잘 살려낸 때문이다"는 문장은 "가수 싸이의 성공은 한류의 세계화 결정체이다"보다 더 힘이 있고 설득력이 있다.

7. 저널리즘 글쓰기 시작

저널리즘 글의 글쓴이는 사실에 근거해 대중들을 설득하는 데 목표를 두고 있다. 글의 시작은 대중들의 관심을 끌어내는 열쇠 역할을 하는 가장 근본적인 위치에 있다. 독자들을 끌어들여 글쓴이의 주장에 힘을 싣기 위해서는 특별한 임무를 수행해야 한다. 글의 시작은 그 글이 무엇에 관한 것인지, 그 화제를 대중들이 알 수 있도록 해야 한다. 글의 화제는 막연하거나 공허한 상태가 아닌 매우 구체적인 형태를 하고 있다. 글의 시작은 반드시 가장 중심이 되는 이슈가 무엇인가를 독자들이 알게끔 해야 한다. 어떤 질문이나 문제들을 생각하고 있는가? 질문을 던지고, 의제를 언급하고, 독자에게 말을 걸고 독자와 함께 생각하고 그 문제의 실마리를 찾아보는 시도를 하는 것이다.

1) 집중하라

글쓴이는 하고 싶은 말이 많아도 한 가지에 집중해야 한다. 하나의 의제에 집중하지 않는다면, 서론의 끝에서 독자들은 글쓴이가 무엇에 대해 쓰려고 하는지 알 수 없게 될지도 모른다. 또한 글쓴이가 자신의 글에 밀도를 높일 때 독자들이 읽기를 계속할 것이다.

자신의 생각을 이끌 수 있는 질문들을 내놓거나 의제 문장을 만들어낼 수도 있다. 질문을 하고 그 즉시 글에서 논의할 수 있는 대답을 내놓을 수도 있다. 문맥을 정리하고 전개하는 동시에 글쓴이는 화제를 좁히고 자신의 글의 방향에 집중할 수 있도록 나아가야 한다.

2) 독자들을 끌어들여라

독자들을 끌어들이는 것, 즉 글쓴이가 마련한 토론에 독자들을 머물게 하는 것은 글쓰기 전체에서도 중요하지만 서론에서는 필수적이다. 독자들을 끌어들이는 가장 중요한 요소는 "토론은 유익한가" 하는 것이다. 토론이 유익한지를 판단하는 초기의 요소는 정보와 설명이다. 독자들은 대부분 정보가 없이 글쓴이의 논의를 따라감으로써 글을 그만 읽을지를 결정한다. 독자들에게 필요한 정보를 제공하는 것은 언론인이 누가, 무엇을, 어디서, 언제, 어떻게, 왜와 같은 질문에 답하는 것만큼이나 단순하다. 시작이 잘 알려진 문장이나 인물에 대한 것이라면 더 많은 문장을 제시할 필요는 없을 것이다. 하지만 글을 쓰는 사람은 자신의 근거들을 더 완벽하게 요약해서 독자들이 자신의 분석에 끝까지 따라올 수 있길 바랄 것이다. 서론은 독자들을 끌어들이고 글쓴이의 능력을 만드는 날카로운 눈을 가진 명확성을 바탕으로 써야 한다.

3) 길이와 순서

서론은 얼마나 길어야 하는가? 서론의 분량은 전체 글의 분량과 복잡한 정도에 비례해 결정돼야 한다. 예를 들어 한 가지 문맥을 분석하는 5페이지 분량의 글을 쓴다고 할 때, 서론은 많아도 하나 또는 두 단락으로 간략해야 한다. 서론의 전개에서 반드시 특별한 순서가 있는가? 그렇지 않다. 하지만 글의 순서는 논리적이어야 한다. 예를 들어 글에 관한 질문이나 발언들은 서론의 끝에 온다. 이를 통해 글의 중간 부분, 즉 글의 본론으로 요점을 넘길 수 있도록 하는 역할을 한다.

글쓰기의 기적

4) 전술 펴기

여전히 어떻게 시작해야 하는지는 궁금하고 어렵다. 무엇이 좋은 시작을 할 수 있도록 하는가? 구체적인 사실과 정보가 바로 그 답이다. 기본적인 인용, 질문, 일화, 또는 이미지가 바로 그것이다. 이들 요소들은 글쓴이가 집중하려는 것과 직접적으로 관련성이 있어야 한다. 인용이 자연스럽지 못하거나 갑작스러운 경우 글의 흐름에 도움이 되지 않거나 독자들을 잘못 이끌어 글쓴이의 관점을 흩뜨리는 역할만 한다. 가능한 한 구체적이고 직접적일 수 있도록 한다.

8. 개요 짜기

한 편의 글의 구조를 설계하는 것은 글을 쓰는 과정에서 가장 중요한 단계 중 하나라고 할 수 있다. 글을 쓰기 전에 세밀한 개요를 만드는 것은 명확하고 논리적인 순서를 통해 만들어진 자신의 생각들을 확인하는 데 좋은 방법이다. 또 개요를 잘 짜면 교정과정에서 시간을 단축할 수 있고, 이미 써둔 생각들을 다시 정렬해야 할 가능성을 낮출 수 있다.

1) 첫 단계

개요를 짜기 전에 자신이 글에서 무엇을 논의하고 싶은지 명확하게 정할 필요가 있다. 자신의 분석이나 일차, 이차 자료들을 면밀하게 읽고 적어둔 기록이나 생각, 그리고 인용할 만한 근거들을 챙겨둬야 한다. 이제 자신의 의제를 토대로 개요를 짜보기로 하자. 자료나 기록들은 일관성을 가지고 있지 않다. 저마다 시간대별로 흐름을 달리하고 있다. 자신이 직접 겪은 일들은 일이 일어난 순서대로 정리돼 있을 것이다. 다른 기록이나 옮길 만한 인용 구절들은 기록해둔 것들의 시간 순서로 고정돼 있을 것이다. 목표는 바로 글의 원재료라고 할 수 있는 생각, 기록, 인용할 것들을 다시 재배치하는 것이다. 이때 순서대로 할 것인지, 어떤 시점을 드러내서 재정렬할 것인지, 어떤 사건을 중심으로 풀어갈 것인지를 정해야 한다. 주로 시간대별 순서에 따르기보다는 특정 시점이나 사건을 중심으로 글의 얼개를 짜는 경우가 많다.

2) 범주 정하기

첫 번째 단계는 자신이 기록해둔 각 정보들을 구분하고 포괄적인 범주를 만들어 분류하는 것이다. 각각의 정보들의 공통점을 바탕으로 범주를 정하되 일반화 과정을 거쳐야 한다. 예컨대 자신의 의제가 취업에 관계된 것이라면 그 속에는 기업들의 설명회 자료도 포함될 수 있고, 공모전 자료, 취업과 관련된 정책, 취업성공사례, 취업준비생들의 취업준비 실태, 스펙 쌓기, 해외경험 등이 취업의 범주에 속할 것이다. 이때 취업이라는 범주는 일반화된 포괄적인 범주에 속한다. 이들 범주목록은 한 페이지 분량을 넘지 않도록 하는 것이 중요하다.

범주를 정한 다음 자신이 적은 범주의 제목을 살펴보자. 반복되는 것은 없는가? 더 합칠 만한 것은 없는가? 또 자신의 논의와 더 이상 관계가 없어 보이는 범주들에 대한 관심을 줄여라. 일반화된 범주로 분류를 하고 나면 처음에는 중요하게 보였던 각각의 정보들이 별로 중요하지 않게 보인다.

이런 일반화 작업은 계속되어야 한다. 가능한 한 자주 쓸 수 있는 라벨들을 써야 한다는 것이다.

3) 순서 정하기

일반화된 범주로 기록들을 정리했다면 그 범주를 정리하는 것은 매우 쉽다. 먼저 가장 포괄적인 범주를 찾아보도록 하자. 자신의 의제를 마음에 떠올리면서 자신의 논의를 뒷받침할 한두 문장으로 정리할 수 있는 라벨들을 찾아보도록 하자. 가장 포괄적인 범주를 나열하고 나면 조금 작은 범주들을 정리해야 한다. 이를 위해 작은 범주들을 얼마 전에 정리했던 조금 더 일반적인 문장들을 뒷받침할 수 있는 한두 문장으로 정리해야 한다.

개요 짜기의 마지막 단계는 글을 쓰기 위해 얻은 모든 정보를 가장 적은 단계까지 지금까지의 과정을 반복하는 것이다. 이 과정의 시작에서 다루기 어렵고 조직화되지 않은 정보들을 정리하기 위해서는 자신의 개괄적인 논의를 뒷받침할 수 있는 한두 문장만을 생각하면 된다.

4) 하나로 모으기

이들 문장들을 이용해 한 편의 글쓰기를 위한 개요를 만들었다. 첫 문장에서 조직화한 가장 일반적인 생각은 글의 항목들을 구성한다. 그 항목들은 문장에서 배치한 순서에 따른다. 두 번째 문장들에 의해 정해진 각각의 큰 범주 안의 작은 범주들의 순서들은 각 항목 안의 단락들의 순서를 가리킨다. 결국, 자신의 구체적인 기록에 대한 문장들의 마지막 모음은 각 단락에서 문장들의 순서를 알려준다.

9. 반론

저널리즘 글쓰기에서 글을 다 썼을 때, 더욱 설득력 있고 의심을 받을 여지가 없도록 하는 방법은 사전에 스스로 반론을 제기해보는 것이다. 독자들이 제기할 만한 반론 사항들은 충분히 예상할 수 있으므로 적절히 대응할 수 있다. 다음은 반론의 예시들이다.

- 글쓴이의 주장에 대한 문제 제기
  - 같은 사실에서 다른 결론이 나올 수 있는 것
  - 핵심적인 가정의 확실성이 떨어진다는 것
  - 핵심용어 사용이 잘못 되었다는 것
- 글쓴이가 제시한 것에 대한 불리한 점이나 실제적인 결점에 대한 지적
- 주장에 더 힘을 실어주는 대안적인 측면의 설명과 제안

"하지만 … 어떻게 할 것인가?", "하지만 그것은 단지 …이다", "이것이 그러하다면, …는 어떠한가" 등과 같이 질문할 수 있다. 그렇게 제시하고 난 뒤에는 자신이 제시할 수 있는 근거들을 이용해 간단하지만 명확하고 강력하게 반론들을 엎을 수 있는 사례를 제시하는 것이다.(딱 보기에도 힘이 없어 보이거나 형식적인 반론은 되레 반론을 한 것보다 못한 경우를 발생시킬 수도 있다.)

1) 반론 대응하기와 주장 강화하기

이제 제시된 반론에 대한 근거로,

① **반론을 다시 반박할 수 있을 때:** "그 반박이 명확하지만 실제로는 문제

글쓰기의 기적

가 되지 않는다"는 점을 근거를 들어 잘못된 주장임을 밝힌다.

② **반론의 타당성이 있는 경우 반론을 무력화하기:** 반론의 타당성이 있는 경우, 그 주장이 다소 덜 중요하다거나 글쓴이가 주장한 것보다 일어날 가능성이 낮다는 것을 주장한다. 이를 통해 반론이 글쓴이의 주장을 뒤엎을 수는 없다는 것을 주장한다.

③ **만일 반론을 받아들여야 할 때:** 반론이 가진 힘을 인정해야 한다면 매우 구체적인 의미를 내세워 자신의 주장을 다시 언급하거나 반론에 비추어 자신의 주장을 다시 고려할 수 있는 새로운 단락을 추가할 필요가 있다. 이 때는 공개적으로 글쓴이의 생각을 복잡하게 만들었다는 것을 인정한다.

하지만 반론 수용은 과도하게 하지 않도록 한다. 자신의 의제를 논하는 것을 멈추고 반론으로 돌아가는 것은 곳곳에서 글을 보다 날카롭게 하고 힘을 줄 수도 있지만 과도할 경우 글쓴이의 주된 생각을 모호하게 만들거나 글쓴이의 양면적인 측면이 부각되는 역효과를 불러올 수도 있다.

2) 반론의 활용

글을 구성하는 과정의 몇몇 단계에서는 잠깐 머리에서 질문을 하는 과정을 멈추고 생각해볼 필요가 있다. 이렇게 글쓴이가 개요를 만드는 동안 자신과의 대화를 갖는 것은 가치 있는 예시나 사례들을 찾는 데 도움이 된다. 우리는 쉽게 자신과 타인의 생각을 동일시하는 경향이 있다. 그러나 사람들의 생각은 전혀 다르다는 것을 글을 퇴고한 다음 확인하는 것은 어리석다. 자신과의 대화를 해가며 개요를 짜는 것과 스스로를 반대편에 두고 동의 여부를 묻는 것과는 차이가 있다. 스스로가 스스로를 얼마나 다르게 바라볼 수 있는 사람인가를 물어보라. 좀 더 지적으로 자신의 주장을 거부할 수 있을 때 보다 힘이 있는 논의를 해나갈 수 있다.

자신의 논의를 거부하는 독자들은 항상 있게 마련이고 그들을 마음에 담아둘 필요는 없다. 발견된 의견 차이를 글에 활용한다면 글쓴이가 구성하려고 하는 자신의 생각을 더욱 가다듬을 수 있을 것이다. 만약 반론이 자신의 의제보다 더욱 진실한 면이 있다면 그것을 자신의 의제로 받아들이고 원래 자신의 의제는 반론으로 이용하는 것이 좋다.

10. 글쓰기의 강을 건너려면

1) 익숙한 것들과 결별하라

우리는 이미 많은 것들을 알고 있다. 어릴 때부터 TV와 인터넷 등 다양한 미디어들과 24시간 함께 생활하는 탓이다. 그러다보니 모두 나름대로 생각이 있고 판단을 한다. 문제는 의심의 여지가 없다는 것이다. 의심해야 할 것은 자기가 익히 알고 있는 것들이다. 그러나 사람들은 자기 생각이나 판단에는 의심할 생각을 하지 않는 경향이 있다. 전적으로 신봉한 나머지 다른 생각을 가진 사람과 갈등을 가진다. 중요한 것은 세상을 새롭게 인식하는 것이고, 그러기 위해서는 익숙한 것들과 결별하는 것이다.

2) 강을 건너기 위해서

내 앞에 큰 강이 흐르고 있다고 가정해보자. 헤엄쳐서 건널 수 있을지, 물에 뛰어들어보지 않아서 알 수가 없다. 중요한 것은 강을 건너야 하고 그 너머 새로운 길을 가야 한다는 것이다. 이때 강을 마주하는 태도는 사람마다 다를 것이다. 아예 건널 생각조차 하지 않고 건너는 방법을 밖에서 찾을 수도 있다.

강을 어떻게 건널 것인지는 강에서 답을 찾아야 한다. 강물 속을 자세히 보자. 관찰을 해보니 물속에 징검다리가 보인다. 물이 넘쳐 잠긴 것인데 그냥 이용하기는 힘들어 보인다. 어떻게 건널 것인가. 여기에는 사람마다 경험이 요구될 것이다. 어떻게든 물에 잠긴 징검다리를 이용할 생각을 할 것이다.

자, 생각해보자. 그 물에 잠긴 징검다리 때문에 오히려 곧장 강을 건너는 생각에 사로잡힌 것이다. 강물 속을 자세히 들여다보지 못했다면, 그래서 그 징검다리를 발견하지 못했다면 강을 건널 생각은 아예 하지 못했을 것이다. 건널 수 있는 강에 대한 경험과 건널 수 없는 강은 차원을 달리한다. 그 징검다리는 어떤 식으로든 강을 건널 수 있다는 생각을 하게 하는 데 매우 강력한 힘을 발휘한다. 존재하는 것, 그것을 보게 하는 것, 인식하게 하는 것이 얼마나 중요한 것인지 말해주는 사례다. 그래서 취재가 필요하다. 사람들에게 어떤 상황을 인식하게 하는 것은 매우 중요한 역할을 하기 때문이다. 사실을 발견하는 것, 그것이 강을 건너게 하는 힘이다. Fact Finding이 그래서 중요한 것이다.

3) 질문하라

글쓰기의 모태는 생각이며 사유이고, 사유는 의문에서 시작된다. 의문은 정해진 것이 없다. 다음 글은 스스로 의문을 제기하고 그 의문이 어떻게 글의 뼈대를 이루고 글을 힘 있게 끌고 가는지를 보여주는 좋은 사례이다. 당연히 이런 글은 읽는 사람을 크게 변화시키는 힘을 가진다.

신문의 도전과 응전

일제강점기 '조선 민중의 표현기관'으로 출범한 동아일보가 4월 1일로 창간 87주년을 맞는다.

마침 51회 '신문의 날'(7일)을 맞아 다음 주는 신문주간으로 지정돼 있기도 하다. 동아일보의 생일과 신문의 날을 진심으로 축하한다. 그러나 축제 무드에 마냥 젖어 있기에는 오늘날 언론 환경은 너무도 엄혹하다.

정부 압박 – 매체 경쟁 우울한 환경

언론(journalism)이 위기에 처해 있다는 우울한 평가는 한국만의 사정도 아니고, 신문 매체에만 국한된 일도 아니다. TV 뉴스의 시청자 이탈도 아주 심각하다. 위기의 요인을 살펴보면, 시장 경쟁이 격렬해지면서 상업주의가 만연해 보나마나한 흥미 위주의 뉴스가 넘쳐나고, 언론 보도에 대한 독자와 시청자의 신뢰도가 크게 떨어지고, 인터넷을 비롯한 새 매체가 뉴스 시장을 크게 잠식하고, 공공 문제에 대한 수용자의 관심이 떨어져 뉴스 수요가 크게 감퇴한 것을 지적할 수 있다.

여기에 한국의 경우에는 무능한 정치권력이 언론을 장악하기 위해 법적 정치적 경제적 압박을 끊임없이 가하고 있다. 그것도 모자라 어용 시민단체와 공조해 비판 언론의 명예를 헐뜯고, 언론이 특정 정치세력의 이익을 위해 사회적 의제 설정 및 의미 해석을 둘러싼 헤게모니 투쟁의 장으로 변모하는 현상을 추가할 수 있다.

정치권력의 말기적 버둥댐은 곧 끝난다고 볼 때, 나는 위의 요인들 가운데서도 수용자, 특히 젊은 세대의 공공 문제에 대한 관심 저하와 뉴스 수요의 감퇴가 언론 위기의 가장 심각한 요인이라고 생각한다. 왜냐하면 뉴스에서의 도피는 바로 민주사회의 주인으로서 시민 역할의 포기를 의미하기 때문이다. 어떤 사람은 뉴스를 읽지 않고 보는 것을 자랑삼아 말한다. 그뿐만 아니라 어느 정도 시민 의식을 갖추고 뉴스를 보려고 노력하는 사람들조차도 부정적이고 선정적이며 자신들의 생활과 동떨어진 뉴스 내용에 좌절감을 느낀다는 것이다.

시민들의 뉴스 도피는 단순히 언론만의 문제가 아니다. 질 높은 민주주의가 의존하고 있는 공공 문제에 관한 지식과 정보로 무장되고 건전한 비판 의식을 갖춘 식견 있는 시민(informed citizen) 형성을 방해할 뿐만 아니라 근본적으로 우리가 힘겹게 성취한 민주주의를 위협한다. 공공 문제에 관한 식견을 갖추지 못한 대중은 선동적 포퓰리즘의 좋은 먹잇감이 되기 때문이다.

최근 세계 저널리즘이 직면한 도전과 응전에 관한 연구들을 종합하면 성공한 언론은 사회 변화에 적극적으로 대처하면서도 동시에 언론의 기본 역할을 잊지 않았다는 것을 알 수 있다. 민주사회에서 언론의 기본 역할은 독자의 정보 욕구와 깊이 관련되어 있다.

독자 신뢰 얻는 언론만이 살아남아

독자는 크게 두 가지 성격이 혼합된 주체다. 하나는 시민으로서 독자고, 다른 하나는 생활인으로서 독자다. 언론의 기본 역할은 먼저 생활인으로서 독자의 필요와 욕구를 충족시키지 않으면 안 된다. 독자들이 생활을 영위하는 데 도움이 되는 다양한 생활 정보를 발굴해서 피부에 와 닿게 제공해야 한다.

다음으로 시민으로서 독자를 위해 언론은 환경 감시, 특히 권력을 감시하고 비판해야 하고, 건전한 여론 형성을 위한 공론장 역할을 해야 하며, 사회 갈등을 공정하게 보도함으로써 갈등 해결에 도움이 되는 담론적 실천을 통해 국민 통합에 이바지해야 한다. 이것이 국민의 알 권리이고 언론의 존재 조건은 국민의 알 권리를 대행하는 데 있다.

독자 없는 신문이 존재할 수 없다고 볼 때, 어려운 환경 속에서 동아일보를 비롯한 한국의 신문이 살아갈 길은 독자의 신뢰를 얻는 일이 무엇보다 중요하다. 신뢰는 역시 독자의 관심사에 대한 정확하고 공정한 정보와 엄정한 비판으로부터 나온다는 사실을 다시 한 번 새기자.

— 이민웅, 『동아일보』, 2007. 3. 31.

이 글은 2007년 제51회 신문의 날을 앞두고 위기에 처해 있는 신문매체를 생각하며 쓴 글이다. 신문의 날이 되면 신문을 걱정하는 글들이 등장한다. 이민웅 교수의 글은 언론위기의 요인으로 젊은 세대의 공공 문제에 대한 관심저하와 뉴스 수요의 감소에서 실마리를 찾고 있다. 이 글을 예시로 꼽는 이유는 언론위기의 원인에 대한 진단이 옳아서가 아니다. 글쓴이가 신문위기와 같은 광범위한 사회적 문제의 원인이 무엇일까 질문을 던진 것을 주목하는 것이다. 글에서 나타나 있지 않지만 그의 고민과 질문이 고스란히 나타나 있고 그 질문에 대한 답을 스스로 찾아가는 과정에서 '뉴스로부터 도피'하고 있는 현상을 발견한 것이다.

어떤 일이든지 당장에는 해법이 보이지 않는다. 마찬가지로 실마리를 찾기까지가 중요하다. 이 글에서 실마리는 '뉴스로부터 도피'라는 현상에 대한 발견이다. 젊은이들이 신문을 읽지 않는다는 것은 흔히 알려진 것이다. 그것은 디지털 문명에서 안타깝지만 어찌할 수 없는 시대적 흐름으로 받아들이고 있는 추세다. 젊은이들이 공공 문제에 대한 관심이 부족하다고 탓하기도 어렵다. 포털을 통해서 뉴스를 보고 있다고 생각하기 때문이다. 뉴스 수요가 줄어드는 현상은 젊은이들의 뉴스 소비방식이 변화된 때문인 것은 맞다. 이를 개선하기 위해 지역신문 활성화 정책도 추진했고 NIE와 같은 교육프로그램도 도입하는 등 무진 애를 써 왔다. 정부 차원에서 지원을 해도 뚜렷한 진전이 없으니 어찌할 도리가 없는 실정이다. 심지어 당면한 신문의 위기가 마치 돌이킬 수 없는 것처럼 여겨지는 것이 일반적인 인식이다.

그런 상황에서 이민웅 교수는 젊은이들이 신문이 아닌 인터넷을 통한 뉴스 소비방식을 변화로 보지 않고 '뉴스로부터 도피'로 규정한 것이다. 신문의 위기를 민주주의의 위기로 확장시킨 것이다. 민주주의는 시민으로서 지켜야 할 자산이고 가치다. 뉴스로부터의 도피는 곧 민주주의를 위협한다는

글쓰기의 기적

지적에 도달한다.

이 글에서 도입한 논리 전개의 틀은 지금의 신문의 위기는 하나의 고비일 뿐이며 그것은 신문 역사의 흐름 속에서 이해해야 한다는 것이다. 누가 신문을 올드미디어로 낙인찍었는지 매체 수용자들은 새로운 매체, 즉 뉴미디어로 이동해버렸다. 누구도 그 흐름을 막을 수 없는 상황이다. 한국의 신문시장은 여기에 그치지 않고 위기 요인은 사방에서 돌출되었다. 정치권력은 물론이고 시민 사회단체까지 새로운 매체질서를 장악하기 위한 헤게모니 쟁투를 벌였고 신문들은 이념적 희생양으로 전락해 있었던 것이 당시의 상황이었다. 사면초가에 빠져 있던 시기라고 할까. 그 어디에도 구조의 손길은 보이지 않았다.

지금 상황은 달라졌다. 아이폰, 아이패드가 등장하면서 신문과 같은 전통 종이매체의 이미지가 다시 주목받기 시작했다. 여타 여러 가지 상황들을 고려해보더라도 오늘의 신문 현실은 결코 비관적이지 않다. 인터넷을 중심으로 한 뉴미디어들의 경우에도 신문의 영향력을 능가할 어떤 시스템이나 동력도 보여주지 못하고 있다. 필자는 시민들을 향해 신문을 읽지 않는 것은 '뉴스로부터 도피하고 있는 것'이라고 일갈을 한 것에 대해 누구도 반박하는 것을 보지 못했다.

글쓴이가 도출해낸 '뉴스 도피'라는 단어는 그래서 특별한 가치를 가진다. 뉴스 도피라는 말 한 마디로 신문을 읽지 않으면 민주시민의 자격이 없음을 강조하고 있다. 메시지의 강도를 어떻게 높일까 하는 문제는 글 쓰는 사람들이면 항상 고민스러운 주제가 아닐 수 없다. 이때 질문이 필요하다. "젊은이들은 왜?" 하는 질문을 던지는 것이다. 그러면 "인터넷으로 보고 있지"라는 답이 돌아올 것이다. 그 다음 "그래도 되나?" 하는 문제 제기가 이어지는 것이다.

설득할 수 있는 논리를 만들어야 한다. 글을 쓰고 질문을 던지고 답하는 과정 속에 나온다. 하지만 먼저 가치관이 확고해야 한다. 뉴스의 가치는 유행에 따라 흘러선 안 된다.

다음 글은 이주향 교수(수원대 철학)가 쓴 '다시 신문의 시대가 열린 이유'이다. 이 글에서 글쓴이는 어떤 의문을 가지고 어떻게 질문을 하며 어떤 발견을 하고 어떻게 생각을 확장해가는가를 살펴보자.

다시 신문의 시대가 열린 이유

신문의 논조는 철학이라 하지 않고 시각이라 한다. 신문은 '혜안'보다는 정보나 상식이다. 그런데 또 그 정보는 얼마나 빠르게 낡아버리는가? 우리들은 지난 신문은 보지 않는다. 하루만 지나면 생기를 잃어버리는 게 신문인데 왜 여전히 신문을 볼까? 전문직일수록, 학력이 높을수록, 소득이 많을수록 신문을 선호하고 활용한다는데 신문의 매력은 무엇일까?

신문 통해 정보 얻는 인구 늘어

사실 신문은 창조도 아니고, 기도도 아니다. 신문은 일상이고 밥이다. 일용할 양식이다. 혜안은 그것이 없어도 당장은 문제가 되지 않지만 일용할 양식이 없으면 당장 당황한다. 물론 세상의 온갖 시끄러운 일들이 문자가 돼 북적대는 것이 싫어 신문을 보지 않는다고 하는 사람들도 있다. 오죽하면 심리학자 로버트 존슨은 신문의 1면을 두고 우리 사회의 집단 그림자라고 했을까? 어둡고, 시끄럽고, 불쾌하고, 무례하고, 부끄러운 사건들이 적나라하게 드러나 있어 억압이 큰 사람일수록 격렬하게 반응하도록 한다는 것이다. 그리고 보니까 신문은 내 마음속 그림자를 비추는 거울이기도 하다.

그림자는 왜 생기는가? 그림자는 사회화 과정에서 사회가 외면하고 거부하고 억압한 특질이 인간 내면에 쌓이면서 생겨나는 것이다. 억누르고 외면하고 방치한 그림자는 감춰둔 채로 숨어 있는 것이 아니다. 어느 순간 에너지를 발휘해서 삶을 훼방하고 파란을 만든다. 내가 그토록 충동적이었다니, 내가 이렇게 잔인한 사람이었다니, 내가 그토록 파괴적이었다니 하면서 '나'에게 놀란 적이 없는가? 버림받은 그림자 짓에 대한 '나'의 탄식이다.

그림자는 존재의 이면이다. 버릴 수도 없고 버려서도 안 된다. 그림자를 버리려 하면 존재가 분열된다. 지킬 박사와 하이드처럼. 그러니 그림자는 외면해야 할 것이 아니라 받아들여야 할 것이고, 부끄러워해야 할 것이 아니라 인정해야 할 것이고, 억압해야 할 것이 아니라 품어야 할 것이다. 그림자를 받아들이고 품는 그것을 우리는 진실이라 부른다. 그것은 받아들이는 만큼, 품는 만큼 에너지가 된다.

그러고 보니까 신문은 에너지가 널려 있는 시장판이다. 상처 입은 자가 어떻게 재단되는지, 무엇이 성공이고 무엇이 실패인지, 어떤 조류가 밀려오는지 신문을 들여다보고 있으면 세상이 무엇에 냉혹하고 무엇에 너그러운지가 한눈에 들어온다. 신문이 팔고 있는 시각 속엔 우리가 선악이라 부르고 상식이라 믿는 그것이 적나라하게 드러나 있다.

신문 특유의 페르소나 때문에 한계가 있지만 우리 사회가 공명할 수 있는 진실을 상기시키는 일이 신문에 대한 우리의 중요한 기대다. 한때 신문이 위기를 맞았던 것은 그 진실에 대한 갈증 때문이었다. 젊은이들이 좀 더 다양하게 진실을 만날 수 있는 인터넷 매체로 이동해 간 것이다. 그러나 정보의 바다에 빠져 죽는다고 하지 않는가. 정보가 다양하다 보니 자질이 없는 글도 걸러지지 않고 떡하니 정보 역할을 하는 것이다. 거름 장치가 없다는 것, 그것은 인터넷의 매력이자 치명적 한계다. 거기서 고개를 돌리는 이들이 요즘 다시 활자 매체로 돌아오고 있다.

4) 있는 그대로, 그리듯이 이야기하라

자신이 가장 잘 알고 있는 것이 무얼까? 자기 자신일 것이다. 그렇다면 자기소개를 한다고 하자. 보통 자기소개를 하라고 하면, 자신의 성격, 자신의 능력, 어떻게 해서 여기까지 오게 됐다는 식의 흔적들을 기록하게 된다. 그런데 글의 대부분이 판단하고 재단하고, 결론을 내리는 식이다. 예컨대 이런 식이다.

나의 성격은 매우 소심하다. … 그래서 나는 동아리활동을 하게 됐고 그래서 밝게 웃고 활발하게 생활하게 되었고, 앞으로 어떤 일도 잘 할 수 있다.

판단을 내리지 말라. 결론을 내리는 것은 금물이다. 질문으로 바꿔내야 한다.

또 한 가지. 소개가 대부분 자신을 묘사하고 있는 것을 볼 수 있다. 자기 자신을 볼 수가 없는데 어떻게 자신을 묘사할 수가 있나. 그렇다면 어떻게 자신을 소개할 것인가. 자신을 드러내는 것이다. 자신의 경험을 이야기하는 것이다. 자기의 경험을 드러내고 그것을 이야기하기 시작하다 보면 강물 속에 잠긴 징검다리를 발견할 수 있다. 그렇게 되면 그 발견이 자신을 움직일 수 있는 동력이 되어준다.

5) 분해하고 조합하라

글은 글 쓰는 이의 생각을 재구성하는 과정이다. 누구나 생각을 하고 말은 잘 한다. 흔히 글쓰기 어려움을 호소하는 사람에게 "이야기하고 싶은 대로 말로 해보라"고 하면 자기 생각을 조리 있게 이야기하는 것을 볼 수 있다. 그런데 글로 쓰라고 하면 막히고 만다. 다시 말하면 생각나는 대로 말하는 것과 생각을 재구성해내는 것은 다르기 때문이다. 생각을 재구성하는 과정이 없이는 좋은 글을 쓸 수 없다. 생각을 재구성하는 법은 읽기를 통해서 배울 수 있다. 글쓰기는 단순히 쓰기만이 아니라 읽기와 함께 이루어진다. 쓰기가 글을 작성하는 것이라면 읽기는 다른 사람의 생각을 분해하는 것이다.

책을 무조건 많이 읽는다고 해서 사고력이 길러지는 것은 아니다. 글쓴이의 생각을 분해하면서 읽어내는 훈련이 필요하다. 분해는 쉽게 이야기해서 맥락을 발견하고 맥락을 따라 읽어가는 것이다. 어떤 글이든지 글쓴이는 자신의 주장을 드러내고 그 주장을 뒷받침하는 근거를 제시하고 있다. 이 주장과 근거가 짝을 이루어 전개되는 것이 맥락이다. 대부분의 독자들은 이 맥락보다는 글쓴이의 주장에 주목하는 경향이 많다. 글쓴이의 주관적 견해나 가치관에 자신도 모르게 동화되는 것이다. 이것은 자신의 주장이나 가치관이 뚜렷하게 확립되어 있지 않다보니 손쉽게 자신의 주장으로 치환시키거나, 아니면 그 주장에 기대어 손쉽게 반대논리를 펴는 경우가 많다. 글쓴이의 주장에 편승한 것이든, 반대로 글쓴이의 주장을 무턱대고 비판하는 모습을 흔히 보게 된다. 그것은 독자의 자세도 아니고 읽어서 아무런 도움이 되지 않는다. 어떤 글이든 메시지를 읽어내는 것은 글쓴이가 아니라 읽는 사람의 몫이다.

글을 이루고 있는 맥락들을 따라 구분해 보면 글쓴이가 자신의 생각을 어떻게 재구성해냈는지 알 수 있다. 생각을 재구성해내는 것은 일종의 공식이고 패턴이며, 심지어 요령이다. 그것은 흉내를 낼 필요가 있다. 아니 철저히 모방을 해야 한다. 나의 것으로 만들고 몸에 익혀야 한다. 나의 생각을 글로 표현하기 위해서는 생각을 재구성하는 법을 이해하고 익힐 필요가 있다.

일부 글쓰기 수업이나 논술강좌의 경험자들의 이야기를 들어보면 읽기를 강조하면서 비판적으로 읽을 것을 주문하는 경우가 있다. 남의 글을 비판하는 것은 매우 쉽다. 책이나 글에서 글쓴이의 주장을 비판하는 것은 옳지 않다. 다만, 자신의 주장을 정당화하는 근거로 제시하는 예시들이 타당한지(논리적 환경), 이런 주장이 그가 속한 공동체에 바람직한 것인지(합목적적 환경), 시대상황을 얼마나 반영한 것인지(상황적 환경) 등을 바탕으로 검토하는 과정은 있을 수 있다. 논리가 빈약하다거나 사회적 공동체의식이 부족하다거나, 상황논리를 읽어내고 그 허점을 지적해내는 것은 글쓰기 시작단계에서는 무리가 있다.

6) 에너지를 얻어라

글을 읽는 것도, 글을 쓰는 것도 모두 에너지를 필요로 한다. 글을 쓰는 데 필요한 에너지는 어디서 얻는가? 읽는 데서 나오고 쓰는 데서 나온다.

글쓰기의 기적

밥을 먹어야 힘을 쓰듯이 밥 먹듯이 읽는 것이다. 음식을 먹기 위해서는 재료를 요리하는 과정이 있듯이 읽을 때도 일차적으로 잘게 쪼개는 방법이 있다. 음식을 통째로 먹지는 못하듯이 읽는 것도 책 전체를, 문장 전체를 통째로 소화할 수는 없다. 잘라야 한다. 자르고 자르면 거기에 새로운 영양소가 있다. 의미가 있다. 잘게 분해되어야 소화하기 쉬운 것과 같은 이치다.

이번에는 합성이 필요하다. 분해만 해서는 어떤 영양소를 만들어낼 수 없다. 잘게 분해된 요소들을 합쳐야 한다. 흡수할 수 있는 형태로 재구성하는 것이 중요하다. 같은 음식을 먹었다고 해서 영양소가 동일하게 생기는 것이 아니다. 같은 땅이라고 해도 인삼 뿌리는 인삼이 되고 무 뿌리는 무를 만드는 법이다. 글쓴이의 질서를 나의 질서로 바꾸어낼 수 있어야 나의 영양소, 나의 에너지가 되는 것이다.

7) 글머리는 마지막에 쓰라

글의 매력은 의식을 깨우는 것이다. 글쓰기에서 누구나 강조하는 것이 첫머리 문장이다. 글머리가 잡히면 문장이 저절로 술술 풀리기도 하고 읽는 것도 쉽게 읽힌다. 글머리가 글쓰기의 거의 전부라고 해도 과언이 아니다. 어쩌면 얽히고설킨 실타래가 실마리 하나로 풀리는 것처럼 글의 첫머리는 생각의 실타래를 풀어내기 위해 실마리를 찾는 과정이기도 하다.

그렇다면 왜 글머리가 중요한가. 미국의 저널리스트이자 작가인 윌리엄 진서는 그의 저서 『글쓰기 생각쓰기』에서 "첫 문장에서 읽는 사람을 끌어들이지 못하면 그 글은 죽은 것이나 다름없다"고 강조했다.

글머리는 영어로는 '리드(Lead)'라고 하고, 일본어로는 '야마(やま)'라고 한다. 영어는 '이끈다'는 뜻이고, 일본어 '야마'는 '꼭대기', '절정', '핵심'이

란 뜻을 포괄하는 단어로 글의 첫 문장을 지칭하는 단어로 제격이다. 우리 말에는 글의 첫머리를 뜻하는 단어가 없다. '첫 문장'이라는 말도 뜻을 담아 내지 못하기 때문에 필자는 '글머리'라고 말한다. 흔히 우리가 일을 할 때 '일머리'를 틀어야 일이 잘된다는 말을 한다. 바로 일머리가 발라야 일이 순조롭듯이 글머리가 잡혀야 글이 풀리는 것이다.

글머리를 가장 중요하게 여기고 가장 심혈을 기울이는 글이 저널리즘이다. 아무리 '인터넷이다' '디지털이다' 세상이 바뀐다 해도 글쓰기 훈련을 하려면 글머리를 바로잡아 내는 훈련을 하지 않으면 안 된다. 글머리가 중요한 이유에 대해 많은 책들에서는 독자들은 참을성이 없기 때문에 그들을 붙잡아두기 위해서라고 한다. 그런 이유는 중요치 않다고 필자는 생각한다. 오로지 글 자체를 위해서다. 글이 생명력을 가진 독립적인 존재라고 언급한 바 있다. 생명력이 있는 유기체치고 머리가 없이 존재하는 것은 없다. 팔이나 다리나 어느 한 부분이 없어도 살 수는 있지만 머리가 없는 유기체는 없듯이 글도 마찬가지다.

어떤 글머리가 효과적일까. 첫째, 하고자 하는 말을 한마디로 나타내야 한다. 대개는 짧을수록 좋다. 다른 사람의 글을 읽을 때 전체 내용을 한 문장으로 표현해보는 훈련을 하면 된다. 둘째, 자기가 품었던 궁금증이나 의문을 독자와 함께 불러일으키는 말로 시작하면 좋다. 읽는 사람이 내가 하고 싶었던 말이라는 생각이 들게 한다. 셋째, 말하고자 하는 메시지의 상징이 되는 사건이나 현상을 내세워 누구든지 공감할 수 있게 한다.

이와 같은 공식을 따라 글머리가 생겨나는 것은 아니다. 유형을 적은 것뿐이다. 글머리를 시작하고 글을 시작할 수 있다면 좋지만, 글머리는 글을 마친 다음에 다시 쓰는 경우가 많다. 오히려 글머리를 잘 써야 한다는 말에는 글머리에 너무 시간을 소비하지 말고 먼저 써내려가는 것이 필요하다는

글쓰기의 기적

뜻도 있다. 무엇보다도 자신이 하고자 하는 말이 무엇인지를 분명히 드러내면 된다. 자신이 전하고자 하는 메시지는 어떤 경우라도 한마디로는 미흡할 것인데 하고 싶은 말을 다 쏟아놓고 보면 내가 하고자 하는 말을 한마디로 요약해낼 수 있을 것이다. 마지막에 쓰는 글이지만 그것이 글머리다.

제1장

기사

제2부 글쓰기의 실제

1. 뉴스란 무엇인가

뉴스(news)란 한마디로 '새로운 것'이다. 이것은 모두가 다 알고 있을 것이다. 뉴스가 '새로운 소식'이라는 것은 항상 명제이다. 그러나 새로운 것이면 모두 뉴스가 되느냐고 할 때 그것이 항상 명제가 되는 것은 아니다. 뉴스는 새로운 소식이면서 동시에 중요한 의미가 있어야 한다.

물론 사실 자체가 새로운 것이거나 희귀성이 있는 일일 때는 뉴스가 된다. 예를 들어 "나로호가 우주궤도에 성공적으로 진입해서 한국이 우주개발대열에 합류했다"든가 "박근혜 후보가 대통령으로 당선됐다"는 소식들은 새로운 것으로서 마땅히 뉴스가 된다.

새롭지 않더라도 시각이 새로우면 뉴스가 된다. 예컨대 "4대강 자전거길이 새로운 여가문화를 만들고 있다"든가 여성 대통령의 등장으로 권위에 대한 시각을 바꾸고 있다는 것 등이다.

또한 뉴스는 새로운 동시에 중요한 의미가 있어야 한다. 새로운 것이더라도 뉴스가 되지 않는 이유는 의미를 부여할 수 없는 경우이다. 그만큼 뉴스는 가치가 중요한 기준이 된다. 예를 들어 과거 6, 70년대 우리나라에서는 연탄가스 중독사고가 잇따랐다. 당시에는 연탄을 주로 사용했기 때문이다. 연탄가스 중독사고가 새로운 일은 아니지만 다수의 가정에서 연탄을 사용하는 만큼 국민들의 안전을 크게 위협하는 요소이기 때문에 새로움과는 관계없이 비중 있게 취급하는 것이다. 그러나 요즘에 와서는 연탄을 난방도구로 사용하지 않게 되면서 연탄가스 중독은 뉴스로 취급받지 못하는 대신 자살이나 기타 용도로 사용되면서 화제가 되는 경우가 있다.

뉴스를 생산해낼 때에는 일차적으로 기자 개인의 판단을 존중한다. 그러나 기사가 신문에 실리기까지 기자 혼자의 판단에 그치지 않고 다수의 제작자의 손을 거치게 된다. 한 편의 기사는 신문사 공동의 작품인 셈이다. 기사 작성 흐름을 보면 기자의 취재계획은 데스크를 통해 취재 여부가 결정되고 이 취재계획은 편집회의를 통해 기사 게재 여부가 결정된다. 기사 게재가 확정되어 취재와 기사 작성이 이뤄지면 데스크의 검토를 거쳐 편집데스크로 넘겨지게 되고 여기서 다른 기사들과 전체적인 조율을 거친 다음 편집 및 제작, 인쇄의 과정이 이뤄진다.

기자에게 뉴스의 가치판단을 맡기는 것은 해당 언론사와 기자의 양심과 양식을 어느 정도 믿기 때문이다. 그것은 하루아침에 생긴 신뢰가 아니다. 오랜 기간 동안 언론사로서 이해관계를 떠나 공론의 장으로서 사명을 다해온 것에 대한 신뢰이고 기본적으로 기자의 공적 역할에 대한 사회적 기대이자 국가나 정치권력을 감시하고 맞서는 용기와 희생에 대한 보답이기도 하다.

뉴스와 관련해서 가장 흔히 제기되는 논란은 사실과 진실에 대한 것이다. 뉴스가 사실에 충실해야 하느냐, 진실을 추구해야 하느냐 하는 문제이

글쓰기의 기적

다. 이 논란이 문제가 되는 것은 어떤 사건의 경우 사건 그 자체만을 보도하는 경우가 있고, 그 사건의 실체에 의문을 품고 파고드는 경우가 있기 때문이다. 이때 언론의 개입 정도를 둘러싸고 논란이 벌어지는 경우가 있다. 언론이 사실에 충실해야지, 미리 어떤 결론을 예단하고 특정 방향으로 보도를 하는 경우이다.

이에 대해 반론을 제기하는 쪽은 언론이 사실만을 전하다 보면 중요한 진실을 놓치는 것이고, 그것은 독자들의 알 권리를 충족시키지 못한다고 비판한다.

예컨대 이명박 정부가 대선공약으로 내세웠던 한반도 대운하 계획은 촛불시위 이후 국민의 반대여론에 밀려 4대강 사업으로 바뀌어 진행됐다. 4대강 사업은 이명박 정부 집권 5년 내내 반대여론에 부딪혀 논란이 됐지만 일부를 제외하고는 대부분 언론에는 제대로 보도되지 않았다. 이른바 언론 통제가 이뤄진 것이다. 여기서 사실은 어디까지로 볼 수 있을까? 시민단체들은 보수언론들이 친정부적인 나머지 MB정부의 국토훼손 행위를 눈감고 있다고 비판한다.

신문 방송들은 실제로 2012년 여름 극심했던 낙동강 유역 녹조발생 사실만을 보도했을 뿐이다. 이를 4대강 사업의 여파로 생겨난 문제점이라고 지적하기는 했지만 형식에 그친 느낌이었다. 4대강 사업이 가져온 환경파괴에 대해 집중적인 접근 노력을 보이지 않았다. 이와 같은 상황에서 사실과 진실에 대한 논란이 생기는 것이다.

뉴스에는 그밖에도 관행적인 기사, 이를테면 기자들이 보통 '계절 기사'라고 부르는 상투적인 기사들이 실리기도 한다. 설날이나 한가위 때 차례상 기사, 삼일절, 광복절, 노동절, 장애인의 날, 어린이날, 어버이날 등에 맞춰서 쓰는 기사 등이 그 예다.

2. 뉴스의 판단기준

뉴스를 판단하는 가장 큰 원칙은 사회적 영향력에 있다. 사회적 영향력이라는 기준 또한 모호하고 추상적이어서 뉴스의 기준은 그때그때의 상황에 따라, 수많은 변수들을 고려해야 하는 복잡한 알고리즘의 산물이다.

그러나 여기서는 전문적이고 고차원적인 뉴스 판별기준이 필요치 않다. 매우 기초적인 뉴스 기준을 설명하면 사회에서 주목받을 수 있고, 또 사회에 영향을 주는 정도에 따라 뉴스의 비중이 정해진다.

그중에서도 중요한 사람과 관련한 것은 기사가 된다. 예를 들어 옆집 아저씨가 쌍꺼풀 수술을 하면 기사가 되지 않지만, 노무현 대통령이 쌍꺼풀 수술을 한 것은 기사가 된다. 인기 가수나 탤런트의 경우 일거수일투족이 뉴스가 되는 것과 같다.

또한 사회적 갈등이나 논쟁거리와 관련된 인물이나 사건, 발언, 변수 등이 언론의 주목을 받는다. 최근 대선 이후 나타난 세대 간 갈등이나 과거의 국가보안법 개폐, 과거사법 제정, 행정도시 건설, 동남권 신공항 건설 등 독자의 관심이 큰 사안은 가능하면 다루려고 하는 것이 언론의 태도이다.

그리고 최근에 일어난 일이 있어야 기사가 된다. 아래 기사는 2012년 취재보도론 수업 중에 한 학생이 발제한 기사이다. 이 기사의 문제점은 5년 전의 사실을 뉴스가치가 있다고 소개하려 한 것이다. 그 학생은 이런 정책이 도움이 되기 때문에 다시 한 번 환기시켜 많은 학생들이 이용하도록 알릴 필요가 있지 않느냐고 말했다. 당연히 그럴 필요가 있다. 그렇다 해도 5년 전의 이야기를 그대로 되풀이해서는 뉴스가 될 수 없다. 뉴스가 무엇인가 설명을 해도 여전히 이런 잘못은 되풀이된다.

이 내용을 기사화시키기 위해서는 현재 시점과 연관지어야 한다. 아무리 유익한 정책이라도 뉴스가 되기 위해서는 현재성을 부여해야 한다. 현재성을 부여하기 위해서는 현재 상태에 대한 취재가 이뤄져야 한다. 이 장학금이 시행된 이후 5년 동안 장학금 혜택을 받은 학생들이 몇 명이나 되고, 장학금 수혜 학생들에게는 어떤 변화가 있었는지 소개하게 되면 자연스럽게 이 제도를 홍보하려는 본 효과를 거두게 된다.

만일 이 장학금이 학생들의 호응을 얻고 있다면 다음과 같이 기사를 만들 수 있을 것이다.

이와 같이 현재 상황을 중심으로 변화를 서술하면 된다. 5년 전의 정책이
지만 현재형이 되면서 살아 있고 매우 유익한 정보와 앞서 체험한 사람들의
성공경험을 공유하는 좋은 기사가 될 수 있는 것이다.

다른 케이스를 하나 더 소개한다. 이 기사를 발제한 학생은 남학생이다.
남학생이 여성 군 진출, 그중에서도 여성 ROTC에 관심을 가지는 것은 특
이한 일이다.

글쓰기의 기적

혜택이 있다. 2년 4개월 의무 복무를 통해 7급 공무원 수준의 급여 혜택이 주어지며(소위의 첫 연봉은 약 2,200만 원) 영관장교로 진출 시에는 평생 연금 혜택을 받을 수 있다. 미혼자, 기혼자 상관없이 군 숙소를 제공하며, 다양한 군 휴양 시설을 이용할 수 있다. 또한 본인 및 가족 의료보험 혜택이 보장되며 군인 자녀에게는 학비가 지원된다. 개인 희망에 따라 장기 복무를 할 수 있어 군인으로서 직업을 이어나갈 수 있다.

이미 여러 기업에서 장교 출신 지원자를 우대하고 있고 이는 남녀 구분 없이 혜택이 주어진다. 이는 금융권에서 특히 두드러진다. 여성 ROTC가 생기기 이전부터 ROTC 혹은 장교 복무는 취업에 적지 않은 도움이 됐다. 지난해 삼성생명에서는 금융전문가 모집 부문에서 ROTC지원자를 우대했고, 교보생명에서는 금융 관련 자격증 소지자와 더불어 장교 출신을 우대했다. 대표적인 예로 지난 3월 롯데그룹에서는 여성 장교를 대상으로 특별채용을 진행했다. 여성 장교 별도 채용을 진행한 기업은 롯데그룹이 처음이다. 롯데그룹 채용담당관의 인터뷰에서는 "여성 고객 비중이 큰 유통 분야의 특성을 감안, 리더십, 책임감, 투철한 국가관을 갖춘 여군 전역장교를 채용하게 됐다"고 밝혔다.

이 기사는 어디서부터 학생 본인의 기사인지 알 수가 없다. 남학생이 왜 여군의 실태에 관심을 가지는지부터 현실성이 떨어진다. 예를 들어 일선 기자라 하더라도 저마다 전문 분야를 담당하고 있다. 예컨대 국방부 출입기자가 아니면서 군 관련 기사를 취재하는 것과 같다. 기자라면 모든 분야를 다 취재할 수 있다고 생각할지 모르지만, 각자 전문 분야나 맡은 역할이 아니면 기사에 손댈 생각을 하지 않는다. 다시 말해서 기자는 전문성이 있어야 하는 것이다. 기자에게 요구되는 전문성이란 전문적인 지식만이 아니라 해당 분야를 구성하는 메타 데이터(주변 정보)에 대한 전문성이다.

이 밖에 사회나 권력에 대한 감시와 비판, 견제라는 언론의 역할에 따라 부정적이고 비판 위주의 기사가 지면에 많이 반영되는 경향도 있다.

3. 기사의 종류

기사의 종류에는 스트레이트, 해설, 인터뷰, 스케치, 기획, 르포, 가십, 시리즈 등이 있다.

1) 스트레이트

가능하면 사실을 평가나 해석 없이 기술하여 기자의 개입이 가장 적은 상태로 전하는 기사 형태이다. 신문의 가장 고전적이며 전형적인 기사 형태라고 할 수 있다.

2) 르포르타주

어떤 사건이나 사고의 현장에 가서 카메라를 들이대듯이 생생하게 취재해서 쓰는 기사를 말한다. 단지 현장의 모습만을 취재하는 것이 아니라, 그 내면을 들여다보는 준비와 노력이 필요한 기사 형태이다. 르포에 대해서는 3장에서 별도로 상세히 다룰 것이다.

4. 기사는 어떻게 이뤄지나

기사는 보통 역삼각형의 형태를 띤다. 가장 중요한 것을 앞에 배치하고 동시에 중요하다고 생각하는 내용을 자세하고 비중 있게 써야 한다. 기사를 쓸 때 가장 중요하게 고려해야 할 것은 글머리를 잘 쓰는 것이다.

글머리(Lead)란 기사의 첫 문장이자 그 기사의 가장 핵심적인 내용을 간략하게 정리해서 기사의 앞머리에 쓴 문장이다. 글머리에는 기사의 핵심 주제가 실려 있어야 한다. 글머리를 어떻게 잡느냐에 따라 기사의 성패가 판가름 난다고 할 수 있을 정도로 글머리의 비중은 높다. 기자들이 취재한 뒤 기사를 쓰기 전에 가장 고민하는 것이 '리드를 어떻게 쓸까?' 하는 것이다. 리드는 문장이 짧고 리드 속의 핵심 주제는 육하원칙 모두가 될 수 있다 .

이슈를 선점하고 흐름을 선도하기 위해서는 리드를 잘 잡아나가는 것이 매우 중요하다.

첫째, 의제 설정이 분명하고, 구체적이며 정확하고 풍부해야 한다. 뉴스 가치가 있고, 그 내용이 대단히 구체적이며, 사실관계가 분명하고, 기사로 다룰 만한 사실들이 풍부해야 좋은 기사가 나온다. 이미 나온 이야기이거나, 취재한 사실이 세세하지 않고, 사실 여부가 불분명하며, 취재한 내용이 적다면 기사 쓰기가 어렵다.

둘째, 글의 소재가 좋아야 한다. 기사가 될 내용을 얼마나 충실히 취재했느냐에 기사의 성패와 완성도가 결정된다. "기사를 잘 못 쓰는 기자는 용서해도 취재를 잘 못하는 기자는 용서 못한다"는 말이 나올 정도이다. 기사를 잘 쓰는 것은 얼마나 취재가 잘 되었느냐에 달려 있다고 해도 과언이 아니다. 취재가 잘 된 경우는 기사를 못 쓸 수가 없다.

셋째, 기사로 쓴 내용은 메시지가 분명해야 한다. 전하고자 하는 메시지가 불분명하거나 이것저것 너무 많은 메시지를 담아내려고 하면 무슨 말인지 이해할 수 없는 경우가 생긴다.

넷째, 매우 작은 단서로도 중요한 메시지를 살려내는 감각과 문장력이 필요하다. 좋은 기사거리를 취재하고도 기사에 반영하지 못하는 경우도 많다. 데스크와 상의하다 보면 이와 같이 중요한 사실을 알고 있으면서도 지나치는 것을 살려낼 때가 많다. 같은 사실을 가지고도 그럴 듯하게 야마를 잡고 추가 취재를 해서 새로운 기사를 만들어내는 것은 기자적 감각이며 문장력의 힘이다. 의제 설정과 취재, 메시지 등의 기본 요건이 갖춰진 다음 중요한 것은 글을 짜임새 있게 만드는 구성력이며 문장력이다.

5. 글쓰기의 대원칙은 쉽고, 짧고, 정확하게 쓰는 것이다

글을 쓰는 사람은 조망하는 위치에 선다. 자신이 전달하고자 하는 메시지만을 보아서는 안된다. 그 메시지를 둘러싼 주변상황까지 장악할 수 있어야 한다. 메시지는 그 자체로 존재하는 것이 아니라 주변의 여러 가지 상황 속에서 의미가 결정된다. 자신이 쓰고자 하는 사안에 대해서는 포괄적인 정보를 소화하고 이해해야 한다. 주로 사전 취재를 통해 필요한 정보들을 파악하지만, 기본적으로 근대사나 주요 사건들에 대한 이해가 있어야 접근이 가능하다. 이 때문에 기자들에게는 상식에 대한 고도의 능력을 요구하는 것이다. 최근의 중요한 사건 사고 사안 등에 대해서는 숙지하고 기억하고 있어야 한다.

기사를 쓸 때는 항상 긴장을 늦추지 않아야 한다. 자칫 방심하면 주제에서 벗어나 전혀 엉뚱한 메시지나 결론에 도달할 수 있다.

또한 어떤 글에서든 똑같이 강조되는 것이 '있는 그대로 드러내는 것'이다. 기사는 논설과 달라서 주장이나 의견을 제시하는 글이 아니다. 기사는 그 자체로 의견이다. 기자는 의미 있다고 판단되는 사실들을 충분히 드러냄으로써 자신의 생각을 직접 주장하지 않고, 자신의 이해와 판단을 독자들에게 전달하는 것이다.

단순한 사실 전달만이 아니다. 기자 자신이 주장하고 싶은 메시지를 대신해주는 사람을 골라 그의 발언을 인용해 싣는 직접 발언 방식도 있다. 인용은 읽는 사람한테 신뢰감을 주고 보다 설득력 있는 메시지를 주기 때문에 기사에서 인용문은 필수이며 적절히 사용하는 것이 좋다. 특히 르포 기사의 경우에는 취재원의 육성을 많이 담을수록 좋다.

당연한 이야기겠지만 기사에는 자신이 잘 모르는 내용을 써서는 안된다. 표현이 미흡할 때는 서술기법을 달리해서 설명할 수 있다. 다양한 서술기법 으로 표현을 하기 위해서는 내용을 정확히 알고 있어야 설명할 수 있을 것 이다.

6. 스트레이트 기사 쓰기

스트레이트 기사란 사실 그대로를 충실히 전하는 기사로서 신문 기사의 가장 대표적인 형태이다. 보통 경찰 사건 기사의 경우 3~4단락 정도이고 원 고 매수는 3~4매 가량이다.

1) 스트레이트의 구성

전하고자 하는 메시지를 한마디로 표현하는 데 필요한 핵심적인 사실만 담아 글머리에 쓴다. 위에서부터 차례로 중요한 사실을 육하원칙에 따라 순 서대로 풀어서 쓴다. 이때 중요한 것일수록 비중 있게 쓴다.

스트레이트 기사는 되도록 짧은 문장으로 건조하게 쓴다. 냉정하고 담담 하게 사실을 전달하는 것이 스트레이트이다. 감정적인 표현이 들어 있으면 신뢰성이 떨어진다.

또 주어와 동사를 중심으로 하여 단문 형태로 쓰는 것이 좋다. 모든 문장 은 주어와 동사로 이뤄져 있다. 대부분 소홀히 하는 것 중에 주어가 분명히 드러나지 않거나 주어격의 형태를 가진 주어가 여러 개 나열되는 경우가 있다. 가능한 한 단문으로 쓰라는 이유도 주어와 동사가 중복되거나 해서 헷갈리는 일을 방지하기 위한 것이고 독자가 글을 쉽게 이해할 수 있도록 하는 것이다. 같은 이유로 스트레이트 기사에서는 가능한 한 형용사나 부사를 쓰지 않는 것이 좋다. 형용사나 부사가 많으면 글이 감정적이거나 과장되어 있다고 느끼기 쉽다. 스트레이트 기사에서 형용사나 부사는 군더더기처럼 느껴질 수 있다. 한 문장 안에 같은 단어, 즉 같은 명사, 같은 동사를 쓰지 않는다는 것도 명심해야 한다.

2) 스트레이트 기사를 쓸 때 유의할 점

당연한 이야기지만 기사의 메시지를 분명히 하려면 주어진 사실에 대해 선택과 집중이 있어야 한다. 중심이 없이 주어진 내용을 그대로 나열한다면 그것은 기사가 아니다. 가장 중요한 사실을 뽑아내 글머리에 제시한다. 그와 관련해서 한두 문단 정도를 할애해서 앞에서 충분히 보여주고 설명해야 한다.

또한 내용 전반에 대한 이해를 충분히 하고 있어야 한다. 기사를 알기 쉽게 서술하기 위한 목적도 있지만 기사는 사건이나 현상의 맥락을 정리한 것인데 미래의 것이기는 하지만 사건의 흐름이나 현상의 발전방향이 틀리지는 않아야 하는 것 또한 기자의 안목에 속한다. 핵심 내용과 논리를 파악하면 어느 정도 전체적인 윤곽을 파악할 수 있고 기사의 방향을 제대로 잡을 수 있다.

계속 반복되는 이야기지만 스트레이트는 군더더기 없이 써야 한다. 중요한 내용을 충분히 써줄 때 여러 측면에서 다양하게 다루는 것이 좋다. 내용이 서로 겹치거나 반복되거나 필요 없는 표현은 피한다. 기사에 사족이 들어가지 않도록 잘 구분해서 담백하게 쓰는 것이 바람직하다.

스트레이트 기사에도 적어도 하나 이상의 인용문이 있어야 한다. 서술문만으로는 주관적인 느낌을 줄 수 있고 관련 이해관계자들의 다양한 목소리를 담을 때 훨씬 설득력을 얻을 수 있다. 다만 인용은 본문의 내용에 부합하는 인용을 써야 하며 본문의 내용과 중복되지 않도록 유의한다.

3) 스트레이트의 기본과 재료

(1) 스트레이트의 재료

경찰서에는 관할 지역 내 사건·사고를 비롯한 대부분의 정보가 모두 수집되고 처리되는 곳이다. 스트레이트 기사의 재료는 경찰서가 생산지인 셈이다. 경찰은 이들 사건·사고의 발생을 언론을 통해 공개해서 추가 범죄를 막고 국민들의 안전을 확보하는 데 언론과 공동보조를 맞추고 있다. 언론사에 갓 입사한 수습기자들이 가장 먼저 경찰서에서 취재훈련을 받는 것도 이런 이유에서다. 기자들은 간단한 발생 보고만을 가지고 직접 경찰을 상대로해서 취재를 한다.

(2) 사건 사고 기사에서 주요 취재사항들

사건 당사자가 무엇보다 중요하다. 가해자나 피해자가 어떤 사람인지를 파악하는 것은 사건·사고를 기사로 구성하는 데 가장 기본이 된다. 사건의 의미나 중요성을 결정짓는 것이기도 하다. 때문에 실명파악은 가장 기본적인 팩트이고 실명을 공개하기 어려운 경우라면 익명 처리할 수도 있다.

다음은 사건의 내용과 맥락을 파악한다. 사건은 기본적으로 육하원칙에 따라 구성되고 보도자료도 그 원칙에 따라 작성되어 있다. 어떤 경우에는, 사건의 가해자 또는 피해자를 밝히지 않는 경우도 있지만, 이때는 빠뜨린 팩트를 철저히 챙겨야 한다. 기사 작성 또한 누가 언제 어디서 무엇을 어떻게 왜 했는지(육하원칙)를 중심으로 작성한다. 육하원칙은 모두 중요한 사실이 될 수 있고, 이 중 어떤 것은 기사의 글머리나 핵심주제가 될 수 있다. 관련자가 여럿일 때는 중심인물을 찾아내는 것이 중요하고 특히 자세히 취재해야 한다.

　내용 파악이 끝나고 나면 이 사건의 처리방향을 살펴봐야 한다. 사건 사고가 발생해서 경찰에 접수되면 법적 절차를 따르게 되어 있다. 따라서 이 사건이 어떤 법적 위반행위에 해당되며 처벌이 필요한 경우 적용되는 법률은 어떤 것인지를 확인하는 것이다.

　대부분의 사건은 법질서를 위반한 범법의 사실들을 다루고 있다. 경찰이 사건 관련자를 구속으로 처리하는지 아니면 불구속으로 처리하는지도 유심히 관찰해야 한다. 구속으로 처리되는 경우가 대체로 중형이 예상되는 큰 사건으로 기사화할 가능성이 높다. 경찰이 이 사건에 대해 앞으로 어떻게 수사를 펼쳐나갈지 즉, 수사가 종결되는지, 아니면 확대되는지도 기사의 비중을 결정하는 중요한 요소이다.

4) 경찰 보도자료 보기

서울영등포경찰서 검거자료 2012년 12월 5일

◎ 피의자: 김모(31세.남)씨. 무직

◎ 사건 내용

2010.2. 새벽 술에 취해 부천역 및 영등포역에서 2회에 걸쳐 18대 대선후보 선거 벽보를 반복적으로 훼손한 피의자 김모(31세.남)씨를 구속했다.

김씨는 2일 00:45경 며칠 전 모 후보의 선거운동원과 말다툼이 있었다는 이유로 부천역 인근에 있는 위 후보 선거 벽보 얼굴 부분을 담뱃불로 지지고, 벽에 묶어놓은 줄을 라이터로 태워 끊어버리는 방법으로 훼손했다.

범행 직후 부천원미서에 검거, 조사 완료하고 석방되어 영등포역 노숙자쉼터로 가기 위해 이 일대를 배회하던 중 8:36경 '갈 데도 없고, 구속이나 되어야겠다'며 재차 18대 대선후보 선거 벽보를 묶어놓은 줄과 테이프를 손으로 뜯어 훼손했다.

◎ 검거 일시.장소
2012.2.08:36경 서울 영등포구 영등포동 423-18 노상

◎ 적용법률
공직선거법 240조 1항(벽보, 그밖의 선전시설 등에 대한 방해죄)

일반적인 경찰의 검거 보도자료다. 주요 사건 내용이 나오고, 검거일시, 피의자에게 적용한 법조항 등을 명시했다. 피의자의 직업이 '무직'으로 나와 있는데 처음부터 직업이 없었는지, 최근에 실직했는지 등 피의자의 사연을 조금 더 구체적으로 취재할 필요가 있다. 피의자가 "갈 데도 없고 구속이나 되어야겠다"고 했다는 말에 대해, 사회적으로 쌓인 불만이 무엇인지 범행 배경을 알아보는 것도 중요하다. 모든 범죄에는 범행동기가 중요하며, 언론의 범죄 기사도 과거 단순히 발생을 보도하는 수준에서 범죄의 사회적 맥락을 짚는 쪽으로 나아가고 있다.

검거 보도자료에서는 피의자 신병처리를 '구속'이라고 표현했다. 구속했다는 표현이 형사소송법 절차의 어떤 단계인지 알아야 한다. 경찰의 구속영장 신청단계인지, 경찰의 신청을 받은 검찰이 법원에 구속영장을 청구했는지, 법원으로부터 구속영장을 발부받았는지 여부이다. 흔히 구속했다고 하면 영장이 발부된 단계를 말한다.

아래 기사는 대선을 앞두고 서울영등포경찰서 사건을 포함해 전국적으로 일어나는 선거벽보 훼손 사례를 모아서 기사로 묶은 것이다. 간단한 형태의 사회 현상 기사라 볼 수 있다.

"후보가 싫어" "장난삼아" 대선벽보 훼손 잇따라

18대 대선 선거운동이 시작된 지난달 27일 이후 후보들의 선거 벽보나 펼침막을 훼손하는 사례가 전국에서 잇따르고 있다. 훼손 동기는 "후보가 싫어서", "장난으로" 등으로 다양했다.

서울 동대문경찰서는 선거 벽보를 훼손한 혐의(공직선거법 위반)로 김아무개(61)씨의 구속영장을 신청할 방침이라고 2일 밝혔다. 선거 벽보를 훼손했다는 이유로 구속영장이 신청된 것은 이번 대선 들어 처음이다. 노숙인인 김씨는 지난달 30일 오후 5시 30분께 동대문구 제기동 일대에서 박근혜 새누리당 대선 후보의 선거 벽보 4장을 칼과 손으로 찢은 혐의를 받고 있다. 김씨는 경찰에서 "먹고살기가 힘들어 현 정권과 새누리당에 불만이 많다"고 진술한 것으로 전해졌다.

영등포경찰서는 2일 오전 술을 마신 상태에서 영등포구 영등포동 ㅇ아파트 담장에 붙은 선거 벽보를 훼손한 혐의로 김아무개(31·무직)씨를 붙잡아 조사중이라고 밝혔다. 이밖에도 중앙선관위는 2일 낮 서초구 방배동 ㅂ아파트 담장에 붙은 대선 후보 7명의 선거 벽보가 땅에 떨어진 것을 파악하고, 경찰에 수사를 의뢰했다.

지역에서도 비슷한 사건이 잇따랐다. 2일 새벽 6시께 대구 서구 내당동에선 대선 후보 7명의 벽보가 모두 불에 탄 채 발견됐다. 1일 오후 5시45분께 광주 남구 봉선동 초등학교 앞에선 박근혜 후보의 벽보를 훼손하던 초등학생들이 경찰에 붙잡히기도 했다. 이들은 경찰에서 "장난 삼아 훼손했다"고 진술했다.

울산에 사는 김아무개(20)씨는 지난달 29일 낮 12시20분께 자신의 영업장을 가린다는 이유로 박근혜 후보의 선거 펼침막을 훼손한 혐의로 경찰 조사를 받고 있다. 정아무개(14)군 등 중학생 3명은 1일 오후 경남 창원시 마산합포구 상가에서 권영길 경남지사 후보의 펼침막에 불을 질러 경찰에서 조사를 받고 있다.

—『한겨레신문』, 2012. 12. 2.

제2장

작문

글쓰기의 기적

"문학이 하는 일은 개체가 아닌 종을 들여다보는 것이며, 전체를 포괄하는 특성과 주된 현상에 주목하는 것이다"

— 시인 새뮤얼 존슨

"추상화는 없어도 되는 관습적 형식과 무의미한 세부를 골라내고 전체를 대표하는 정신만을 보존하는 일이다"

— 소설가 윌라 케이터

1. 작문이란

수업시간에 작문주제로 '자전거' '아버지' '내 생애 가장…' 이라는 제시어를 주고 글쓰기 숙제를 낸 적이 있었다. 항상 하는 얘기지만 작문(作文)이라는 것을 '글을 지어내는 것'으로 이해하는 학생들이 많기 때문에 작문은 '글을 짓는 것'이라고 고쳐서 일러주었다. '지어내는 것'과 '짓는 것'에는 차이가 있다. 앞의 뜻은 '작위(作僞)'의 의미가 들어있기 때문이다. '글을 짓는 것'

은 '집을 짓는 것'과 같은데 어찌된 일인지 작문은 지어내는 줄 알고 종이만 붙들고 씨름을 한다. 집을 지을 때는 공정이 있다. 땅을 파고 기초를 다지고 멀리 산에서 나무를 잘라와서 기둥을 세우고 서까래를 얹어 톱과 망치로 자르고 다듬어야 한다는 것은 다 안다. 글을 짓는데도 집 짓는 것과 똑같은 필수 공정이 필요하다. 얼개를 짜고 글 재료를 구해와서 그 재료들을 자르고 붙이고 한 땀 한 땀 엮어 새로운 공간을 만들어내는 것 하나하나가 공정이다. 하나라도 빠지면 부실이 되고 마는 집 건축과 같은 것이라 정직하게 임하지 않으면 안 된다.

작문을 잘하려면 어떻게 해야 하는가에 대해서는 이미 2장에서 언급한 글쓰기와 다를 바 없다. 나는 오히려 작문에 대한 인식부터 달리하는 차원에서 오해의 소지가 있는 단어부터 아예 '작문' 대신에 '저널리즘 글쓰기'라 부르고 그 범주에서 훈련하는 것이 바람직하다고 생각한다. 다른 점이 있다면 제시어가 다른 것뿐이다.

수업시간에 작문 제시어로 '자전거'를 제시하고 보니 모두들 자전거에 대한 자신의 추억을 적어왔다. 주로 추억을 덩어리째 건져올린 것들이다. 틀린 것은 아니다. 다음 작업은 추억덩어리를 잘게 잘라내고, 새로운 경험들과 연결시키고 결합하는 일이다. 작문은 추억과 현실의 재구성이다. 작문은 특별히 개인의 경험이나 기억을 소재로 삼는 글이다. 과거의 경험을 퍼올리는 것은 당연하지만 그렇다고 옛날 이야기를 하는 것은 아니다. 작문형식의 글 또한 오늘의 현실을 반영하기 마련이고 이를 위해서는 현재를 읽어내는 능력이 요구되기 때문이다. 이것이 내가 저널리즘 글쓰기를 강조하는 이유다. 흔히 학생들의 작문이 과거에서 시작해 여전히 과거에 머무른 채 끝맺는 경우를 본다. 이런 글쓰기를 잘못으로 보지 않을 수도 있지만 폭넓은 글쓰기를 위해서는 과거에 머물러버린 글보다는 현재형으로 연결지어내도록 하고 그 과정에서 심미안을 갖는 길도 발견하게 될 것이다.

간단하게 예를 들어보자. 글제로 '자전거'가 나왔다고 치자. 당신은 무엇을 떠올릴 것인가. 가장 쉽게는 자전거에 관한 개인적인 에피소드일 것이다. 그러나 저널리즘 글쓰기는 본질이 담겨 있어야 한다. 본질에 접근하기 위해서는 보다 근원적인 질문하기를 연습해야 한다. 예를 들어 인류는 왜 자전거를 외면하지 않았을까? 인류는 문명을 거치면서 편리한 것을 추구해왔고 계속 진보해왔는데, 자전거는 왜 인류에게 외면받지 않았을까 하는 질문이다. 어릴 적 아빠로부터 자전거를 배우면서 아빠가 손을 놓을까 아빠를 더 신경썼던 기억에서 시작해 자전거가 마치 지금 개발된 발명품인 것처럼 자전거도로, 법규를 만드는 이유는 뭘까 등등에 대한 생각으로 발전할 수 있을 것이다.

2. 독자들을 매혹시키는 작문

작문은 자유로우면서 깊은 사유의 힘으로 쓰는 것이고, 직접적인 자기 표현이기도 하므로 쓰는 이의 지적 능력을 포함한 모든 것을 드러내기 마련이다. 자유로운 글이라고 함부로 쓸 수 있는 것이 아니다. 이에 비해 대중매체에서 요구하는 작문은 일정한 형식을 가지고 있다. 작문 역시 저널리즘 글쓰기의 범주에서 이해하면 좋다. 작문을 순수 창작으로 여겨 쓰려고 하면 너무 막연해서 글제를 정하기도 어렵고, 글을 써내려가기도 힘들다. 신문에 등장하는 이슈를 소재로 글을 써보면 글을 시작하기 쉽다. 글제를 잡기도 좋고 글의 전개도 빠르고 아이디어, 시대소명, 역사의식도 담아내기 때문에 포괄적인 안목을 가질 수 있다.

신문에서 작문형식의 글은 인기 있는 코너이다. 그만큼 대중들은 저널리즘이 갖는 형식적이고 딱딱한 글보다는 자유로우면서 생각할 여백을 주는 작문형식의 글에 더 끌리게 마련이다. 신문에서도 작문형식의 글이 시사적인 문제를 가능한 덜 시사적인 방법으로 접근하므로 보다 쉽게 독자들에게 현상을 설명해낼 수 있다. 개별 사건에서 출발해서 다른 사건과의 공통점을 찾아내 인간 삶의 보편적 가치를 발견하게 하기도 하고 흔하디흔한 현상에서도 하나의 실마리를 찾아내 시간과 공간을 달리하는 범시대적, 본질적 문제를 설명해내기도 한다. 과거에서 교훈을 얻는 것도, 과거를 통해 미래를 내다보는 것도 모두 현재를 정확히 관찰하고 읽어내는 데서 가능하다. 이것이 저널리즘의 묘미이기도 하다.

실제로 많은 작가나 소설가들이 신문에서 작품의 모티브를 발견하고 취재를 해서 소설을 써나가는 경우가 많다. 작문은 저널리즘의 범주에서 잘 활용하면 단순히 자신의 경험에만 의존하던 것에서 벗어나 훨씬 구체적이고 생생한 나와 이웃의 이야기를 자유롭게 펼칠 수 있다.

신문에서는 외부 필진들이 쓰는 신문 수필과 기자들이 쓰는 취재 후기, 논설위원들이 주로 쓰는 신문 수필과 칼럼 등이 작문형식의 글쓰기에 해당한다. 신문에는 이들 작문형식의 글들이 사설과 함께 신문 글쓰기의 꽃으로 불린다. 이런 신문 수필의 대표적인 예로는 동아일보의 '횡설수설', 조선일보의 '만물상', 중앙일보의 '분수대', 한겨레신문의 '유레카', 경향신문의 '여적', 한국일보의 '지평선' 등이 있다.

3. 저널리즘 글쓰기와 작문

저널리즘 글쓰기와 작문은 표현기법으로 보면 정반대의 글쓰기라고 할 수 있다. 기자들에게 가장 최악의 악담 가운데 '소설쓰지 말라'는 말도 있다.

저널리즘은 당장의 현실, 이미 존재하는 시간과 공간을 사실적으로 조명하는 것인데 반해, 작문은 (가상의) 스토리를 바탕으로 임의의 시간과 공간을 설정하거나 재구성하는 것이다. 현실을 조명하는 글쓰기와 이야기를 위해 시간과 공간을 재구성해나가는 글쓰기 사이에는 현실이냐 비현실이냐의 근본적인 차이가 있다. 그러나 현실을 조명하는 글쓰기 또한 신문이나 TV매체를 통해 표현되므로 시간과 공간을 재구성한 것이라는 점에서 소설의 사실성과 차이가 없다. 중요한 것은 현실이냐 비현실이냐를 떠나서 사실성에 얼마나 충실한가 하는 점이다.

저널리즘적 사고와 사실적 글쓰기가 요구되는 기자에게 작문 능력은 매우 중요하다. 앞서 언급했듯이 현실 속에는 다양한 현상들이 사건만 보아서는 제대로 현실을 조망할 수 없다. 현실의 이면을 꿰뚫어 보기 위해서는 상상력이나 현실적 사실성을 뛰어넘는 능력이 요구된다.

언론의 보도방식이 주로 기사 또는 논설 위주여서 사회구성원들의 다양한 삶의 이야기를 담아내는 데 한계가 있다. 천태만상의 삶의 모습도 모습이거니와 저마다의 인생 여정 또한 같으면서도 다르고 다르면서 또한 같아서 일정한 틀 속에서 규정지을 수 없다. 이와 같은 중층적이고 모순된 듯한 인간의 문제들을 현실 그대로가 아니라 상상력을 발휘해 어떤 결론을 도출해낼 때 독자들은 신문에서 통찰을 발견하고 카타르시스를 얻게 된다. 저널리즘 글쓰기는 기본적으로 사실을 대하는 엄격한 태도를 요구한다. 작문이 요구하는 글쓰기 또한 사실에 대한 엄격한 자세임은 말할 나위가 없다. 저널리즘 글쓰기가 현실의 이면을 파고드는 렌즈의 관점이라면, 작문은 하나의 사안을 다양한 각도에서 볼 수 있게 하는 프리즘과 같은 것이기도 하다. 따라서 저널리즘 글쓰기와 작문 능력이 대립적인 능력이 아니라 두 가지 글쓰기를 두루 갖추는 것이 글 쓰는 사람으로서 팔방미인이 되는 길이다.

글쓰기의 기적

4. 사안의 감춰진 측면을 발견하라

작문은 창의성이 생명이다. 신문에서 다루는 사건, 사고나 현상들은 반복적이고 천편일률적인 경향을 나타내기 때문에 독자들의 주목도가 떨어지는 수가 많다. 기자들에게 생명은 상투성을 탈피하는 것이다. 천편일률적인 일상 속에서 새로운 면을 발견하고 상투적인 사실을 상투적이 아닌 뉴스로 만들어내느냐, 또는 독자들의 관심을 이끌어내느냐의 문제는 창조적인 능력이 좌우한다.

신문과 방송들은 해마다 새해가 되면 새해가 마치 특별한 해인 것처럼 떠들썩하다. 그러나 어디 새해 새 아침이 어제의 아침과 다를 바 무엇이 있는가? 뉴스 매체들은 이와 같은 일상들을 전혀 새로운 시간을 만나기라도 한 것처럼 새해 첫날의 아침 햇살이 방안으로 비춰지는 모습을 그려낸다. 이것이 작문이다.

어쩌면 여느 아침의 아침 햇빛과 다를 바 없는 것이지만 독자들이 새해에거는 기대와 소망을 담아내는 것이 신문의 역할이므로 새해 아침에 다양한 의미를 담아내는 것이다. 그게 뭐 대수냐 하고 말하는 사람도 있을 것이다. 그러나 지금은 정보가 넘쳐나는 시대이다. 사실의 홍수 속에서 자칫 소중한 가치들마저 휩쓸려 가고 있는지 모른다. 의미 있는 현상을 발견하기 위해 별도의 노력을 하지 않으면 안된다. 풍부한 지식과 전복적인 상상력을 동원할 수 있는 작가적 소양을 절실하게 생각해야 할 것이다.

5. 작문 어떻게 잘 쓰나?

1) 작문의 구성

작문의 구성은 도입부와 전개부, 마무리 부분으로 논설과 비슷한 형식으로 볼 수도 있다. 내용, 전개방식은 전혀 다른 스타일의 글로 이해하는 것이 좋다. 작문의 도입부에서는 관심을 끌 만한 흥미로운 사례나 사실을 제시한다.

2) 논설과 비교

같은 이슈를 이야기하더라도 논설에서는 처음부터 직설적으로 이슈를 이야기하지만 작문은 매우 간접적인 화법으로 이슈와 이슈의 주변을 이야기한다. 논설이 명쾌하게 전달하기 위해 현안의 본질로 바로 질러서 들어간다면, 작문은 독자들이 더 관심을 가지고 있는 현안을 감싸고 있는 주변 메시지에서 의미를 끌어내 현안을 연결시켜낸다. 작문에서 시사, 이슈라는 것은 글을 쓰게 하는 동기다. 논설이 무미건조하면서 이성에 호소를 한다면 작문은 감성을 자극하면서 글을 읽는 맛을 느끼게 한다.

3) 작문 글쓰기의 특징

글머리는 저널리즘 글쓰기와는 달리 매우 보편적인 관심사로 시작하는 경우가 많다. 단, 여기서 제시한 보편적인 관심사가 글이 제시하고자 하는 본론과 밀접한 관련성을 갖도록 서술한다. 주로 일화를 소개하는 경우가 많은데, 글머리에서 소개한 일화를 다음 단락에서 상세하게 이끌어낸다. 이때 이야기로 인해 긴장감이 떨어지지 않도록 주의한다. 그 다음 단락에서는 이야기를 계속하는 게 아니라 그 일화 속의 등장인물이나 장소나 어떤 특징이나 키워드에 주목해서 이야기를 반전시킨다.

두 번째는 서서히 키워드와 관계가 있는 다른 사례나 이야기로 풀어나가게 되는데 여기서도 여전히 일화 위주의 이야기를 소개하는 자연스런 톤을 유지하는 것이 중요하다. 흔히 이쯤에서 자신의 주장을 내세우고 싶은 유혹을 많이 느끼게 마련인데 결코 드러내지 않도록 해야 한다. 이런 신문 수필의 성격 때문에 글쓴이에게 해박한 지식과 풍부한 사고력을 요구하는 것이다. 특히 글쓴이가 주장을 내세우는 것은 금물이다. 의견을 내세우거나 단정짓거나 어떤 판단을 내리는 것은 가급적 삼가해야 한다. 이런 식으로 글쓴이의 목소리가 나오게 되면 그 순간 작문의 힘은 떨어진다. 이런 점에서 논설과는 완전히 반대된다.

이 때문에 글머리에서부터 일화를 내세우며 전혀 주장하는 글이 아니라는 것을 분명히 하면서 독자들이 긴장하지 않고 글을 대하도록 하는 것이다. 글은 어떤 것이든 메세지를 가지기 마련이지만, 신문의 대부분을 주장이 차지하고 일정한 가치판단된 목소리들이 지면을 채우는 상황에서 문학적 채널을 통해 여유를 가질 수 있는 신문 수필은 여백의 역할에 충실할 필요가 있다.

4) 작문의 전개방식

작문의 전개방식에는 사실 중심이 있고, 생각과 감상 중심의 글이 있다. 사실 중심의 글은 관련 사실이나 사례를 나열하고 소재나 주제어의 의미나 유례를 살펴보는 것이 대부분인데 관련 역사적 사실이나 일화를 소개하고 자신의 경험이나 들은 이야기를 인용하는 방식이다.

다른 방식으로는 생각과 감상 중심의 글쓰기인데 논설식으로 쓰는 경우도 있고, 떠오르는 단상을 자연스레 펼치는 경우도 있다. 이 방식은 현상에 대한 관찰과 통찰을 담아낼 수 있는 필력이 있는 경우에 쓸 수 있다. 경험이 많지 않고 지적 기반이 취약한 사람이 도전하다가는 독자들의 외면을 받기 쉬우므로 조심해야 한다. 초보인 경우 가능한 사실 중심의 글쓰기를 많이 하는 것이 좋다.

5) 작문을 잘 하기 위한 준비사항

작문을 잘하기 위해서는 2장에서 소개한 내용과 크게 다를 바 없다. 저널리즘이든 작문이든 글쓰기에서 무엇보다 중요한 자세는 사회에 대한 애정과 공동체에 대한 관심이다. 자신이 살고 있는 사회와 더 나아가 국가와 세계, 궁극적으로는 우주적 문제에 대해 끊임없이 애정과 관심을 가지고 사회현상들을 분석하고 그 맥락을 이해하고 있을 때 글제를 발견해내고 소화해낼 수 있다.

글 쓰는 사람은 우선 풍부한 지식이 뒷받침되어야 한다. 그러므로 평소에 다양한 분야의 책을 폭넓게 읽어야 하며 특히 인문사회 자연과학 분야에 대해 꾸준한 관심과 지식 쌓기가 필요하다. 많이 읽되 깊이 읽어서 잘 정리해 두는 습관을 들여야 한다. 글 쓰는 사람이면 누구든지 끝없이 고민하고 수많은 책들과 메모하는 습관을 가지고 있다. 또한 늘 사물이나 현상을 여러 각도에서 보고 뒤집어 볼 줄도 알아야 유연한 사고를 기를 수 있다.

6) 키워드와 키워드 드러내기

저널리즘 글쓰기에서는 의제 설정이겠지만 작문에서는 키워드를 찾아내는 것이 가장 먼저다. 키워드란 글의 중심 메시지를 이루는 핵심 단어이다. 글 쓰는 사람은 이슈가 되는 키워드와 관련해 여러가지 면을 고려할 점들을 짚어보고 생각의 여지를 넓게 잡도록 한다. 작문을 할 때는 키워드부터 설명하려 들어서는 안된다. 주변 이야기를 통해 핵심 주제가 드러나도록 한다. 작문에서는 드러내지 않아야 핵심 주제를 강하게 드러내는 것이다.

두번째로 준비해야 할 것은 키워드에 맞는 글의 방향을 정하는 것이다. 선후를 달리할 수도 있지만, 키워드를 정하고, 글감을 찾은 후 글의 얼개를 짜보고 특히 몇개의 키워드를 나열해서 그림으로 연결시켜보면서 연관 단어들을 나열해보는 것도 좋은 방법이다.

7) 맺음말 쓰기

글을 끝맺는 단계에서는 이슈를 연결해내고 주제 메시지를 던져놓는다. 앞서 이끌어오던 일화와 맥락에 이어 드러나는 이슈나 뉴스 키워드는 읽는 사람으로 하여금 생각지도 못했던 발견과도 같은 쾌감을 주기도 하고 통찰의 순간을 맛보게 하기도 한다. 이런 점에서 신문 수필은 마지막에 주제를 담는다고 말할 수도 있으나 굳이 주제의 위치가 중요하지는 않도록 일화 중간중간에 슬쩍 슬쩍 복선을 깔아두는 것도 좋다. 특히 신문 수필에서 주의할 것은 이슈나 현안과 연결시켜내야 한다고 생각한 나머지 억지스러움이 묻어나는 경우다. 앞서 지적했듯이 주장을 하는 것으로 비춰져서는 안되듯이 주제어와 연결시켜내는 과정 또한 자연스럽게 이뤄져야 한다. 그런 필법은 불교에서 고승들이 쓰는 할(외침)이나 방(몽둥이)처럼 갑자기 툭 던져놓듯이 하는 '방하착(放下着)'의 경지에서나 가능한 것이지만 신문 수필에서는 그렇게 흉내라도 내야 한다. 논리적으로 따져서 결론을 도출하려는 평소의 글쓰기로는 이해할 수 없지만 독자들에게는 그 의외성, 그 초월성에서 카타르시스를 느낀다.

8) 작문 작성시 주의할 점

글감 키워드가 너무 앞에 나온 경우 글의 긴장감이 떨어질 수 있다. 또한 너무 널리 알려진 사례를 소재로 삼는 것은 이미 많이 거론된 것이기 때문에 독자들의 시선을 사로잡기 어렵다. 이런 소재의 경우 새로운 이야기를 인용하기 위해 독서를 많이 하고 자료수집을 많이 해야 한다.

너무 일반적인 내용을 다루는 경우에도 마찬가지로 신선감이 떨어지기 때문에 가능한 새로운 이야기나 구체적 사실 다뤄야 한다.

작문인데 설명문처럼 쓴 경우가 있다. 이때는 기존 사실의 설명보다 새로운 정보나 새로운 시각을 제시하도록 하고 작문인데 논술처럼 쓰는 사람도 더러 있는데 주장이나 의견을 빼거나 숨기는 식으로 서술하고 그 소재와 관련된 다양한 사실과 정보를 전달하는 데 신경을 쓰도록 한다. 작문의 소재와 너무 동떨어진 이야기로 시작하는 경우가 있는데 가능한 소재와 먼 이야기로 접근하되 그 내용이 소재와 어느 정도 관련을 지어 나가야 한다. 이런 글은 글의 멋을 부리는 기법으로 흔히 사용되지만 글쓰기를 시작하는 단계에서는 흉내 내지 않는 것이 좋다.

너무 단정적으로 쓰지 않도록 한다. 앞에서 언급했듯이 논술의 형태에서는 있을 수 있지만 작문은 가능성을 열어놓고 써야 한다. 내용이 특수한 분야이면 일부 사람만 이해할 수 있기 때문에 일반적인 사례와 연결지어 내는 능력이 필요하다. 너무 일반적인 사례도 안되지만 너무 특수해서 일반 독자들이 이해하지 못하는 경우가 생길 수 있다.

▶ **잘 쓴 작문 예시**

아침을 열며

광화문광장을 걸었다. 휴일을 맞아 나들이 나온 시민들로 광장이 북적댔다. 지난 한글날에는 이 거리 이름의 주인이기도 한 세종대왕 동상이 새로 들어섰다. 서울시가 대한민국의 심장부인 세종로를 확 뒤집어엎고 바닥돌을 깔아 만들어낸 광장은 인공의 분수, 꽃밭, 해치상 등으로 채워져 있다. 100년 동안 변함없이 세종로를 지켰던 수십그루 아름드리 은행나무 가로수는 송두리째 뿌리뽑혔다.

시민들의 집회·시위를 금하는 정치 권력의 '광장 공포증'은 논외로 치자. 광화문광장은 우리나라 문화 역량의 한계를 보여주는 것 같아 적이 실망스럽다. 먼저 공간 구조에서도 광장이라기보다는 '고립된 섬' 같은 모습이다. 광장에 인위적으로 조성한 시설물들도 국적불명의 놀이공원 수준을 넘지 못한다. 시민들이 편안하게 쉴 수 있는 휴식 공간도 없다.

당초 육조거리를 재현하려다가 고심 끝에 시위방지용으로 만들었다는 꽃밭의 이름은 이상한 외래어인 '플라워 카펫'이다. 한글날 이곳에 모신 세종대왕께 죄송할 따름이다. 그 형형색색의 꽃들도 가을 날씨에 시드는 기색이 역력하다. 겨울이면 플라워 카펫을 갈아엎고 '아이스 카펫'이라는 이름의 스케이트장을 만들지도 모르겠다. 화분 위에 세워진 우스꽝스러운 그늘막, 예술작품과는 거리가 먼 대형 해치상, 역사를 나열해놓은 도랑에 불과한 '역사 물길', 충무공 동상 앞의 분수는 또 겨울이면 어떤 '변화의 요술'을 부릴지 궁금해진다.

광화문광장이 한국을 대표하는 문화 명소, 문화 광장을 꿈꾸었다면 절제된 조형미와 예술성이 핵심이 되었어야 한다. 그러나 광장에서는 훗날 문화재적 공

간으로 남을 만한 예술적 상상력과 건축 철학, 문화의식 또는 역사의식을 찾아
볼 수가 없다.

그런데도 서울시는 광장이 시민들에게 인기가 높다고 자랑한다. 볼거리와 놀
거리, 전시 이벤트로 호기심만 자극하는 광장에서 어찌 고도 서울의 유장한 전
통과 정신의 향기를 느끼고, 애정과 자부심을 가질 것인가.

차라리 은행나무를 그냥 놔두고 광화문과 어울리는 한국의 전통정원을 들였
으면 훨씬 더 운치있는 명소가 되었을 것이다. 은행잎이 황금빛으로 물들어가는
가을이다. 광장 건너편 교보빌딩 글판에는 장석주의 시 '대추 한 알'이 내걸려 있
다. '대추가 저절로 붉어질 리는 없다/저 안에 태풍 몇개/천둥 몇개, 벼락 몇개.'

광화문광장에서 이어지는 주변 지역들도 과거를 송두리째 내다버리는 식의
집중개발이 이루어지고 있다. 세종문화회관 주변과 교보빌딩 뒤편의 피맛골,
KT 건물 뒤쪽과 종로구청 주변, 제일은행 본점과 청진동 해장국 거리 사이에서
도심 재개발공사가 한창이다. 골목이 잘려나가고 맥없이 쓰러진 건물 가림막의
모습이 수몰 직전의 마을처럼 황량하고 을씨년스럽다.

피맛골은 조선시대 서민들이 양반 행차를 피해 종로로 빨리 가도록 만든 유
서깊은 뒷골목이다. 두 사람이 겨우 비켜 지나갈 수 있을 정도로 좁은 골목에는
최근까지 선술집과 음식점들이 들어차 있었다. 피맛골에서 이어지는 종로구청
길, 청진동길에도 낙짓집, 해장국집이 즐비했다. 이곳은 이상, 윤동주 문학의 모
태였으며, 최근까지도 국내 문화예술인들의 발길이 끊이지 않았던 한 시대의 살
아있는 문화지도였다.

구도심의 건축 공간을 개선하고 좀 더 나은 환경으로 바꾸는 일을 말릴 수는 없
다. 그러나 개발과 건축이 도시의 축적된 '기억'까지 뭉개버리지는 말아야 한다.

서울 중심의 상업지역 가운데 그나마 전통문화와 현대문화가 조화롭게 공존
하는 문화거리인 인사동의 매력은 미로처럼 얽힌 골목길이다. 그 골목골목에서
문인과 화가들이 창작 에너지를 재충전해 빛나는 예술작품들을 토해냈다.

최인훈은 〈광장〉에서 "사람들이 자기의 밀실로부터 광장으로 나오는 골목은
저마다 다르다. 광장에 이르는 골목은 무수히 많다"고 했다. 요즘 인사동도 새

이 글은 광화문 광장이 새로 들어선 것을 모티브로 하면서 그동안 서울의 도심 상징거리를 조성하는 과정에서 6백년 전통을 이어왔던 '피맛골'과 같은 골목이 사라지는 결과를 낳았던 개발의 문제점을 지적하는 잔잔하면서도 통찰력이 있는 글이다. 예술과 기억이 사라진 광장과 골목의 관계를 잘 연결시켜냈다.

예를 들어 광장에 새로 뿜어내는 인공분수와 오래전 사라진 100년된 은행나무를 잘 대비시켰고 플라워재킷과 세종대왕상을 통해서 상징적 메시지를 잘 부각시켰다. 여기서 글을 생명력 있게 만드는 장치가 "겨울이면 꽃밭은 어찌되겠나?" 하고 던지는 질문이다. 정책적 실수라고 느끼지 않을까 하고 행정당국이 미처 생각지 못했을 법한 문제를 지적하고 있다. 또한 인공광장과 「대추 한 알」이라는 시를 연결지어 냄으로써 더 아프게 느껴지도록 하고 있다. 칼럼 마지막에 "구도심의 건축공간을~ 기억마저 뭉개버리지 말아야 한다."라는 대목에서 긍정해줄 줄도 아는 배짱을 보이고 있다. 전반적으로 추상적이기는 하지만 '추상성'의 의미를 잘 부각시키고 있다. 절실함이 다르면 자기 것이 다르다는 것을 보여준 글이다.

6. 기출작문 작성 예시

1) 글감 다루기

글제를 받았을 때 여기에 빠지지 말자. 글제를 컨트롤할 줄 알아야 한다. 시험은 일종의 게임이다. 출제자가 수험생에게 제시어를 던졌다면 수험생은 그것을 다시 출제자에게 되돌려준다고 생각하자. 서로 오고가야 한다. 자신이 괜히 짐을 지려고 하지 말자.

2008년 한겨레신문에서 출제하였던 "불안"이라는 주제의 작문을 보자. 불안은 보통 자기 문제로 생각하기 쉽다. 그러나 자기 감정에 빠져 심각해지면 안 된다. 어떤 소재든 불안에 대입하면 된다. 유명인을 다루는 게 가장 좋은 방법. 최근엔 최진실이나 오바마의 사례 등을 인용하면 좋다. 오바마의 경우 아메리카의 불안으로 풀어나갈 수 있다. 오바마의 등장은 간단한 메시지가 아니다. 향후 미국 사회에 어떤 파장을 던질지 유심히 보자. 한국의 경우에도 김대중, 노무현 정권 교체 때 기득권층이 가졌던 불안을 떠올릴 수 있다.

2) 작문 기출문제 분석

(1) 연도별 각 신문, 방송사의 기출 작문 문제

출제연도	출제매체	주제
	조선일보	우리가 물려받은 나라, 우리가 물려줄 나라(800자)
2012	한겨레	물들다(60분, 1,200자)
	머니투데이	신호등

연도	언론사	주제
2011	부산일보	다음 그림(애플사 로고에 사과를 베어 문 부분이 잡스의 옆모습으로 돼있음)을 보고 자유롭게 연상하시오.(단, 애플이나 잡스의 이름을 언급하지 않을 것)
	세계일보	소통
	KBS	반기문 UN 사무총장이 연임에 성공했다는 가정하에 연설문을 작성하라
	동아일보	다문화
2009	문화일보	법치
	동아일보	엄마
	국민일보	돌
	한국경제	눈[目]
	연합뉴스	통일한국의 모습과 미래에 대해 논하라 시대정신과 언론 남북관계와 국제공조
	MBC입사시험 (PD직종)	하이힐, 자장면, 길 중 택 1 하여 단어를 포함한 제목을 반드시 정하고 작문하기
	헤럴드경제	다음 주제어 중 택1, 형식 자유(1,000~1,400자, 분량 엄수) 1) 세종시 2) 나의 정체성
2008	한겨레	불안(1,200자 내외, 80분)
	KBS	지금 나에게 휴대전화와 인터넷이 없다면
	연합	1. 종합 부동산세 폐지에 대한 자신의 견해 2. 세계화와 민족주의의 공존 가능성에 대한 자신의 견해 3. 종교 편향에 대한 자신의 견해
	제주MBC	탄생, 섬, 연애
	문화일보	공권력

| 국민일보 | 연탄 |
| 한국경제 | 나목(裸木) |

(2) 각 신문, 방송사의 기출 작문 문제 분석

① 2005년 3월 삼척 문화방송

주제: Now and Here(지금 그리고 여기)

'지금 그리고 여기'와 같은 주제는 너무 광범위하고 철학적인 주제라는 점에서 어디서부터 시작해야할지 당황스러울 수 있다. 이런 경우 평소에 자신이 왜 기자가 되어야 하는지 생각을 담은 글이 있다면 이런 주제와 연결시켜낼 수도 있다. 주의할 것은 '지금'과 '여기'라는 개념을 너무 관념적으로 쓰지 않는 것이다. 이를 위해서는 구체적인 매개를 찾아내는 것이 중요하다.

학생들이 지금 공부하고 있는 강의실은 바로 지금 여기에 해당된다. 그 강의실은 자신에게 무엇이며 어떤 곳인가 질문을 던져보자. 매일같이 수업을 듣는, 전혀 새로울 것 없는 일상인 지금 여기와, 3년 전 입학했을 때 꿈꾸던 대학과 강의실을 둘러보면서 느꼈던 새롭고 가슴뛰게 했던 그때 그곳은 어떻게 다른가. 그때 그곳이 바로 지금 여기인데 나에게 전해지는 가슴뛰게 하던 그 순간은 어디로 사라진 것인가.

이런 질문들을 나누다 보면 전혀 새로운 생각으로 발전시켜 갈 수 있을 것이다.

② 2005년 3월 헤럴드 경제

① 좌(左)

글제로 '좌(左)'라는 제시어를 제시한 것은 수험생들이 얼마나 유연하게 사고할 줄 아는지를 보고자 한 것으로 이해된다. '좌(左)'를 어떻게 해석하든 상관은 없다. 어떤 사람은 좌파니 하는 이념성을 떠올릴 수도 있고 오른손, 왼손일 때 왼손은 오른손보다는 비정상적 상황을 지칭하는 것이기도 하다. 그런가 하면 왼손잡이들에게서 흔히 발견되는 창조성이나 평범하지 않은 자질들을 떠올릴 수도 있다. 보통 사람들이 쉽게 떠올릴 수 있는 생각보다도 고정관념을 벗어난 주제를 잡는 것이 글쓰기를 훨씬 쉽게 한다. 난해한 주제를 잡아서 무게 있는 글을 쓴다고 해서 좋은 평가를 받으리라는 보장은 없다.

또 너무 좌(左)의 측면을 강조하거나 지나치게 옹호하는 것도 좋지 않다. 양면을 고려해서 균형잡힌 생각을 전개하는 것이 좋다.

② 봄

모든 단어는 다의적이다. 다양한 개념들을 내포하고 있다. 봄 또한 그런 다의적인 개념을 가진 대표적인 단어이다. 봄을 이야기하자면 계절을 이야기하기 마련이다. 봄이라는 계절의 특징들을 이야기할 수도 있고 자신의 각별했던 봄의 기억을 떠올리는 것도 좋다. 이어령 선생이 쓴 글에서도 등장하지만 봄은 영어로 'Spring'이다. 스프링처럼 위로 솟구치는 성질을 단어로 표현한 것이다. 그리고 보면 봄이라는 계절의 특징을 잘 반영한 표현이다. 계속해서 이어령 선생의 글을 인용해보면 봄의 대표적인 풍경으로 분수를 이야기한다. 이렇듯 봄의 구체적인 풍경들을 소재로 끌어들여 그 특징을 연결시켜내는 방법이 좋다.

그러나 어쩌면 그런 봄의 이미지조차도 이제는 상투적인 것이 되고 말았는지도 모른다. 그만큼 자기만의 눈으로 보려는 노력이 필요하다. 글이 가장 경계해야 할 것은 상투성이다. 그것을 벗어나는 손쉬운 방법은 자신의 경험을 보편성의 테두리로 확장시켜 내는 것이다.

"내 여자친구의 이름이 봄이다."와 같은.

③ 2005년 2월 한국경제

주제: 꿈

어쩌면 가장 흔한 제시어 가운데 하나가 '꿈'이다. 꿈 역시 다의적이기 때문에 자신의 경험을 살려서 풀어내는 것이 효과적일 것이다. 꿈의 추상성보다는 매우 현실적인 꿈들을 떠올리도록 한다. TV나 신문에서 만나는 꿈을 이룬 사람의 사례를 소개할 수도 있고, 그런 차원에서 나의 꿈과 연결시켜낼 수 있다. 평소에 이런 글제들은 스스로 써보고 수정을 거듭하는 것이 필요하다. 다만 '어떻게 다르게 볼 수 있을까' 하고 자신의 인식의 지평을 넓히는 과정이 되어야 한다. 독서를 겸할 수 있다면 꿈과 관련된 프로이트의『꿈의 해석』이나 장자의 '나비꿈'과 같은 이야기를 동원해서 평범한 수준을 넘어설 수 있다면 금상첨화이다. 다만 관념적으로 흐르지 않도록 해야 한다.

④ 2005년 2월 매일경제

　가수 싸이의 〈강남스타일〉이 지구촌을 뒤흔드는 공전의 히트를 치면서 서울 강남은 세계적인 지명도를 얻게 되었다. 그동안 굳어져 오던 이미지에서 벗어나 매우 다양한 아이콘을 갖게 되었으니 앞으로도 제시어로 등장할 가능성이 많다. 한국 사회의 압축성장의 단면을 보여주는 곳이기도 하고, 강남 갔던 제비가 돌아오는 향수를 떠올릴 수도 있고, 부와 권력의 상징이기도 하고, 한때는 강남에 살면서 좌파인 지식층들을 일러 '강남 좌파'라는 이미지도 생겨났다.

　'강남 좌파'는 서울대 조국 교수를 지칭해 한 언론인이 만든 신조어로 서울 강남을 소재로 한 글에 인용하여 쓴다면 좋은 사례가 될 것이다. 기존 이미지에 전혀 새로운 이미지를 결합해 새로운 사회적 계층과 분위기를 설명해낸 것이다.

　이 제시어는 당시 사회적 문제가 되었던 KTX 부산 – 울산 구간 노선변경을 둘러싼 파문이 배경이 된 것이다.

　변경된 선로가 천성산을 관통하자 지율스님이 단식농성을 벌이면서 반대투쟁을 한 결과 도롱뇽 소송으로 발전한 것이다. 매우 사회적 쟁점이 되었던 주제라 논의를 전개하는 데 제한적이라는 단점이 있지만 생각을 확장해 보면 재미있는 이야기를 떠올릴 수가 있다.

예컨대 야생 짐승이 재판의 주인이 된 사례가 있는지, 현행법에서 도롱뇽의 지위는 어떻게 되는지,

이 제시어를 통해서 확인해야 할 것은 현재 이슈가 되고 있는 현안들을 어떻게 이해하고 글을 쓰는 소재로 활용할 것인가 하는 점이다. 지금은 이미 결론이 나버린 상황이지만, 당시 이 문제는 환경적으로나 기술적으로 누구도 측정할 수도, 이렇다 할 결론을 내릴 수도 없다는 점에서 난제 중의 난제라는 기억으로 남아있다.

⑤ 2005년 서울경제

① 연예인X파일

2005년 당시 연예계를 떠들썩하게 했던 연예인 X파일이 공개되어 파문이 일었다. 이 사안 또한 언제든지 새롭게 불붙을 수 있는 인화성이 강한 이슈이다. 연예인들의 사생활을 어디까지 보호하느냐 하는 문제도 있을 수 있고, 광고주의 권력, 공인의 어려움 등도 거론될 수 있다.

또한 우리 사회가 이른바 'X파일'에 대단히 민감하게 반응하는 사회적 경향도 파고들 수 있다. 또 TV매체의 보호막 속에서 벌어지는 추악한 뒷거래의 이야기가 드러난 현상이라면 미디어 권력이 만들어내는 인간 상품화에 대한 비인간적인 매체산업의 이면을 질타할 수도 있다.

② 한류열풍

일본에서 시작된 한류열풍이 이제는 전 세계적인 트렌드로 자리잡고 있

다. 그 당시 주역이라면 당연히 배용준이나 최지우, 장동건이 될 것이지만 한류열풍이 특정 연예인들의 전유물이 아니라는 것은 이제 분명해졌다. 한국의 무엇인가가 세계인들을 사로잡는다는 사실이 확인된 것이다. 그것은 한국, 한국인이 가진 어떤 특징이 전 세계인들이 공감할 수 있는 보편성을 가졌다는 뜻이다. 그것을 '신명'이라고 할 수도 있고 건강성이라고 할 수도 있고, 에너지라고 할 수도 있다.

우리의 문화가 하나의 유행으로서 전 세계인들의 공감을 얻어낼 수 있는 데는 미디어의 힘이 자리잡고 있다. 디지털 문명이 만들어낸 SNS나 유튜브와 같은 소셜네트워크가 없었다면 이와 같은 한류바람은 기대하기 어려운 것이라는 요소도 흥미롭다.

한류라고 해서 단순히 한류스타들 중심으로 이야기를 풀어가는 것은 금물이다.

③ 스크린쿼터제

한국 영화 보급을 전제로 만들어진 제도가 한미 FTA와 같은 콘텐츠산업 개방 바람을 맞을 때마다 큰 이슈가 되어왔다. 그러나 지금은 한국 영화가 국제적으로 인정받기 시작하면서 이런 이슈는 더이상 이슈가 되지 못하는 상황이 됐다.

이와 같이 시대흐름이나 글로벌 환경이 되면서 퇴색되거나 다시 부활하는 이슈들이 제시어로 등장할 가능성이 높다. 그만큼 뉴스 흐름에 주목하고 있어야 맥락을 놓치지 않는다. 당시에는 스크린 쿼터제가 한국 영화의 물러설 수 없는 보루로 여겨졌을 정도이나 지금에 와서 보면 문화다양성으로 이해되고 오히려 한국 영화의 건강성으로 작용한 것이라고 이해할 수 있다.

퀘터제의 이슈는 본질적으로 자유무역이냐 보호무역이냐의 논란이므로 이런 각도에서 이야기로 풀어가는 것도 의미가 있다.

⑥ 2004년 하반기 대전 MBC PD

이 제시어 또한 언제든지 등장 가능한 주제이다. 특히 시대가 발달할수록 나눔에 대한 가치는 더 중요해지는 것이다. 흔히 연말이나 겨울 등 나눔이 필요할 때마다 사회가 각박해진다는 이야기들이 나오고 있지만 여전히 우리 사회는 나눔에 인색하지 않다는 뉴스를 자주 접할 수 있다. 기부문화가 아직 정착되지 않은 점도 있지만, 나눔이 장려되도록 하는 제도적 뒷받침도 중요하다. 나눔을 함께 하는 사람들은 항상 돈만이 아니라 직접적인 손길이 중요하다고 강조한다. 나누는 삶의 방식도 바뀌고 있다. 그런 새로운 나눔의 방식에 관심을 가지는 것도 좋다.

특히 디지털 문명 자체가 참여와 공유, 개방이므로 최근에는 재능기부라는 나누는 삶의 방식도 다양하고 참여하기도 쉬워 재능기부 형태는 앞으로도 활발히 진행될 것으로 보인다. 이와 함께 노블리스 오블리제라는 가치를 강조하는 것도 필요하다. 최근에는 소규모 협동조합도 설립할 수 있고, 굳이 나눔을 말하지 않더라도 생활 그 자체가 나눔이 되는 사회로 진행하고 있는 것도 설명할 수 있다.

⑦ 2004년 하반기 조선일보

이런 류의 제시어들은 순수하게는 불화하던 두 진영이 손을 맞잡는 것이다. '화해'라는 단어만으로 글을 풀어가는 것은 무리다. 언론사가 제시어를 통해서 요구하는 데는 시사적인 배경을 가진 것들이 많다. 정치적인 사건, 예컨대 인민혁명당 사건이나 광주항쟁의 피해자들과 그 가해자들의 이야기가 될 수도 있지만 이런 류의 설정은 상투적이라 권할 것이 못된다.

한때 이회창 신한국당 대선후보를 떨어뜨리기 위해 음모론을 제기했다가 구속된 김대업이라는 사람이 명절을 맞아 당시 한나라당에 사과박스를 전달해서 화제가 된 일이 있다. '사과'한다는 의미에서 사과박스를 보냈다는 것인데 이런 것으로는 결코 화해가 될 수 없는 것이다.

⑧ 2004년 하반기 MBC

너무 평이한 주제이고 이대로라면 평이한 이야기로 끝날 수 있다. 중앙일보 사진기자였던 것으로 기억되는데 그 기자는 자신의 생일이 되면 가족들을 데리고 명동성당 앞에서 사진을 찍는 것을 하나의 연중 가족행사로 하고 있었다. 사진은 그때의 시간과 공간을 평면으로 옮긴 것이다. 그런데 이 사진이 시간을 달리하면서 거듭될 때에는 하나의 메시지가 되고 줄거리가 되는 것이다. 그가 찍어온 사진이 5년을 거듭하면서 5장이 있었는데 처음에는 자신의 부인과 단둘이던 데에서 두 번째 사진에는 부인이 임신한 모습으로,

세 번째 사진에는 아이가 태어나 세 식구가 되어있는 사진으로 달라져 가는 것이다.

사진기자가 생각해낼 수 있는 재미있는 가족앨범을 해마다 만들어가고 있었던 것이다.

⑨ 2004년 하반기 KBS 아나운서

주제: '다름'과 '틀림'

차이와 차별에 대한 이야기로 해석될 수 있고 이런 이야기는 흔히 거론되고 있는 주제이다. 예컨대 장애인이나 이주노동자인 경우 인간으로서는 다를 바 없는데도 차별의 대상이 되는 때가 많다. 이것은 사회적인 관점에서 제시어를 풀어보는 것이고 그밖에 어떤 것은 다르다고 하고, 어떤 것은 틀리다고 할 때 다름과 틀림의 의미를 짚어보는 것도 흥미롭다.

⑩ 2004년 하반기 KBS 방송경영 부문

주제: 장남

'장남으로 사는 법'이라는 책도 나와 있는 것을 보면 우리 사회에서 장남이 짊어져야 하는 가족 내, 사회 내 부담들을 구체적인 사례를 들어 볼 수 있겠다. 흔히 가족의 문제를 예로 들어보면 한국 사회에서는 아직도 시어머니와 며느리의 갈등이 잔존해 있고, 제사 문제나 상속의 문제도 있을 수 있다.

　2013년 연초에 세간의 화제가 된 삼성가의 상속재산 다툼도 장남의 소재
로 좋을 것이다.

⑪ 2004년 하반기 KBS 전국권 기자

주제: 땅

　매우 보편적인 주제이면서 항상 등장할 수 있고, 많은 사람들의 관심사이
기도 한 주제이다. 소설로도 문학적 소재로도 많이 등장한다. 박경리 선생
의 『토지』, 펄 벅의 『대지』 등이 대표적인 예이지만, 너무 거창하게 확장했
다가는 뒷감당하기 힘들다. 소박하게는 도시의 삶이 땅으로부터 멀어져 있
다는 생각에서부터 휴식을 위해, 건강을 위해 땅을 찾아 떠나는 행렬에 대
한 이야기로 확장해볼 수도 있다.

⑫ 2004년 하반기 KBS TV PD

주제: 비상구

　비상구라고 하면 탈출구라는 뜻을 떠올릴 수 있다. 그런 의미를 살려 우
리 사회에서 비상구가 필요한 세대들, 특히 20대 젊은이들이 대학을 졸업
하고도, 또는 성인이 되고도 부모에게 의존할 수밖에 없는 현실을 이야기할
수도 있다. 또는 화재가 났을 때 비상구를 찾지 못해 숨을 거둔 사건이나 사
창가 여성들이 도망가지 못하도록 창을 없앴다는 이야기는 인간에게 비상
구가 얼마나 절박한 이름인가를 말해주는 사례다.

주제: 스팸 메일

인터넷이 등장하면서 생긴 쓰레기 정보의 대명사이다. 디지털 문명은 편리함을 주는 한편으로 금방 잊혀지고 지울 수 있는 한편으로 존재마저 소비성으로 바꿔버리는 무서운 면을 가지고 있다. 나의 입장에서 보면 편리하게 사용하고 버릴 수 있지만, 언젠가 나 역시 그렇게 소비될 수 있다는 생각으로 발전시켜 볼 수 있다.

제3장

르포

1. 르포란

'르포'란 프랑스 말인 '르포르타주(reportage)'를 줄인 말로, '보고(報告)'라는 뜻이다. 즉, 어떤 사건이나 사물, 현장을 관찰자의 눈으로 직접 보고 체험해 독자에게 보고하는 저널리즘 글쓰기의 한 종류이다. 모든 저널리즘 글쓰기는 직접 가보고 듣고 체험한 것에서 나오는 것이지만 르포만큼은 오로지 발품에서 나오고 발품에서 완성된다. 현장에 많이 가보면 가볼수록 좋은 글이 나온다.

신문에서는 르포 기사를 흔히 볼 수 있다. 미디어가 발달할수록 르포 형태를 선호하는 경향이 늘고 있기 때문에 아예 기자들이 현장 체험을 하도록 하고 그 체험담을 생생하게 지면이나 화면에 옮기는 것이다. 이렇게 하는 이유는 독자나 시청자들의 요구를 수렴하려는 것이다. 독자들은 실제 눈으로 확인하고 싶어하고 매체를 통해 대리만족을 얻기를 바라기 때문이다.

이와 같은 저널리즘의 변화를 반영해 언론사 입사시험에서부터 르포형식의 기사쓰기가 등장하고 있다. 시험은 주제 제시형과 장소 제시형 두 가지 유형이 있다. 주제 제시형은 특정한 주제를 제시한 뒤 그에 맞춰 취재하도록 한다. 예를 들어 '봄' '겨울' '일하는 사람들' '서울의 사람들' 등이다.

장소 제시형은 특정한 장소를 제시한 뒤 거기에서 취재하도록 한다. 예를 들어 '명동' '남대문시장' '신촌' '종로' '이태원' 등 특정한 지역과 장소를 제시한다.

몇몇 언론사의 경우에는 합숙하는 장소에서 취재가 이뤄지기 때문에 장소 제시형 시험이 반복되는 경우도 있다. 서울방송(SBS)은 강원도 평창에서, 문화방송(MBC)은 경기도 의정부에서 주로 한다. 세계일보는 가까운 이태원에서, 조선일보는 아예 수원시장 근처에 수험생들을 내려놓은 경우도 있고 중앙일보는 남대문시장을 주제로 내기도 했다. 대부분 신문사들은 그때 그때 장소를 달리하고 있다. 수험생들이 미리 어떤 문제나 장소에 대한 정보를 얻기 위해 수소문하는 경우가 많지만 정보를 얻는 것보다 더 중요한 것은 현장에서 느껴지는 생생한 느낌을 잘 반영해낼 수 있는 기획이다. 그 날따라 만나게 되는 풍경이나 사람들을 중심으로 기사의 프레임을 짜게 되면 기사가 제시하고자 하는 메시지를 부각시킬 수 있는 것이다.

주제 또는 장소를 제시받은 수험생들은 요구하는 바에 맞춰 4시간 정도 취재한 뒤 시험장소로 돌아가 1~2시간 동안 기사를 작성한다. 일부 신문사에서는 취재한 취재노트를 보고 그 내용을 평가하기도 한다.

2. 르포 기사 취재 원칙 및 유의점

수험생들의 이야기를 들어보면 주제를 받고 바로 현장에 투입이 되기 때문에 따로 자료조사를 할 시간이 없었다고 한다. 때문에 현장에서 PC방이나 카페를 찾아 인터넷으로 전체적인 상황 파악을 하고 무엇을 중심으로 취재를 할 것인지 정한다.

사전에 자료조사를 해야 한다고 하는 조언도 있지만, 이것은 사전에 이미 프레임을 짜놓게 되므로 현장성이 떨어지고 생생한 느낌을 살려내기가 어렵다는 문제점이 있어 권할 것이 못된다. 다만, 경험도 없는 상태에서 바로 현장에 투입되게 되면 무엇을 어떻게 해야할 지 막막하기 때문에 이런 경우에 대비해 사전에 케이스별로 스터디를 하고 여건이 되면 실제로 르포형식의 글쓰기를 해두는 것이 필요하다. 그런 준비는 매우 중요하고 현장에 도착해서 매우 체계적으로 움직일 수 있으므로 제한된 시간에도 불구하고 기사의 완성도를 높일 수 있다.

르포이든 일반 기사이든 저널리즘 글쓰기의 초점은 사람에 맞춰져야 한다. 특히 르포에 있어서는 사람의 풍경을 다뤄야 한다. 장소든 사건이든 생물이든 다루려는 것이 무엇이든 그 중심에는 사람이 있고 그 사람을 만나는 일이 중요하다. 사람이 없는 풍경은 르포가 아니다. 될수록 많은 사람을 만나는 것이 좋으나 취재의 중심질문을 가지고 있어야 사람들과의 인터뷰가 통일성을 가진다. 여러 사람을 만나더라도 대화의 내용에 따라서 어떤 인물의 경우 보다 집중적인 인터뷰를 해서 전체적인 윤곽을 잡을 수 있다.

한 수험생의 경우, 남대문을 글제로 받고 남대문 근처에 도착한 다음, 남대문이 외국인 관광지라는 점에 포착해 르포시험으로 주어진 그 짧은 시간에도 외국인들을 상대로 설문조사를 해서 그 결과를 토대로 상인들을 인터뷰하는 방식을 취해 좋은 점수를 받았다. 일단 기획력이 뛰어난 데다 취재의 구조면에서 설득력을 갖추고 있기 때문이다. 이와 같이 르포 기사의 경우 기사의 프레임이 매우 중요하다. 아무리 열심히 발품을 팔고, 인터뷰를 하고, 현장의 목소리에 귀를 기울인다고 해도 취재 프레임이 명확하지 않으면 메타데이터들을 가려내기도 어렵고 메시지를 뽑아내기는 더욱 어렵다. 특히 시험인 경우, 약 반나절 시간 동안 현장을 어떻게 심도 있게 취재하고 한두 시간만에 기사의 완성도를 높일 수 있겠는가. 베테랑 저널리스트라도 한두 번 방문이 아니라 지속적으로 답사를 하고 시간과 공을 들인 다음에야 '이것이구나!' 하는 방향을 잡아낼 수 있는 것이다. 수험생이라면 르포 기사의 특징을 잘 이해하고 그런 류의 글쓰기에서 힘을 발휘할 수 있는 글쓰기의 유형을 눈여겨 보고 훈련을 해보기 바란다. 이른바 기획력이라는 자질이 가장 돋보이는 글쓰기가 르포이다.

이밖에 취재하는 이는 관점을 여러 가지로 변화시켜봐야 한다. 멀리서 보기도 하고 가까이서 보기도 하고, 장애인의 눈, 여성의 눈, 외국인의 눈으로 보기도 해야 한다. 그런 다양하고 열린 시각이 좋은 기사를 쓸 수 있게 한다. 또한 취재 소재를 차별해서 다른 사람이 쉽게 생각할 수 없는 것이라야 강한 인상을 남길 수 있다.

강구할 수 있는 수단은 모두 동원해야 한다. 가능한 방법이 없다고 해서 못했다는 것은 좋은 평가를 받지 못한다. 어디까지나 시도라도 해야 한다. 만날 수 없는 사람이라면 전화번호를 확보하려는 시도를 해야 하고, 전화번호를 좀처럼 알려주지 않기 때문에 전화번호를 얻어내는 데는 다양한 방법이 있을 수 있다. 만일 얻지 못했다면 어떤 식으로 그 주인공에게 접근하려고 했는지 끝까지 매달리는 모습을 보여야 한다. 글을 못 쓰는 한이 있더라도 취재에 대한 집요함을 경험해보는 것도 좋다.

전체적으로 취재할 때는 적극적이고 도전적인 자세를 견지할 필요가 있고, 기사를 쓸 때 그런 내용이 드러날 수 있도록 작성해야 한다.

3. 르포 기사 작성 원칙 및 유의점

글은 자신이 취재한 내용을 쓰고 그것을 뒷받침하는 현장의 목소리를 계속 반복해 나가는 구조로 이뤄진다. '취재한 내용의 묘사 + 취재원의 말'이다. 이것이 전체 기사의 80% 이상을 차지해야 한다. 글의 패턴은 주로 '묘사'가 되어야 한다. '서술'이나 '설명'이 되어서는 안 된다. 묘사는 마치 사건의 증거를 비디오로 찍어놓은 것처럼 해야 한다. 이를 위해 비디오를 찍어서 그것을 글로 설명하거나 길거리에 나가 카페에 앉아서 거리의 풍경과 사람들의 움직임을 직접 묘사해보는 것도 좋다.

현장의 주요 분위기가 '묘사'가 되어야 한다. 현장을 묘사하기 위해서는 자신이 본 것보다는 현장의 취재원들의 목소리를 전하는 방식으로 하면 좋다. 어쩌면 인터뷰를 한 결과 글의 메시지로 활용할 수 있는 발언을 한 사람들의 말을 분위기 묘사에 필요한 등장인물과 현장의 문제점을 제시하는 등장인물(문제점을 제시하는 등장인물이 많아야 함), 이런 문제점에 대한 현장의 여론과 분위기를 전하는 등장인물, 피해 당사자들, 현안을 해결에 필요한 솔루션을 제시하는 등장인물, 향후 대책과 현장 공동체의 반응을 전하는 등장인물(이 인물은 대표자가 적당함) 등의 목소리로 기사를 구성할 수 있다.

이런 현장의 목소리 중간에 관련 자료나 통계를 제시해서 현장의 목소리에 객관성을 뒷받침해야 한다.

이렇게 되면 내용은 정확하고 구체적이며 현장감과 생동감이 생생하게 드러나게 된다.

문장은 가급적 짧게 쓰도록 하고 생생한 현장감을 살리도록 하되 보편적이면서도 독특한 사실에 비중을 두도록 한다. 르포는 특히 글 쓰는 이의 '감수성'과 '관찰력'이 요구되는 글이다. 현장에서 생활하는 주민들이 인식하지 못했던 문제점도 놓치지 않고 문제 제기해낼 수 있어야 차별성 있는 르포가 될 수 있다.

글 작성시 유의할 점은 고발성 르포라고 하더라도 스트레이트처럼 팩트 위주의 딱딱한 문장이 아니라 살아 숨쉬는 듯한 생동감 있는 문체가 필요하다는 것이다.

현장성을 강조하기 위해서는 실명, 직업, 주소 등 확인 가능한 것들은 확실히 밝혀주는 것이 좋다. 개인의 주관적인 감상이 지나치면 과장이나 왜곡이 될 소지가 크다. 따라서 주관적인 감상은 최대한 절제할 필요가 있다. 관찰자로서 태도를 끝까지 견지해야 한다.

▶ 기사 예시

망하는 창업자 매년 86만 명… 땡처리업자에 넘겨진 '서민의 꿈'

우리나라에서는 1년에 107만여 명이 창업을 하고, 86만여명이 가게 문을 닫는다. 문 닫는 가게들에서는 대한민국 창업자들의 자화상이 그대로 드러난다. 서울 중구 황학동 중앙시장에서 5년째 폐업처리 업체를 운영하는 김맹호(56) 사장. 그는 폐업을 결심한 가게에서 연락을 주면 그곳으로 찾아가 폐업 견적을 내준다. 서로의 눈높이가 맞으면 김씨는 폐업가게의 물품을 갖고와 중고물품으로 다시 판매한다. 우리 사회 바닥에서 벌어지는 서민들의 창업 애환을 현장에서 두 눈으로 목격하는 김 사장과 보름간 동행하며 7곳의 폐업가게를 찾아봤다.

"쉿!"

지난달 18일 오전, 서울 회현동에 위치한 대형 주상복합건물 1층의 피자가게.

김맹호 씨가 손가락을 입에 갖다 댔다. 그는 "이 가게 문 연 지 3개월 만에 망했어. 조용히 얼른 끝내고 가는 게 상책이야"라고 했다. 벽에 고정된 선반을 떼어내는 데 애를 먹던 김씨는 "나사가 장난 아니게 깊게 박혔어. 장사 진짜 오래 할 생각이었나 봐"라고 말했다. 오전 11시 30분, 200kg이 넘는 피자오븐이 트럭에 실리면서 9평의 피자가게 폐업작업이 끝났다. 물건을 싣고 가던 길에 김씨는 "이제 4년이 넘어가지만 남의 불행이 내 생업이니까 마음이 편하지는 않다"고 했다. 수천만원을 들여 내부시설을 만들었는데, 폐업 견적으로 100만~200만원이 나오면 그자리에서 통곡을 하는 사람도 있다. 김씨는 "그렇다고 값을 더 쳐줄 수는 없지. 중고시세가 엄격하니까"라고 말했다.

4월 30일, 커피숍 불이 꺼져 있었고, 유리문에는 '매장 내부수리 관계로 휴무합니다'라고 적힌 종이가 붙어있었다. 전화를 하자 곧 나타난 사장 김모(여·42) 씨는 "가게 낸 지 1년도 안 됐는데 '망했다'고 쓰기는 창피하니까…"라고 했다.

"이 조그만 탁자 6개랑 의자 6개가 1000만원이에요. 말이 돼요?"

김씨가 작년 5월 가게를 내며 들인 돈은 2억3000만원. 보증금 5000만원을 돌려받아도 1억8000만원을 고스란히 날릴 판이다. 인테리어 하는 데 4125만원, 각종 기기와 물품구매에 8000만원 넘는 돈을 프랜차이즈 본사에서 가져갔다. "커피머신이랑 오븐 등 10개 기계에 4800만원 냈는데 나중에 인터넷으로 가격 찾아보니까 다 합쳐서 1500만원이에요. 이 정도 남겨먹으면 사기꾼 아니에요?"

지난 4월 5일. 서울 명지대 앞 카페로 폐업 견적을 뽑으러 갔다. 같은 앞치마, 모자까지 쓴 부부는 둘 다 아무 말이 없었다. 3일 후 폐업을 한다고 했다.

18살 때 처음 제빵기술을 배운 사장 이모씨는 호텔과 대형 제과점에서 일하다 7년 전 결혼과 함께 자신의 케이크집을 차렸다. 그러나 지난 7년은 시련의 연속이었다.

"그나마 오는 손님들은 단골이지만 대부분 유명 브랜드 빵집만 찾죠."

이씨는 케이크 포장지만 봐도 마음이 아프다고 했다. 별다른 장식이나 그림이 없는 밋밋한 연두색 포장지였다. 포장지 제작업체가 대기업 위주의 대량주문만 받아서 이씨처럼 영세상인은 싸구려 포장지밖에 못 쓴다고 했다. 이씨는 "단골손님들한테 문 닫는다는 얘기도 못했다. 조용히 사라지려고 한다"면서 "꼭 손님 없는 일요일에 폐업작업을 해달라"고 부탁했다. 일요일이던 8일 오전 10시부터 시작된 작업은 2시간도 안 돼 끝이 났다. 부부는 "시원하다"는 말을 반복했지만 "그래도 제 가게였잖아요"라며 폐업작업을 끝까지 지켜봤다.

4월 16일, 진모씨의 만두소 공장 기계들엔 뽀얗게 밀가루와 먼지가 내려앉아 있었다. 바닥 여기저기엔 오래전에 사용됐을 만두피들이 누렇게 변색된 채 흩어져 있었다.

"중소기업 다니면서 한 달에 300만원은 받았어요. 그런데 대기업은 자기 능력이 모자라서 잘릴 걱정을 하지만, 중소기업은 내가 잘리기 전에 아예 회사가 망할 수도 있겠더라고요. 애들은 커가는데, 뭔가 해야겠다고 해서 시작한 거예요."

제2의 인생을 맞이하게 해줄 줄 알았던 공장 문은 2011년 5월에 열었다. 집을 팔아 마련한 9000만원 가운데 생활비 2000만원을 떼어놓고, 7000만원을 투자했다.

"1년 동안 계약 1건도 못 땄어요. 큰 회사에서 이렇게 꽉 잡고 있는 줄은 몰랐어요. 다 제 잘못이죠." 이날 진씨와 김맹호 사장은 140만원에 폐업계약을 맺었다.
— 김석종, 『경향신문』, 2009. 10. 12.

영세 자영업자가 포화 상태이고, 하루 걸러 새로운 가게가 생기고 또 기존 가게가 망하는 일이 속출하는 한국의 경제상황은 익히 알고 있는 현실이다. 위 기사는 기존 기사와 다르게 '폐업처리업체'의 시선에서 영세 자영업자의 실태를 들여다본다. 주제는 새로운 것이 아니지만, 그를 들여다보는 시각과 방식이 새로운 것이다. 자영업자의 '폐업'은 실패의 가장 상징적인 순간이다. 이를 전문적으로 하는 김맹호 씨를 따라 자영업 실태를 들여다봤다.

기사 초반에 '한해 107만여 명이 창업을 하고 86만여 명이 폐업을 한다'는 통계가 나온다. 르포 기사라고 해서 현장스케치만 있으면 안 된다. 통계나 지표가 함께 들어가야 현장 이야기가 사회 전반의 문제로 발전할 수 있다. 위 기사에선 폐업하는 등장인물의 사연이 비교적 적게 들어갔다. 아마 분량의 제한일 듯한데, 폐업하기 전 왜 창업을 했고, 장사가 어떻게 안 됐는지 등등을 구체적으로 드러낸다면 독자들이 좀 더 깊이 공감하고 이해할 수 있을 것이다.

글쓰기 사례 연구

제1장

논술 고득점을 위한 글쓰기 요소
-Case Study

지금까지 글쓰기의 기본조건, 잘 쓰는 요령을 소개했다. 이번 장에서는 신문 칼럼으로 글쓰기 사례를 분석하고자 한다. 필자가 2008~2009년 언론사 입사시험을 준비하던 학생들에게 가르치며 사용했던 칼럼들 수백 편 가운데 40여 편 가량을 추려냈다.

잘 쓴 사례의 예시로 소개할 칼럼들은 몇 년이 지난 지금도 주장과 근거가 빛을 발한다. 그야말로 시대의 명칼럼니스트들이다. 잘 쓴 논술들은 논술이 필수적으로 갖추어야 할 요소들 △의제 설정 △개념의 활용 △개요 △가치의 정립 △상징 △균형 △분석 및 진단 △대의의 편에 서기 등으로 구분해 분석했다.

칼럼 분석에는 다산 정약용 선생이 제자들에게 일러준 공부법을 적용했다. 다산은 지금으로 따지면 타고난 저널리스트였다고 생각된다. 자료를 수집 분류하고 이를 바탕으로 수많은 글을 쓰고 책을 묶어냈다. 조선시대 매체라고 하면 책이 유일했으므로 그 시대의 저널리스트라고 해도 틀리지 않을 것이다. 다행인 것은 정민 교수(한양대)가 그의 역저 『다산 지식경영법』

에서 친절하게 그 깊은 뜻을 풀이해놓은 바람에 오늘의 문제를 다룬 칼럼 분석에 적용할 수 있었다.

다산의 공부법 가운데 저널리즘 글쓰기의 본보기로 삼을 만한 가르침들은

강구실용법(講究實用法) 쓸모를 따져 현실에 적용하고 새로운 질서 발견하기

휘분류취법(彙分類聚法) 기존의 개념을 자신의 언어로 사회현상을 묶어내는 방법

거일반삼법(擧一反三法) 양쪽 논란에서 쟁점을 뽑아내고 허를 찔러 논쟁을 해소하는 방법

본의본령법(本意本領法) 정곡찌르기 – 핵심을 건드려 전체를 움직이기

촉류방통법(觸類旁通法) 상징을 활용해 무질서 속에서 질서 찾는 방법

공심공안법(公心公眼法) 편견을 버리고 저울처럼 공평하게 균형을 이루는 방법

층체판석법(層遞判析法) 단계별로 분석해서 파헤쳐 진단하고 해법을 찾는 방법

독후엄정법(篤厚嚴正法) 시공간을 대비해 메시지 추출하여 주장을 뒷받침 하는 방법

실사구시법(實事求是法) 핵심에 집중해 주제의식을 밀도 있게 하는 법

속중득운법(俗中得韻法) 세상이 혼돈에 빠져도 처지에 따라 변하지 않는 중 심 잡는 방법

등이다.

반면 아쉬운 칼럼들도 있다. 예로 든 칼럼의 칼럼니스트 중에는 유명한 학자이거나 언론인, 집필가도 있지만 고쳐 써야 할 부분들이 보였다.

글쓰기의 기적

이들 칼럼은 △현실반영이 제대로 되지 않은 경우 △상황인식 △성급한 결론 △예상이나 추정이 실현가능성이 적은 경우 △개념화가 잘못된 경우 △비교가 무리한 경우 △지나치게 보수적이거나 시대에 뒤떨어진 내용 △논리비약, 모순 △잘못된 인용 등으로 구분해 분석했다.

Case Study 1. 의제 설정: 강구실용법(講究實用法)
쓸모를 따져 현실에 적용하고 새로운 질서 발견하기

기업의 이익, 국가의 이익

조선·해운업으로 고속 성장한 STX그룹 임직원은 대략 4만7000여명이다. 이 중 중국인이 2만7000명, 유럽인이 1만6000명이다. 나머지 4000명 안팎이 한국인이다. 이 그룹이 한국인에게 제공한 일자리는 9%에 못 미친다. 그룹의 작년도 연간 매출액 28조원 중 24조원은 해외에서 올렸다.

그렇다고 그룹 총수의 국적, 본사 위치, 주주 구성과 지배 구조, 중요 의사결정 과정 등 어느 모로 봐도 한국 기업이지 외국계로 분류할 수는 없다. 더구나 강덕수 회장은 재계를 대표하는 전경련의 부회장까지 겸하고 있다. 강 회장은 법인세 인하·규제 완화 등 정부를 향해 전경련이 목소리를 높일 때마다 찬성해 왔고, 앞으로도 그럴 것이다.

이 대목에서 한번 따져보자. 만약 STX가 그간 해오던 방식으로 그룹을 키워 간다면 외국인에게 9개 일자리를 줄 때마다 한국인에게는 고작 1개의 일자리 선물이 배달될 것이다. 그렇다면 한국 정부는 누구를 위해 세금 감면 혜택을 제공하고 금융 편의를 봐줘야 할까. 중국인인가, 유럽인인가, 한국인인가.

국내 법인과 해외 법인은 세금 관할 구역이 다르고, 설혹 혜택을 받더라도 해외 법인은 현지 국가에서 훨씬 더 받는다고 항변할 것이다. 글로벌 회사로 클 때까지 한국이 도와준 게 뭐 있느냐는 불평도 요즘 총수들의 입버릇이다. 일리 있는 말이다.

그러나 기업의 이익이 국가의 이익과 일치하던 시대는 갔다. 글로벌회사일수록 기업이익과 국익 사이의 간격은 도리어 멀어지고 있다. 이 때문에 대기업을 키울수록 국익이 커진다고 믿으며 온갖 혜택을 제공하는 전략이 반드시 옳은 길은 아니다.

GM대우가 좋은 사례다. 투자를 늘릴 때면 한국 정부가 세금 혜택을 주었고, 산업은행은 대출금을 늘려줬다. 그렇지만 중·소형차 수출로 큰 이익을 남긴 한국 법인이 디트로이트 본사에 이익을 헌납했다는 의혹은 점점 짙어지고 있다.

우리에게 돌아온 것은 '손해를 나누자'는 청구서뿐이다. 어제의 이익은 미국 본사로 가고, 오늘의 손실은 한국에 넘겨진 꼴이다. 이런 회사에 우리는 세금 혜택을 더 제공하고, 정부 소유 은행이 돈을 더 대줘야 할까.

우리는 글로벌 기업을 보는 시각을 바꿔야 한다. 정부는 반도체 회사의 연구개발에 많은 혜택을 주고 있으나, 그 떡고물은 복잡한 회계 처리를 거쳐 인도 방갈로르 현지 연구소의 인도인 박사에게까지 나눠지고 있다. 여기에도 우리는 언제까지 세금 혜택을 주어야 할까.

현재 한국과 일본 간에 가장 치열한 전쟁이 벌어진 업종이 LCD 등 디스플레이 제조업이다. 신기술 개발부터 가격 인하 싸움까지 최후의 결판을 앞두었다. 이 소용돌이 속에서 두 달 전 LG디스플레이가 중국 광저우에 새 액정패널 공장 계획을 발표했다. 최첨단(8세대) 공장이어서 일본 언론이 더 크게 보도했다. 그만큼 저쪽 충격이 컸던 것일까.

하지만 우리는 한 방 먹였다고 뿌듯해할 수만은 없다. 한국은 수천 개의 일자리를 중국인에게 넘기고 말았다. LG디스플레이는 지난 1년 동안 4593명을 신규 채용, 가장 많은 일자리를 한국인에게 제공한 효자회사다. LG는 일본 경쟁자를 누를지 모르지만, 취직을 기대해온 한국 젊은이들은 패배자가 되고 말았다.

글로벌 기업의 이런 결정에 분노하고 욕을 퍼부을 일은 결코 아니다. 그들 나름의 생존 전략을 탓할 수는 없다. 그러기보다는 기업 지원정책을 바꿔야 한다.

군사정권 시절의 친기업적 발명품들을 재검토해야 한다.

예를 들어 기업이 설비 투자를 늘리면 세금을 탕감해주는 발상(임시 투자세액공제 제도)도 없애야 한다. 지식경제부와 재계는 투자 회복을 위해 이 제도를 꼭 유지해야 한다고 주장하지만, 글로벌 시대에 맞지 않는 옷과 마찬가지다.

이 제도가 도입된 27년 전만 해도 기업이 10억원을 투자, 공장을 지으면 적어도 60명 안팎의 젊은이가 직장을 챙겼다. 이런 효과를 겨냥해 정부는 10억원 설비투자에 대충 1억원씩 세금을 탕감해줬다.

그러나 정부가 세금 1억원을 포기해 60명 밥벌이를 확보했던 것이 지금은 약발이 10명 이내로 뚝 떨어졌다. 오히려 자동화 투자로 종업원을 줄이면서 세금 탕감까지 받아가는 사례가 적지 않다.

이런 세금 감면 정책은 진작 바꿨어야 한다. 그 대신 한국 국적의 젊은이를 새로 채용하면 세금을 덜어주는 제도(고용세액공제 제도)를 전폭 도입해야 한다. 사원을 1명 늘릴 때마다 1000만원씩 세금을 감면해준다면 세금 1조원으로 줄잡아 10만명의 일자리를 창출할 수 있다.

청년 실업에 묘수가 없다고 한탄하고 있을 때가 아니다. 모든 기업 정책을 한국인 고용을 우선하는 방향으로 바꿔야 한다. 중국인에게 더 많은 일자리를 제공하는 회사에 무엇 때문에 애정 표시를 계속해야 하는가.

—송희영, 『조선일보』, 2009. 10. 24.

• 배경: 정부는 기업이 투자를 늘리면 세금을 탕감해주는 정책을 유지하고 있다. 이는 기업의 활동을 도움으로서 국가에 더 큰 이익이 발생한다는 전통적인 인식에 따른 것이다. 그러나 글쓴이는 기업이 발생시키는 핵심적인 가치인 고용효과가 오늘날 세계화시대 속 대기업에서는 찾아볼 수 없다고 지적했다. 따라서 정부가 해결해야 할 젊은이들의 일자리 확대로 이어지지 않기 때문에 더 이상 국가가 나서서 기업을 지원할 필요가 없다는 것이 글쓴이의 주장이다.

• **논점:** 기업 발전이 곧 국가 발전이던 공식이 어느새 깨졌다. 투자를 기준으로 국가가 지원하는 발상을 철회하고 고용을 늘리면 세금을 덜어주는 정책을 도입할 필요가 있다.

• **포인트:** 이 글은 기업의 이익이 곧 국가의 이익이라는 매우 전통적인 공식에 의문을 제기하고 있다. 기업의 지원(세금감면)이 고용증가로 이어지지 않는 현상을 분석해낸 통찰력을 읽어내야 한다. 매우 당연하게 여겨오던 가치를 부정해내는 힘은 어디서 나오는가.

그 메시지를 구성하는 요소들을 살펴볼 필요가 있다. 여기서 의제 설정의 힘을 발견하게 된다. 이 글의 글쓴이 또한 처음부터 기업의 이익이 국가의 이익이 아닌 것을 알고 있었던 것은 아닐 것이다. 공공연하게 친기업 정책기조를 표방하는 이명박 정부에게 기업들의 투자의욕을 돋구기 위해 도입했던 투자세액공제를 없애라고 하는 주장은 정부로서는 참으로 아픈 지적이 아닐 수 없다. 송희영 주간이 이와 같은 의제 설정을 가능할 수 있었던 단서는 어디서였을까. 모르긴 해도 LG디스플레이가 중국공장 설립계획을 발표한 것이 단서가 아니었을까. 특히 일본의 반응에 주목하면서 의문을 가지게 되었고 과연 해외에 투자하는 기업에 한국 정부가 투자세액을 공제해주는 것이 맞는가 하는 의문은 자연스럽다. 글 쓰는 사람이면, 흔히 선수들끼리는 안다. 그 의문이 확신으로 발전하는 순간 생각의 힘은 무서울 정도의 힘을 발휘한다. 지금까지 사고의 프레임이 기업이 중심에 서고, 기업의 투자에 우선순위를 두는 것이었다면 이것을 과감히 부정하고 새로운 프레임을 가동해 보는 것이다. 그것이 글로벌 환경에서 기업의 이익이 국가의 이익과 일치하지 않는다는 발견이고 그 논리를 뒷받침하는 근거로서 투자 대신에 고용의 변화를 추적한 것이다. 그 결과 STX그룹이 한국인 고용이 9%에 그친다는 사실을 비롯해 일련의 기업들이 내국인을 고용하지 않는 사례를 들어 정부가 기업을 지원하는 기준을 변경할 것을 요구하게 된 것이다.

이런 주장은 읽는 사람들도 참으로 통쾌할 것이다. 아무리 정책 담당자, 기업인이라 해도 달리 변명할 여지가 없고 고개를 끄덕일 만한 것이다. 이런 것은 쉽게 주장할 수 있는 게 아니지만 의제 설정에 성공하는 순간 글쓴이는 일필휘지로 써내려갔을 것이고, 글을 마쳤을 때의 호방한 느낌은 이루 말할 수 없었을 것이다.

글쓰기는 그런 것이다. 하나의 단순한 뉴스, 팩트에서 출발해 일본 신문의 반응에서 힌트를 얻고 의문을 갖게 되고 여타 관련 근거를 찾아나서면서 확신으로 바뀌고 그는 가공할 엔진을 얻는다. 글로벌 환경에서 기업에 대한 정부의 지원 기준을 투자에서 고용으로 전환해야 한다는, 매우 획기적인 패러다임 시프트에 시동을 건 것이다. 이것이 글쓰기의 기적이다. 이 칼럼을 통해 변화될 것들이 한두 가지가 아니다. 이로 인해 변화될 국내 고용 지형 또한 작지 않을 것이다. 한 편의 글이 패러다임의 변화를 일으킨 것이다. 이 칼럼을 통해 거대한 변화가 일어나서 기적이 아니라 하나의 단순한 뉴스에서 시작된 생각이 기업과 정부를 움직이는 거대한 의제로 확장된 생각의 변화가 기적이 아니고 무엇인가.

Case Study 2. 개념의 활용: 휘분류취법(彙分類聚法)
기존의 개념을 자신의 언어로 사회현상을 묶어내는 방법

기적(奇蹟)은 여기서 멈추지 않으리

연말 정국이 해머와 전기톱으로 몹시 어지럽다. 경제공황의 먹구름이 전 세계를 뒤덮고 있기도 하다. 내년에는 실업자 수가 더 늘어날 것이라는 예보도 있다. 한국, 한국인들은 또다시 시련과 역경의 시기를 맞은 것 같다. 그러나 여기서 좌절할 수는 없다. 좌절할 이유도 없다. 한국, 한국인들은 원래가 폭풍을 뚫고 기적을 이룬 나라요 국민이기 때문이다.

1948년에 대한민국 헌법이 제정되고 대한민국이 건국된 것부터가 우선 기적 같은 사태였다. 북쪽에는 스탈린이 지시하는 계급혁명이 착착 진행되고, 남쪽에는 그에 호응하는 통일전선이 쫙 깔린 난국 속에서도, 당시의 지도자들이 우익독재 헌법 아닌 순수 자유민주주의 헌법을 제정했다는 것 자체가 기적 아니고 무엇인가? 이 헌법 덕택에 오늘의 우리의 민주화가 가능했고 산업화가 가능했다. 그 헌법 정신이 아니었다면 "유신체제 물러가라!" "산업화를 넘어 선진화로!" 같은 구호들이 발붙일 땅이 없었을 것이다.

6·25 남침 때 부산까지 밀렸다가 다시 살아난 것도 기적 그 자체였다. 스탈린, 마오쩌둥, 김일성이 작심하고 밀고 내려왔을 때 제3자들로서는 그저 강 건너 불구경하듯 할 수도 있었다. 그랬더라면 지금 대한민국은 없다. 민주화도 없고 산업화도 없다. 그런데 트루먼, 유엔이 발 빠르게 움직였고, 소련도 한국 참전을 결의하던 유엔 안보리에 불출석하는 실책으로 대한민국의 소생을 도왔(?)다. 모두 다 기적 같은 일이었다.

국민소득 80달러, 문맹률 70%, 농업 의존도 80%의 최빈국(最貧國) 한국이 오늘의 세계적인 산업국가로 도약한 것도 기적이라는 말로 밖에는 설명할 수 없다. 주변부는 계속 주변부로 남을 수밖에 없다고 하는 종속이론가들을 학문적으로 파탄시킨 '예외'의 나라, 예외의 국민이 바로 한국, 한국인이었다.

1950년대 말, 어느 외국인 기자는 "한국에서 민주주의를 기대하는 것은 쓰레기통에서 장미를 구하는 것과 같다"고 썼다. 그러나 한국의 학생, 지식인, 시민, 언론은 4·19 혁명으로 그 기사를 보기 좋게 엿 먹였다. 한국의 자유민주주의 제헌정신은 그 후로도 1987년의 민주화에 이르기까지 계속 쓰레기통에서 장미를 피워냈다. 민주화에서도 한국, 한국인은 기적 같은 '예외'였던 것이다.

그렇다면 한국적인 기적의 원동력은 무엇일까? 그것은 한마디로 '체념하지 않고 포기하지 않는' 정신이라고 할 수 있다. 이른바 '캔 두(can do) 정신'이라 할까―. 이 정신은 자칫 역기능을 발휘하기도 했다. 우리 사회의 정치적, 사회적 갈등이 유달리 격렬했던 것도 이 '악착스러움'이 너무 강했던 탓이다. 그러나 교육, 관행, 사회 분위기를 '맹목적 전진'에서 '성찰적 전진'으로 바꿔 나갈 수만 있다면 한국적 '캔 두' 정신은 더 큰 성취를 이룩할 수 있을 것이다.

건국 직후 어느 20대 국군 연대장은 무장반란을 진압하는 과정에서 세(勢) 불리해지자 포로로 잡히느니 권총자결을 택했다. 그 직전에 그는 한 편의 한시(漢詩)를 남겼다. "남아(男兒)가 20세라 분발하여 일어날 때이니/관 속에 들어간 뒤/청사(靑史)의 평(評)을 기다리리라."

60~70년대에 휴가도 반납한 채 수출고를 올리려고 정신없이 뛰었던 어느 대기업 종사자는 이런 글을 기고한 적이 있다. "나는 새벽부터 밤까지 수출전선에 온몸을 던졌다."

민주화 운동 때 어느 시인은 법정 최후진술에서 이렇게 말했다. "시인은 가난한 이웃들과 똑같이 고통받으며 미래의 축복받는 아름다운 세계를 꿈꾸는 사람입니다."

건국, 산업화, 민주화 세대의 이 모든 열정들은 오늘의 자유민주 대한민국으로 녹아들었다. 이제부터는 차세대의 몫이다. 체념하지 않고 포기하지 않으며, 그러면서도 자신의 흠결을 성찰할 줄도 아는 현명한 차세대를 기대한다.

— 류근일, 『조선일보』, 2008. 12. 23.

• 배경: 류근일*은 조선일보 논설위원으로, 2008년 조선일보를 떠났다. 이 글은 그가 조선일보에서 쓴 마지막 칼럼이다. 그는 그의 기자 인생의 마지막 칼럼의 의제를 한국 현대사를 선택했고 한국 현대사를 '기적'이라는 한 단어로 표현하고 그 기적의 궤적들을 정리해냈다.

• 논점: 누구나 자신의 생애를 돌아보는 순간을 맞게 된다. 그때 자신에게 떠오르는 언어는 어떤 것일까. 감회도 있고, 개인적인 성찰과 회고, 자신이 인생을 걸고 목표로 삼았던 화두 등일 것이다. 그러나 필자 류근일 위원이 마지막 칼럼의 주제어로 그런 개인적 화두 대신에 '대한민국 근대사'를 선택한 것은 그 자체로 생각해볼 여지를 준다. 글 쓰는 사람으로서, 언론인으로서 생각의 크기, 인생의 무게를 짐작하게 한 글이다.

• 포인트: 현대사에 대한 뚜렷한 상황인식, 현대사를 압축해내는 솜씨를 눈여겨 볼만 하다. 기적의 단서들로 해방 정국의 이념적 상황에서 자유민주주의 제헌정신을 건국이념으로 채택한 헌법제정에서 출발해 6 · 25전쟁, 경제발전, 민주주의를 향한 정치발전 등 크게 4가지를 꼽고 핵심적 근거들로 기적을 설명했다.

개념의 활용도 눈에 띤다. 기적의 행렬을 이뤄낸 배경이 국민성임을 높이

---

* 류근일 기자는 1938년생으로 서울대학교 정치학과를 입학하였지만 중퇴하고, 다시 서울대학교 대학원 정치학과에서 석사와 박사과정을 수료하였다. 이승만 정권 말기, 1958년 서울대 필화사건으로 첫 옥고를 치른 후, 5 · 16 직후 1961년 민통학련 사건으로 투옥되어 1961년 ~ 1968년까지 감옥에서 보냈고, 1974년 유신 직후 민청학련 사건에 연루되어 김지하, 이현배 등과 함께 세 번째 투옥되었다. 1968년 중앙일보 기자로 입사하여, 1981년부터 2003년 조선일보에 논설주간으로 재직하며 류근일 칼럼을 연재하고 정년퇴임하였다.

평가하면서 지금까지의 기적을 '맹목적 전진'으로 진단하고 미래의 기적을 위해서는 '성찰적 전진'으로 바꿔 나아갈 것을 주문하고 있다. 또 우리 사회를 압축하는 표현인 '기적'이라는 단어에 모든 상황이 잘 들어맞는다.

인터넷 정보 부채질하기

"인터넷에서 정확하지 않은 정보를 확대재생산 할 경우 마녀사냥이 될 수 있고 그 결과 무고한 희생자가 나온다."

지난 9월 15일자 MBC 'PD수첩'의 '2PM 재범 사태가 남긴 것' 편의 마무리 발언이다. 'PD수첩'측은 아이돌그룹 2PM의 리더 박재범이 연습생 시절 쓴 한국 비하 관련 영문글을 언론과 네티즌이 오역하여, 부정확한 정보를 확산했고, 결국 박재범이 한국을 떠나게 되었다고 비판했다.

박재범이 인터넷에 남긴 글은 미국식 슬랭이었다. 'PD수첩'측은 "I hate Koreans"와 같은 문장조차 "나는 한국이 싫다"고 번역하면 안 되고, "한국 사람들이 하는 방식이 맘에 들지 않다는 의미일 것"이라며 재해석을 해야 한다고 주장했다.

이러한 'PD수첩'의 번역 실력은 이미 지난해 광우병 선동 당시 무려 30여 곳의 오역과 조작이 드러나면서 입증된 바 있다. 'PD수첩'측은 '포츠머스 여성 질병 조사'를 '인간광우병 사망자 조사'로 바꿔치기할 정도로 오역의 영역에서는 절대 강자이다.

광우병 파동 때, 이런 'PD수첩'의 오역과 조작으로 인해 인터넷에서 부정확한 정보가 확대 재생산되어 국론은 분열되고 광화문의 상인과 쇠고기업체들이 막대한 재산상 피해를 입게 되었다. 이 당시 'PD수첩'은 조작에 의한 여론 선동이라는 비판을 받게 되자 2008년 5월 27일자 방영분에서 "이미 국민들은 다양한 정보를 습득하며 똑똑해졌다"는 클로징 멘트를 통해 네티즌의 자율적 집단지성을 강조하기도 했다.

이들이 1년여 만에 입장을 바꾼 이유는 간단하다. 이들은 이념적으로 '대한

민국'이나 '애국심'을 받아들일 수 없다. 박재범은 한국 국적을 포기한 미국인이다. 네티즌들은 미국인이 한국에서 돈을 벌어가면서 한국을 비하하는 것에 대해 정당한 분노를 표출하고 있었다. 이런 흐름을 이들이 용납할 수 없기에 그토록 찬양하던 네티즌 여론을 "애국적 집단 광기"라며 집중 비난하기 시작한 것이다. 즉 이들에게 네티즌 여론이란 자신들의 정치성향에 맞으면 집단지성이고 이에 어긋나면 집단광기일 뿐이다. 광우병 파동과 박재범 사태를 비교 분석하면 집단지성과 집단광기의 차이는 쉽게 구분할 수 있다.

첫째, 네티즌이 취득하는 정보의 정확성이다. 광우병 파동 때는 'PD수첩'의 조작은 물론 '여대생 사망설' 등등 온갖 허위사실이 인터넷에 난무했다. 이에 반해 박재범 사태는 미국식 슬랭에 대한 주관적 해석의 차이를 제외하고는 허위사실의 여지가 없다.

둘째, 정치세력의 개입이다. MBC와 'PD수첩' 자체가 하나의 거대한 정치세력이다. 조작과 오역은 실수가 아니라 고의적이었다는 것이 당시 번역에 참여했던 정지민씨의 지적이다. 정략적 지식인들 역시 허위사실을 바로잡기보다는 "대중이 분노하도록 엄호하자"며 선동에 앞장섰다. 이번 박재범 사태 역시 정상적인 여론이 형성될 시점에서 'PD수첩' 등의 정치세력이 집중 개입, 애국적 광기로 왜곡시켰다.

셋째, 상술의 개입이다. 광우병 파동 때 포털 미디어다음은 적극적으로 선동형 게시글을 올렸다. 이에 미디어다음은 회원 수가 크게 늘자 "오늘도 10만명 네티즌이 메인화면을 바꿨다"며 상업적 목적을 드러냈다. 박재범 사태 때는 소속사인 JYP의 상술 때문에 인터넷 여론이 왜곡되었다. JYP의 박진영 대표는 분노한 팬들을 설득시키려는 노력을 하지 않고, 박재범의 미국행을 사실상 방조했다. 방송출연 중단 등 상업적 압박을 이겨내지 못했던 것으로 보인다. 이러한 박진영 대표의 무책임한 상술 때문에 멀쩡한 네티즌들이 과잉 애국주의자로 몰려버렸다.

네티즌은 전문 지식인보다 이해관계에서 독립되어 있어 오히려 장기적으로 올바른 여론을 형성할 가능성이 높다. 그러나 정치세력과 상술이 개입했을 때,

• **배경**: 2009년 9월 5일 박재범이 2005년 JYP엔터테인먼트 연습생 시절 (당시 18세)에 미국의 웹사이트 마이스페이스에 작성한 게시물이 인터넷뉴스를 통해 한국 사회에 공개되었다. 검증된 절차 없는 과잉해석의 글이 급속도로 인터넷을 타고 번져나갔고, 한국 비하로 논란이 확산되었다. 박재범과 소속사인 JYP엔터테인먼트가 사과했으나 논란은 사그라들지 않았다. 결국 2009년 9월 8일 박재범은 팀 탈퇴와 동시에 미국으로 출국하게 된다. 이후 MBC 시사프로그램 〈PD수첩〉과 기타 프로그램들이 이 문제를 다루면서 오역의 문제를 제기하였다.

• **논점**: 이 글은 '박재범 사태'를 보도한 MBC 〈PD수첩〉의 보도 내용과 관련해 광우병보도 때는 인터넷 여론을 '집단지성'이라고 칭송했던 MBC가 아이돌그룹 박재범의 논란에는 '집단광기'라고 비난하는 이중성을 보인 것을 비판한 글이다. 이 글은 글 서두에서부터 전하고자 하는 메시지의 성격을 분명히 하고 있는데 이런 경우 글쓴이의 의도가 드러나기 마련이다. 의도를 노골적으로 드러내는 것은 저널리즘에서는 권장하지 않는다. 개인적 판단이나 의도는 객관적일 수 없고 객관성이 침해되어서는 설득력을 얻기 어렵기 때문이다. 그럼에도 이 글이 신문에 실린 것은 신문사의 이해관계 때문도 있겠으나 일군의 대중들의 집단적인 경향을 '집단지성'과 '집단광기'라는 개념으로 분류하고 이를 방송사의 이중잣대를 비판하는 근거로 활용하는 '솜씨'를 발휘했기 때문이다. 다시 말해서 글쓰기에서 개념을 만들어

내고 개념을 활용해내는 능력이 그만큼 중요하다는 얘기다. 읽기가 매우 거북하고 어느 일방을 밑도 끝도 없이 난도질하는 모양은 글이 이런 식으로 공격적일 수도 있고 칼날 이상의 비수가 될 수도 있다는 것을 보여준다.

MBC의 간판 프로그램 〈PD수첩〉이 어떤 경우는 '집단지성'으로, 어떤 경우는 '집단광기'라고 마음대로 재단해버린 결과라는 점을 고려한다면 어쩔 수 없는 인과였는지도 모른다. 글쓴이의 공격성만을 탓할 수만은 없는 우리나라의 살벌한 언론현실의 한 단면을 보여주는 것이어서 씁쓸하다.

• **포인트**: '집단지성'과 '집단광기'로 개념화한 점. 이 글 내용에 대한 동의 여부를 떠나, 글쓴이가 자기 인식을 개념화해내고 자신의 주장을 내세우는 요령을 전략적으로 어떻게 전개해냈는지 살펴볼 필요가 있다. 이 글은 어떤 목적을 드러내고 있으며 공격적이다. 그만큼 비판의 소지도 있고 역풍을 맞을 소지도 있기 때문에 어떤 글보다 더 논지나 근거가 분명하고 정확한 상황판단이 필요하다. 그 바탕에 어떤 상황을 특징 짓고 구조화해내는 능력이 요구된다.

한동안 우리 사회에는 시대의 정의를 독차지하는 듯 발언하고 행동하는 특정 세대나 특정 지역이나 특정 세력이 존재했다. 〈PD수첩〉도 그런 이념적 범주에 선 것으로 비판하는 여론이 많았다. 이들의 독선을 공개적으로 비판하는 사람은 보기 힘들었다. 불의에 용기있게 나서지 못한 부채의식이 발언하기를 주저하게 한 것이다. 〈PD수첩〉이 이중적 잣대를 적용하는 데 대해 시대의 정의와 무관하고 어떤 부채 또한 짊어지지 않는 '변희재'가 정의를 독점해버린 386세대의 오만을 건드렸다.

글쓰기의 기적

Case Study 3. 논의의 틀짜기: 거일반삼법(擧一反三法)

양쪽 논란에서 쟁점을 뽑아내고 허를 찔러 논쟁을 해소하는 방법

'교사 성악설(性惡說)' 외치는 교육좌파

전북 임실에서 촉발된 학업성취도 논란은 갈수록 핀트가 빗나가는 꼴이다. 성취도 평가의 본질은 정보 공개를 통한 소비자 주권 찾기다. 깜깜한 장님 신세이던 교육 소비자(학생·학부모)에게 자신이 받는 서비스의 품질에 대해 알려주는 것이다. 이걸 무기 삼아 공급자(학교·교사)에게 더 나은 서비스를 요구하도록 하자는 게 본질이요, 핵심이다.

그런데 지금 논란은 '꼬리'가 '몸통'을 흔드는 식이다. 전교조를 비롯한 교육좌파 진영은 이번 사태를 계기 삼아 성취도 평가 자체를 폐기하려 공격에 나섰다. 평가를 하면 교사의 성적 부풀리기와 부정이 불가피하니 아예 그만두라는 것이다. 꼬리가 상했다고 몸통까지 다 버리자고 한다.

확실히 임실·대구 등에서 드러난 오류 사태가 보통 문제는 아니다. 교육과학기술부는 대학 동아리조차 하지 않을 어설픈 관리와 구멍투성이 시스템으로 공교육의 신뢰를 실추시켰다. 그런 와중에 시·도 교육청 장학사들이 국민 세금으로 장기 외유를 다녀온 사실까지 드러났다. 안 그래도 "교육부가 없어져야 교육이 산다"는 여론으로 뒤숭숭한 마당이다.

하지만 채점·집계의 오류는 어디까지나 부수적인 절차 이슈다. 사실은 이것을 피할 수 없는 구조적인 문제인 것처럼 떠드는 교육 좌파의 논리 자체가 오류다. 몇 가지 보완 장치만 만들면 감독·채점의 부정은 비교적 완벽하게 차단될 수 있기 때문이다. 예컨대 교사가 서로 학교를 맞바꿔 감독·채점을 하는 방법이 있다. 프랑스 바칼로레아(대입논술) 방식이다. 이런 교차 관리만으로도 성적 부풀리기 소지는 상당 부분 줄어들 수 있다.

아예 수능처럼 국가관리 체제로 하면 부정의 여지는 거의 100% 차단된다. 이 경우 50억원쯤 든다고 하나, 공교육 정상화에 필요하다면 큰돈이 아니다. 절차

의 문제는 얼마든지 보완할 수 있다. 절차의 허점들을 세심하게 대비하지 못한 교과부의 태만이 문제지, 이것이 본질은 아니다.

흥미로운 사실은 전교조가 무의식중에 '교사 성악설(性惡說)'을 주장하고 있다는 점이다. 이들은 교사들을 '부정의 유혹에 끌리기 쉬운' 존재로 그리고 있다. 성취도 평가를 하면 교사들이 성적을 올리려 감독·채점에서 부정을 저지르게 된다는 것이다.

우리는 전교조가 '참교육'을 주창하고, 인성(人性) 교육을 외쳐왔던 것으로 알고 있다. 교사들의 양심과 도덕성을 내세우던 전교조가 도리어 교사의 '잠재적 부정 가능성'을 주장하고 있으니 참으로 아이러니다. 온통 '성취도 평가 무력화'에 집중한 나머지 자기 모순에 빠진 점을 의식하지도 못하는 것 같다.

교육 좌파 주장대로 성취도 평가가 교사 부정을 촉발할 개연성은 분명히 있다. 그러나 부정의 유혹에 빠질 정도라면 애초부터 아이들을 가르칠 자격이 없는 것이다. 부정을 저지르는 교사는 그만두게 하면 되고, 제도적 허점은 보완하면 된다. 이것들은 다 부수적 논란거리에 불과하다. 교육 소비자가 정말 걱정하는 것은 교사들의 현실 안주(安住) 아닐까. 평가도 없고, 소비자 요구에도 귀 막은 시스템이 교사를 나태하게 만들어 공교육의 경쟁력을 떨어뜨린다.

그래서 필요한 것이 학업 성과의 정보 공개다. 성취도 평가는 교사의 '야수적 본능'을 일깨워 더 열심히 가르치도록 동기부여 하는 기폭제가 될 수 있다. 실제로 지난주 평가 결과가 공개됐을 때 학부모들 반응은 거셌다. 그래도 기자는 '교사 성선설(性善說)'을 믿는다. 학창 시절, 늘 꼿꼿했던 선생님들을 보아왔기 때문이다.

— 박정훈, 『조선일보』, 2009. 2. 26.

• 배경: 2009년 2월 16일 교육과학기술부가 공개한 학업성취도 평가에서 초등학생 학업성취도 성적에서 전북 임실군이 전국 1위를 기록했으나 성적이 조작된 것으로 밝혀졌다.

이에 대해 전교조와 참교육학부모회 등 55개 교육·시민단체는 "서울 고교 9곳에서 운동부 학생들이 시험에 응시하지 않았다"며 "이는 학교 성적이 떨어지는 것을 막기 위한 것"이라고 주장했다.

또 야당인 민주당 최재성 의원은 "학생들을 대상으로 일제고사를 실시해서 학업성취도를 측정한다는 발상 자체가 제2, 제3의 임실을 충분히 낳을 수도 있다"며 "이런 측정방식의 불신 때문에 교육 전체가 무너질 수 있다는 게 더 우려스러운 일"이라고 지적했다.

• 논점: 이 글은 교육부가 시행한 학업성취도 평가 결과 일부 학교에서 성적 부풀리기가 적발되면서 일제고사 폐지여론이 확산된 사건이 생기면서 수월성 평가를 도입하려는 정부에 반대여론이 심화되고 있었던 시기다.

특히 지금까지 유지돼 온 평준화 정책을 폐지해야 한다는 정부와 교육우파들의 주장이 나오면서 오히려 역풍을 초래한 상황이었고 때마침 학교 현장에서 악화되어 가던 여론에 불을 지르는 사건들이 발생한 것이다. 전교조와 교육좌파들은 '그것 봐라' 하는 식으로 그들이 우려하던 것이 현실로 드러났다면서 총공세를 취하고 나선 것이다. 그 공세의 논리가 성취도 평가를 하면 교사들이 성적을 올리려 감독·채점에서 부정을 저지르게 하는 '부정의 유혹'에 끌리도록 한다는 것이다.

글쓴이는 바로 이 논리의 허점을 파고 들었다. 그 허점을 '교사 성악설'이라는 한마디로 압축해낸 것이다. 폐지주장을 하는 전교조와 교육좌파 진영의 논리의 허점을 파고들어 마녀사냥식으로 폐지여론이 확산되는 분위기를 일거에 뒤바꾸어 내는 결과를 낳았다. 전교조는 교사 성악설을 한 번도 주장한 적이 없지만 꼼짝없이 '교사 성악설'을 주장한 것이 되고 만 것이다. 이렇게 되면 당장 상대 개념인 '교사 성선설'이 등장하게 마련이다. 글쓴이는 단숨에 "부정의 유혹에 빠질 정도라면 애초부터 아이들을 가르칠 자격이 없는 것"이라고 쐐기를 박아버린다. 가치논쟁에서 유리한 가치를 선점함으로써 더 이상 반박의 여지가 없다는 완승(完勝)의 선언이기도 하다. 교육의 본질적 가치를 지켜야 한다는 글쓴이의 주장은 매우 자연스럽고 설득력을 얻는다. 글쓴이는 "'교사 성선설(性善說)'을 믿는다. 학창 시절, 늘 꼿꼿했던 선생님들을 보아왔기 때문"이라고 글을 맺음으로서 다수 교사들의 공감을 얻어내게 되고 다수 교사들이 기자의 편에 서게 하는 성과를 거둔다.

이명박 정부의 수월성교육 정책 추진에 반발해 전교조를 중심으로 일제고사 반대와 저지가 표면화돼 학교 현장의 혼란이 심각한 상황에서 교육의 본질을 생각하게 하고 어느 일방향이 아닌 교육적 가치에 대한 균형 잡힌 판단을 할 수 있게 하는 기회를 제공한 점을 높이 평가할 만하다.

• 포인트: 평가를 제도화하게 되면 성적을 올리려는 부정의 유혹에 빠질 수 있게 한 정부의 학업성취도 평가의 부당성이 현실화되고 있는 상황에서도 상황논리에 굴복하지 않고 교육적 가치와 본질에 천착해 상황논리를 반박해내는 프레임을 잘 제시해냈다. '교사 성악설'을 주장하기 위해 어떤 구조를 만들었는지 주목할 필요가 있다. 주장의 허점을 파고드는 요령으로 일과성의 오류나 실수를 구조적 문제로 확대하는 전교조의 주장에 대해 상대를 무력화시키는 틀(논의구조)로 문제를 제기해냈다. 이로서 가치쟁탈전에서 유리한 가치를 선점했다, 한 인간을 두고서 어떻게도 주장할 수 있는 것이다.

글쓰기의 기적

Case Study 4. 가치의 정립: 본의본령법(本意本領法)
정곡찌르기 – 핵심을 건드려 전체를 움직이기

'PD의 공국'엔 공영방송이 없다

분야에서 일가를 이룬 사람을 고수라고 한다면, 이들의 싸움에는 도가 있다. 그래서 멋있다. 황야의 총잡이들이 결투하는 장면에 잡소리가 끼었던가. 강호의 무림이 일합을 겨룰 땐 덤불의 미물도 소리를 죽인다. 정연주 전 KBS 사장은 그래서 고수가 아니고, 세상을 시끄럽게 하고야 겨우 보따리를 싸게 만든 청와대와 집권당 사람들도 고수가 아니다. 국민의 눈과 귀를 관할하는 공영방송의 사장이라면 내공이 출중한 고수다. 그런데, 마이너리그 대기선수보다 유치하고 치졸하다. 지켜낼 명분이 뭐 그리 많은지, 감사원과 KBS이사회의 결정에 무효 소송을 냈다. 떠나라는 여권의 압박에 정권의 방송 장악 음모를 저지한다는 비장한 각오도 다졌다. 그런 자신은 오 년 전 정권의 총애를 받아 발탁됐다는 사실을 모를 리 없다.

그는 노무현 정권의 애완견이었다. 노 대통령은 자신이 즐겨 그랬듯 굵직굵직한 사건마다 이념 시비를 걸었던 KBS가 한없이 대견스러웠을 것이다. 정권이 바뀌자 갑자기 공격견으로 변했다. 그게 아무리 방송학 원론에 맞는다 해도, 아무 때나 짖고 사납게 물어뜯는 도사견을 어느 집권당인들 너그러이 봐주겠는가. 한국 최대의 공영방송이라면, 적어도 편향성 물의는 일으키지 말아야 한다. 그게 최대 주주인 국민에 대한 최소한의 예다. 공정보도를 저버리기는 MBC도 하나 다를 게 없다. 촛불시위대를 광우병 공포로 도핑했으니까. 국민들은 되묻기 시작했다. KBS와 MBC가 '국민의 소리'임을 잊은 지 오래고, '직원들의 방송' '노영(勞營)방송'으로 불리게 된 연유에 대해서 말이다.

지난 오 년간 편파성 논란을 끊임없이 빚고도 재발 방지 조치를 취하는 공영방송은 없었다. 양대 방송사 모두 검찰이 나서기 전에 자체 조사위원회를 꾸려 문제점을 검토했어야 했다. 조작이나 의도적 실수를 했다면, 적어도 영국 BBC

방송처럼 법석을 떨어야 한다. 작년 8월, 영국의 BBC 방송은 프로그램 조작 스캔들이 터지자 사장이 직접 출연해 들끓는 비난을 감수했다. 그리고 6500명 전 직원을 대상으로 제작과 방송윤리 규정을 재교육하고, 내부 심사 시스템을 강화하겠다고 약속했다. 직원 비리나 방송 스캔들이 터질 때마다 일본 NHK 회장들은 군소리 없이 사임을 택했고 고강도의 감시기제를 도입했다. 그런데, 해임과 체포라는 저급한 수단을 동원해야 하고, 사장이 바뀐들 조직을 분할 점령한 'PD의 공국'들이 여전히 건재할 한국의 방송 현실은 도나 공정성과는 거리가 멀다.

한국 공영방송의 최대 문제는 누가 사장이 되든 독립정부를 자처하는 이 'PD의 공국'들을 통제할 수 없다는 점이다. 거대한 방송백화점에 품목별로 진열대를 점거한 독립된 소사장들이다. 백화점의 품질 심사는 매우 엄격하지만, 공영방송의 심의 과정은 형식적이다. 반품 요구에 시달리는 백화점은 곧 망하지만, 공영방송에는 반품 요구가 없기 때문이다. 상품의 제작과 납품, 방영이 모두 'PD의 공국' 소관이 된다. 그래서 그런 일이 발생했다. '주저앉는 소'를 광우병 소로 상표를 붙여도 누가 말릴 수도 없다. 언제부턴가, PD들은 심층보도와 스토리를 결합한 신상품인 시사다큐를 출시해 톡톡히 재미를 봤다. '미디어포커스' 'PD 수첩' '이제는 말할 수 있다' 같은 프로그램에는 가끔 돋보이는 계몽성에도 불구하고 검증되지 않은 논리, 선정적 영상, 편향적 해설이 자주 동원된다. 국민 세금으로 게이트 키퍼 없는 팀 작업을 방치한 결과다.

공영방송의 주인으로서 국민들은 이런 주문을 해야 한다. 우선, 강도 높은 조직개혁을 통해 PD저널리즘의 품격을 높여야 한다. PD들의 개별 견해를 자제하고, 사실의 정확한 전달, 균형적 취재, 다양한 목소리의 대변을 통해 시청자들이 스스로 판단하도록 해야 한다. 그것이 공정성이자 객관성이다. 방송사 내에 PD들의 작품을 검토할 집단적 숙의기구를 '실질적으로' 운영하는 것이 대안이 될 수 있다. 둘째, 시사다큐물에 제작강령(production code)을 '엄격히' 적용하는 것이 필요하다. KBS의 탄핵방송은 제작강령을 지키지 않았다는 것이 학계의 지적이었다. 또한, 방송통신심의위원회의 권한을 대폭 강화해서 공정성에의 긴장도를 높이는 게 중요하다. MBC의 조작 사태에 겨우 4점을 감점했다면, 누가 징계

• 배경: 동아일보, 한겨레신문 등에서 기자를 했던 정연주는 노무현 정부 시절인 2003년 4월 28일 KBS 사장으로 임명되었고 연임에 성공해 이명박 정부 당시인 2008년까지 직책을 유지하다가 그해 8월 이명박 대통령에 의해 해임됐다.

해임 사유는 재임 동안 세금환급 소송에 대해 법원의 조정을 받아들여 조기에 끝냈다는 적자경영 이유와 2008년 6월 감사원의 특별감사를 받게 된 데 따른 것이다.

글쓴이는 정연주 사장 해임으로 정치권력의 방송장악 음모론이 부각되는 상황에서 정연주 사장 또한 정치권력의 산물이라는 점과 편파방송의 책임을 묻는 것으로 구조적 문제를 거론하고 있다. 2008년 8월은 이명박 새 정부가 들어서고 새 정부가 자리 잡기도 전에 터진 미국 소고기 수입 반대 시위로 들끓었던 이른바 '광우병' 정국의 잔불이 가시지 않은 시점이다. 정부로서는 'MBC'를 광우병 파동의 주범으로 꼽고 있던 터에 KBS마저 전 정권이 임명한 좌파 성향의 사장이 장악하고 있으니 국민들 대다수가 좌파 성향의 방송환경에 노출돼 있다고 판단하고 있었다. 이에 따라 사장 선임권을 행사할 수 있는 KBS부터 사장 교체작업에 돌입했고, 전 정권 말기에 연임돼 새 임기를 시작한 정연주 사장이 사퇴요구를 거부하자 감사원이 나서서 KBS를 감사했다. 그리고 정연주 사장의 부실경영 등에 대한 책임을 물어 정 사장의 해임을 요구하자 KBS 이사회가 물리력을 동원해 정 사장에 대한 해임제청안을 의결(2008년 8월 8일)한 것이 사건의 개요이다.

　•**논점**: 이 사건은 편파방송에 대한 책임이냐 권력의 공영방송 장악이냐를 둘러싸고 첨예하게 대립한 보수와 진보 양 진영 간 한 치 양보 없이 진행된 지리한 논쟁이 핵심 의제다. 정부는 정 사장의 퇴진 수순을 밟아왔으나 정 사장을 내쫓기 위해 마냥 물리력을 동원하는 데 따르는 정치적 부담도 만만 치 않았다. 민주당 등 야권은 KBS 이사회가 정 사장의 해임을 의결하자 강력히 반발하고 나섰다. 이명박 대통령이 이를 받아들일 경우 탄핵을 검토하겠다며 대통령을 압박했고 대통령은 11일 해임을 결정했지만 같은 달 28일 이병순 사장이 취임할 때까지 KBS 사장에 대한 강제 퇴진 논란은 끊이지 않았다.

　3년 6개월이 지난 2012년 2월 23일 대법원은 정연주 사장의 해임처분이 부당하다는 결론을 내렸다. 법원의 판단과 다르다고 해서 칼럼을 쓴 송호근 교수의 판단까지 오류일 수는 없다. 글은 한 편의 글 자체로 생명력을 가진다. 글의 생명력은 통찰에 있다. 통찰은 판단이다. 판단이 통찰이 되기 위해서는 의제 설정의 타당성이며 정확한 상황 진단이며 그에 따른 논리성과 보편성을 두루 갖춘 가치 판단으로 연결될 때 가능하다. 통찰이 있을 때 글은 생명력을 가진다. 통찰은 논리성을 뛰어넘는 일종의 '비약'의 개념이다. 누구나 판단은 하지만 모두가 통찰일 수는 없다. 통찰이기 위해서는 비약의 징검다리를 놓을 줄 알아야 한다. 이 칼럼에서는 그런 통찰의 맥락을 읽어 볼 필요가 있다. 정치적인 배경에 대한 이해를 가지되 정치적 판단은 유보하고 글쓰기의 관점만을 주목하기를 바란다.

　•**포인트**: 정권에 의한 방송장악 논란에 휩쓸리지 않고 정면반박한 후, 본

글쓰기의 기적

질적인 방송의 문제를 지적함으로써 논의 방향을 재설정해냈다. 편파성 논란을 끊임없이 빚고도 재발 방지 조치를 취하는 공영방송은 없었다는 사실을 지적한 것. 특히 PD들을 통제할 수 있다는 사고는 자칫 편집권을 무시한다는 비판을 받을 수 있는 민감한 사안인데도 좀 더 공격적으로 누가 사장이 되든지 PD들을 통제할 수 없다는 권력화된 PD들의 무소불위를 문제 삼음으로써 자신의 논점을 유지시켜 냈다. 이 글은 그런 논란의 와중에 정 사장의 퇴진에 당위성을 뒷받침한 결정적인 메시지로 작용했던 글이다.

▶ 비교칼럼

도를 넘은 검찰의 대언론수사

　　최근 검찰은 〈한국방송〉 정연주 전 사장이 국세청과의 소송을 포기하여 회사에 손해를 입혔다는 이유로 배임죄 수사를 진행하는 한편, 〈문화방송〉 '피디수첩'이 광우병 소의 위험성에 대한 보도로 농림수산식품부 장관과 협상대표의 명예를 훼손했다며 수사를 진행하고 있다. 이러한 수사가 한국방송 사장을 이명박 대통령의 복심으로 교체하고 문화방송은 민영화하여 공중파 방송을 장악하고 재집권의 발판을 마련하려는 집권층의 계획에 발맞추어 일어난 일인지는 확증할 수 없지만, 적어도 법률적으로는 의문이 생기지 않을 수 없다.

　　정씨의 배임 혐의는 항소심에서 승소가 확실해 1990억원을 돌려받을 수 있는데도 사장을 계속하려는 욕심 때문에 법원의 조정을 받아들여 556억원만 돌려받아 회사에 손실을 끼쳤다는 것이다. 그러나 검찰의 논리대로라면 한국방송의 승소가 확실했는데도 조정을 권고한 판사는 이상한 사람이 되며, 불필요한 인적·물적 자원의 낭비를 막기 위해 재판보다 조정을 장려하는 법원의 정책도 중단되어야 할 것이다. 그리고 당시 대립하는 소송 당사자인 한국방송과 국세청은 각각 우리나라 최고의 법무법인으로부터 조정안 수용이 합리적이라는 권고를 받고 조정을 받아들였다. 이러한 법률자문의 결과는 한국방송 이사회에 보고되었고, 한국방송의 심의의결기구인 경영회의에 의해 승인되었다.

생각건대 정씨의 조정권고 수용 결정은 정당한 '경영판단'이었고, 따라서 배임의 고의가 부정된다고 보는 것이 법률가의 양식에 부합한다. 그럼에도 검찰수사는 정씨에게 부패한 '기업범죄인'의 딱지를 붙임으로써 논란이 많았던 정씨의 해임에 유리한 분위기를 조성해주었다. 검찰은 '산 권력'에 봉사하기 위하여 '죽은 권력'을 물어뜯고 있는 것은 아닌지 자문해보아야 한다.

다음으로 검찰의 문화방송 피디수첩 수사도 문제가 있다. 먼저 대표적인 보수논객인 중앙대 법대 이상돈 교수는 "피디수첩의 보도는 빈슨의 사망원인이 밝혀지기 전에 만들어진 것이고, 그것이 과장이고 왜곡이더라도 지금 정부가 하는 일은 자신들이 저지른 정책적 과오에 대한 책임을 다른 데로 전가하려는" 것이며, 검찰수사는 "법적 불가능성에 대한 도전"이라고 따끔한 비판을 하였던바, 집권세력이 적어도 이 교수 정도의 양식은 가져야 하지 않을까.

피디수첩의 방송내용에 일정한 문제가 있었다고 하더라도, 이는 방송통신심의위원회의 시청자 사과명령과 이를 수용한 문화방송의 사과방송과 내부 징계로 끝날 사안이다.

급변하는 사회현실 속에서 언론보도는 항상 오보의 가능성을 내포하며, 정부에 대한 비판은 당연히 담당자에 대한 명예훼손을 초래한다. 그러나 언론 보도로 명예훼손을 당하는 피해자가 공적인 존재이고, 그 보도의 내용이 공적인 관심사안인 경우에는 언론의 자유가 우위에 서야 한다는 것이 민주국가의 확고한 판례다. 만약 피디수첩의 보도가 농림수산식품부 장관 등의 명예를 훼손한 '범죄'라고 규정한다면 향후 어떠한 언론도 정부에 대한 비판을 할 수 없게 될 것이다.

정약용의 말을 빌리면 "삼가고 또 삼가는 것[欽欽]은 본시 형벌을 다스리는 근본이다." 특히 언론의 자유가 관련되어 있을 때는 더욱 그러하다. 헛될지 모르나, 검찰과 현 집권층이 '언론 없는 정부'와 '정부가 없는 언론' 중 양자택일하라면 주저 없이 후자를 택하겠노라는 미국 제3대 대통령 토머스 제퍼슨의 경구를 명심하길 소망한다.

— 조국, 『한겨레신문』, 2008. 8. 18.

- **배경**: 「'PD의 공국'엔 공영방송이 없다」 칼럼 배경과 동일하다.

- **논점**: 글쓴이인 서울대 조국 교수는 법률전문가답게 정연주 KBS 사장 배임사건 수사와 MBC 〈PD수첩〉에 대한 수사의 부당성을 설명하고 있다. 이와 같은 칼럼내용은 이미 여타 기사의 해설이나 전문가의 의견을 통해 전해지는 것과 큰 차이를 보이지 않는다. 한마디로 평이한 의제 설정이다.

- **오류**: 이들 사건들은 정치적 사건이다. 단순히 법률적 판단의 범주에서 결론을 낼 사안들이 아니다. 매우 정치적이고 복합적인 판단을 요구한다. 독자들은 칼럼에서 당시의 언론자유를 둘러싼 쟁점에 대한 전반적인 가치 판단에 도움을 받고 싶은 것이다. 그런 점에서 글이 너무 단조롭고 독자들의 관심과 가치판단에 변화를 주는 데는 한계가 있어 보인다. 의제 설정이 글에서 차지하는 비중이 얼마나 큰지 같은 사안을 다룬 두 개의 칼럼이 잘 보여준다.

- **비교**: 「PD의 공국엔 공영방송이 없다」

Case Study 5. 상징 만들기: 촉류방통법(觸類旁通法)
상징을 활용해 무질서 속에서 질서 찾는 방법

기로에 선 보편제국

미국은 이른바 '보편제국(universal empire)'이다. 자신만의 제도와 규범이 세계적인 문명표준이 되어야 한다고 믿는다. 그만큼 보편제국의 항로 수정은 속 깊은 문명사적 성찰을 요구한다. 그만한 스케일의 고민이 전제되지 않은 섣부른 대전환으로는 보편제국의 위상이 흔들릴 수 있다. 지금 버락 오바마 미국의 앞길을 숨죽여 예의주시하는 이유가 여기에 있다. 종착지는 '인간의 얼굴을 한 자본주의'가 될 터이나 구체적인 여정과 이정표는 아직 보이지 않기 때문이다.

그 조심스러운 예의주시는 중국이라는 또 다른 '보편제국'을 바라볼 때도 마찬가지다. 중화주의 역시 문명의 보편적 표준을 지향한다. 톈안먼(天安門)에 '중화인민공화국만세'와 함께 '세계인민대단결만세'라는 구호가 나란히 붙어 있는 것이 반드시 사회주의 인터내셔널의 유산만은 아니다. 톈안먼 광장이 세계문명의 중심이라는 중화의식을 빼놓고는 그 공간을 그득 메운 메갈로마니아를 설명하기 어렵다.

1978년 12월 공산당 제11기 중앙위원회 3차 전체회의(제11기 3중전회)에서 처음 선포된 중국의 개혁·개방 노선이 18일로 30주년을 맞는다. 이에 맞춰 중국이란 보편제국 역시 미국에 버금가는 거대한 항로 수정을 모색하고 있다. 쉬드러내 놓고 말하진 않아도 다음 30년을 대비하는 데 있어 가장 뜨거운 감자는 역시 민주주의다.

개혁·개방 2기에도 민주주의 없는 '붉은 자본주의'가 지속가능하리라 장담하기는 힘들다. 민주화를 피할 수 없다면 민주주의를 어떤 형용사로 수식할지 미리부터 궁리하는 편이 실용적이다. 그런 심모원려가 작년 제17차 공산당 전국대표회의를 앞두고 "민주주의는 자본주의 체제의 전유물이 아니며…중국도 하루빨리 정치개혁을 해야 한다"고 원자바오(溫家寶) 총리가 말한 배후에 깔려 있다. '제3차 사상해방운동'의 그 화두는 올해에도 이어져 9월 시진핑(習近平) 국가부주석의 핵심 브레인으로 알려진 리쥔루(李君如) 중앙당교 부교장이 "이제는 정치개혁 없이 경제개혁은 없다"고 못 박은 이유도 마찬가지다. 통제 가능한 민주화의 길, '중화의 얼굴을 한 민주주의'가 개혁·개방 2기의 최대 고민거리로 부상한 것이다.

때마침 이 간접화법의 속내를 직접 엿볼 기회가 생겼다. 제17기 3중전회 직후인 10월 말, 베이징(北京)대와 칭화(淸華)대에서 만난 학자 사이에는 민주주의의 중화적 얼굴을 놓고 백가쟁명이 한창이었다. 허나 '정치적 유교주의'부터 유사 '사회민주주의'에 이르는 온갖 주장을 관통하는 공감대가 있었다. 서구문명이 보편적 표준으로 제시한 일인일표 민주주의가 중국에 적합하지 않다는 판단, 중화 민주주의는 서구 민주주의의 토착변종이 아닌 대안적 문명표준이어야 한다는 확신이었다.

그래서였을까. 논의의 눈높이는 범속한 사회과학의 수준을 훌쩍 뛰어넘고 있었다. 하물며 이번 제17기 3중전회 때 발표된 삼농(三農)정책의 정치적 의미를 평하면서도 끊임없이 베버의 국가론이나 롤스의 정의론을 인용하고 있었다. 서구 민주주의를 수입하기 위해서가 아니라 대안적 보편을 제시하기 위해 문명의 뿌리부터 해체하려는 당찬 야심이 꿈틀대고 있었다. 어쩌면 중국과 같은 거대 보편제국의 항로 변경은 문명사적 성찰을 피해갈 수 없다는 현실인식의 소산이었는지도 모른다. 어느 쪽이건 대전환을 준비하는 그 굽이굽이 깊은 속의 일단을 보기에는 충분했다.

2008년 12월, 두 보편제국이 기로에 서 있다. 신자유주의 30년, 개혁·개방 1기 30년을 뒤로 하고 하나는 '인간의 얼굴을 한 자본주의'를 찾아, 또 하나는 '중화의 얼굴을 한 민주주의'를 찾아 미지의 항로로 접어들고 있다. 이제부터 펼쳐질 역사적인 대항해가 순탄할지는 아무도 모른다. 다만 두 항적(航跡)이 몰고 올 거친 삼각파도 사이를 헤집고 나가야 하는 우리에게 한 가지는 분명하다.

대한민국의 국가전략이 높이 날아 멀리 봐야 한다. 지금은 관시(關係)와 인맥을 찾아 베이징과 워싱턴을 헤매고 다닐 때가 아니다. 그네들의 문명사적 성찰

• **배경**: 세계가 미국 중심의 1극체제에서 중국의 부상으로 양극체제로 재편되는 것과 맞물려 정치적으로도 새로운 리더십이 등장하는 것에서 공통된 메시지를 발견해내고 있다.

경제적으로는 금융위기를 맞아 신자유주의에 대한 반성이 일고 있고, 정치적으로는 오바마라는 흑인 대통령을 맞아 백인 중심에서 보편주의로 한 발 옮겨간 미국. 개혁 개방 30년을 맞아 또다시 자유경제와 민주주의를 도입해 보편주의로 변신을 준비하는 중국. 김성호 교수는 이렇게 두 강대국의 변화를 보편주의라는 키워드로 묶어 설명해냈다.

• **논점**: 미국과 중국이 대내외적으로 맞이하고 있는 변화를 보면 정치적으로나 경제적으로 대전환을 맞고 있는 것을 누구나 짐작할 수는 있다. 두 나라 또한 대전환의 시점을 정확히 인식하고 새로운 방향을 모색하고 있는 것도 예상해낼 수 있을 법도 하다. 그러나 미국의 변화, 그것도 건국 이래 처음으로 흑인 대통령을 선택하는 미국의 변화는 간단치 않을 것임을 예고한다. 이 정도는 누구나 읽을 수 있다. 그러나 그들이 어떤 목표를 가지고 어떤 방향을 지향할지는 아직 뚜렷하지 않다. 미래를 읽어내는 것은 매우 흥미로운 일이지만 쉽지 않은 과제가 아닐 수 없다. 4년이 지나 이번에도 미국은 오바마를 선택했다. 미국의 선택이 우연이 아니었다는 것, 미국이 분명히 변화하고 있다는 것을 확인했을 뿐이다. 여전히 지향점을 드러내지 않아

정확히 알 수 없는 상태다.

중국 또한 마찬가지다. 4년 전 제17차 공산당 대표회의를 맞아 결정했던 후계구도가 4년이 지난 시점에서 현실이 되었다는 것뿐, 뚜렷이 변화가 손에 잡힌 것은 없었다. 두 나라의 변화는 여전히 4년 전의 예정된 수순을 따르고 있는 것으로 보인다. 그러나 그 지향점이 무엇인지는 여전히 점칠 수 없다. 그런데 글쓴이 김성호 교수는 4년 전 이미 그 지향점을 분명히 제시하고 있다.

> 2008년 12월, 두 보편제국이 기로에 서 있다. 미국은 '인간의 얼굴을 한 자본주의'를 찾아, 또 하나 중국은 '중화의 얼굴을 한 민주주의'를 찾아 미지의 항로로 접어들고 있다.

글쓴이가 그렇게 변화를 읽어낼 수 있는 것은 상징의 힘이다. 미국과 중국을 변화의 공통분모를 찾아내 보편제국이라는 단어로 통칭해내는 것부터가 상징이다. 이와 같이 보편성을 지향하는 국가로서 변화하는 모습을 감지한 뒤 다음 수순은 미국과 중국의 개별적 차이를 상징화해내는 일이다. 미국은 '인간의 얼굴을 한 자본주의', 중국은 '중화의 얼굴을 한 민주주의'다. 자본주의나 민주주의나 경제와 정치 영역의 차이일 뿐 시장과 자율을 기반으로 한 같은 뿌리의 국가질서이다. 미국과 중국이 서로 다른 정치 경제체제를 유지하고 있는데도 미래를 설계하는 전략에서는 자본주의와 민주주의의 틀 속에서 새로운 질서를 모색해나갈 것이라는 전망은 충분히 가능하다. 어찌보면 탁월한 예지력을 발휘한 것도, 통찰이 있는 것도 아니고 특별할 것도 없는 전망이다. 심하게 말하면 누구나 할 수 있는 소리다. 그러나 글쓴이의 글이 특별하게 보이는 것은 바로 상징의 힘이다. 글에서 상징을 잘 사용하면 글을 쉽게 풀어갈 수 있는 동력을 가질 수 있고 통찰의 효과도 얻을 수 있다.

　• **포인트**: 미국의 대통령선거와 중국의 공산당 대표회의를 포인트로 삼아 세계 질서를 꿰뚫어 보고 있다. 흑인 대통령 오바마가 등장한 미국과, 개방 개혁을 있게 한 민주주의 30년을 경험한 중국의 다음 선택을 주목한 것은 탁월한 의제 설정이다. 그러나 그런 변화를 주목했다 하더라도 그것이 가져올 변화를 글로 풀어내는 것은 쉬운 일이 아니다. 두 제국의 대전환을 보편성에 근거한 변화로 읽어냈다는 점에서 본받을 필요가 있다. 그런 보편성에 기반한 미래 설계는 우리나라의 현실에도 적용될 수 있는 것이다. 우리는 진보와 보수의 구도 속에서 단지 서로를 비판만 하고 있다. 4년 후 2013년 한국도 새로운 정치질서를 맞이하고 있다. 지난 18대 대통령선거는 진보와 보수의 구도는 여전했지만 여야 모두 통합이라는 뚜렷한 방향성을 보인 선거였다. 새로운 정치질서의 가능성을 발견한 선거이기도 하고 주변국들과 함께 문명적 변화흐름에 동참하고 있다는 점도 주목할 만하다.

　그런 관점에서 보면 4년 전 우리 정부의 국정운영 철학은 '실용주의'였다. 당시에는 큰 비판없이 받아들였지만 조금 확대해석해보면 이명박 정부의 '실용주의'에 대해 우회적인 비판적 견해를 미국과 중국의 경우를 빌어 표현한 것이 아닌가 싶기도 하다. 당시로서는 우리만의 '민주주의'에 대한 고민과 문명사적 성찰이 없다는 점에서 안타까움이 많았던 기억 때문에 유독 이 칼럼에 눈이 가게 된다.

글쓰기의 기적

민주당 질서 도래와 오바마 리더십

드디어 루스벨트의 민주당 황금기 이후 수십년 만에 다시 민주당 정치질서가 극적으로 도래했다. 1990년대 잠시 거쳐간 클린턴 시대는, 과거 뉴딜 민주당 시대의 공화당 아이젠하워 대통령처럼, 공화당 보수주의 시대의 민주당 대통령에 불과했다. 보수주의 시대의 자장을 벗어난 지금, 오바마 시대는 미국 자유주의가 자신들의 비전과 담론, 제도를 가지고 미국을 변화시킬 것이다.

새로운 시대로의 대전환을 보여주는 징후는 두 가지다. 하나는 지금 오바마 경제팀의 대부 루빈 전 재무장관이 보수적 균형 예산과 금융 자유화 교조를 잠시 버리고 마치 루스벨트처럼 아래로부터의 경기부양과 금융 규제, 지구적 가난 해결을 강조하고 있다는 점이다. 다른 하나는 작은 정부론과 정치 양극화 시대를 주도하고 클린턴 대통령을 '문명의 적'이라고까지 했던 공화당의 지도자 뉴트 깅그리치가 대대적 인프라의 구축과 통합의 시대를 호소하고 있다는 것이다.

하지만 오바마는 이 현기증 나는 현실 앞에서도 누구보다 차분하고 예리하다. 그는 책임의 시대와 국가의 공통 목적으로의 진전이라는 '케네디적 공화주의'를 지금 부활시키고 있다. 그는 이를 위해 미국 사회 내의 넓은 합의의 견고한 토대를 구축하는 것을 최우선시하고 있다. 동시에 그는 미국과 한국에서 사회운동을 병리적 현상으로만 이해하는 엘리트들과 달리 운동과의 파트너십을 통해 '역동적인 합의'를 추구하고 있다. 더구나 미국 역대 어느 대통령도 누리지 못한 그의 행운은 비용과 에너지가 적게 들면서도 엄청난 잠재력을 가진 '온/오프 융합' 운동이 그를 지원하고 있다는 사실이다.

하지만 동시에 오바마는 루스벨트보다 불운하다. 뉴딜을 성공시킨 리더십은 곧 루스벨트 개인이 아니다. 루스벨트 뉴딜의 최대 성과이며 노동자 권익을 보호한 와그너 법에서 사실 루스벨트는 미온적이었다. 이는 와그너 상원의원 등 진보적 자유주의 리더십의 공통된 노력이 만들어낸 열매임에 주목할 필요가 있다. 앞으로 오바마는 통합주의자·실용주의자답게 많은 이슈에서 미온적일 것이다. 운동의 활성화는 있지만 의회와 정당과 시민, 직업단체 등 전반에 진보적 자유주의 리더십이 형성되어야만 그의 실험이 성공할 것이다.

또 하나의 불운은 그가 루스벨트나 케네디와 달리 미국 퇴조기의 관리 리더십이라는 전대미문의 과제를 물려받았다는 사실이다. 그의 담대한 리더십으로도 미국 제국의 황금기는 결코 돌아올 수 없다. 소련의 붕괴를 오래전에 예언했고 그에 이어 미국의 황혼기 관리를 강조하며 오바마를 지원한 브레진스키 같은 탁월한 보수와 달리 그는 아직 이를 분명히 인식하고 있지는 못하다.

클린턴은 이 퇴조를 미국식 시장주의 통합 전략으로 역전하려고 했다. 하지만 이는 전지구적 역풍을 일으켰고 결국 신경발작적인 부시 행정부를 탄생시켰다. 이후 부시는 극도의 불안감에서 난폭한 겁주기 전략으로 선회하였는데 오히려 퇴조를 가속화시키고 말았다. 오바마는 이 두 모델이 실패한 후 정치·경제적으로 새로운 연착륙의 전망을 세워야 한다. 하지만 아직까지는 지나친 낙관주의와 대담한 상상력의 결여로 이후 국내외 경제·정치의 지속적 위기 속에서 그는 부단히 동요할 것이다.

지금 전세계는 오바마 시대의 출범을 찬탄과 부러움으로 지켜보고 있다. 이제 감동의 취임식은 끝나고 전세계는 미국 퇴조기의 오바마의 관리 리더십을 성공시키기 위한 지혜를 모아 나갈 때다. 왜냐하면 지구적 상호의존의 시대에서 미국의 연착륙은 우리 모두의 삶과 운명에 지대한 영향력을 끼치기 때문이다. 그의 실험이 성공하기를 간절히 기원한다.

— 안병진, 『한겨레신문』, 2009. 1. 23.

• 배경: 이 칼럼은 흑인 대통령 오바마를 선택한 미국의 미래와 오바마의 과제를 다루고 있다. 전 지구적 질서에 영향을 미치고 있는 미국의 변화와 미래를 진단한다는 점에서 앞서 김성호 교수의 글과 성격상 같은 맥락이라고 할 수 있다. 그러나 이 글이 미국 내 변화, 그것도 미국 사회 내의 통합과 리더십이라는 미국 내 정치적 역학관계에 국한해 미시적인 전망에 초점을 맞추었다는 점에서 차이가 있다. "그는 책임의 시대와 국가의 공통 목적으

글쓰기의 기적

로의 진전이라는 '케네디적 공화주의'를 지금 부활시키고 있다." "그는 이를 위해 미국 사회 내의 넓은 합의의 견고한 토대를 구축하는 것을 최우선시하고 있다." "미국 퇴조기의 관리 리더십이라는 전대미문의 과제를 물려받았다." 등과 같이 새로운 시대를 맞이한 미국의 새로운 질서나 보편성에 주목하기 보다는 현 오바마 집권 이후의 미국 정치라고 하는 매우 구체적이고 특수한 상황을 설명하고 있다.

• 논점: 미국 전문가답게 미국의 역사, 특히 대통령의 흥망사를 꿰고 있는 화려한 지식을 엿볼 수는 있어도 오바마라는 흑인 대통령의 탄생이 의미하는 문명사적 의미라든가 세계질서 변화에 대한 고민은 찾아보기 힘들다. 그렇다면 궁금한 것은 이것이다. 어느 글이 잘 쓴 글인가 하는 것이다. 그것은 오로지 독자들의 몫이다. 재미있거나 감동을 주는 글이 좋은 글이다. 또는 막막해보이는 것을 명쾌하게 풀어주거나 독자들의 눈을 뜨게 해주는 글이 좋은 글이다. 그런 글을 쓰기 위해서 관점을 달리하기도 하고, 동서고금 성현들의 말을 인용하기도 하고, 앞서 일어났던 과거의 사례에서 실마리를 찾기도 한다. 이 모든 것이 의제 설정의 사례들이다. 이 가운데 인류의 문제, 인종의 문제, 이념의 문제, 정치 또는 경제체제의 문제, 생존의 문제, 인간 존재의 문제 등은 어느 기준을 정하기가 어렵다. 이들 문제들을 특수성의 범주에서 보자면 갈등과 대립, 분열과 증오, 승자와 패자만 있게 마련이다. 그러나 유구한 역사의 관점에서 보면 영원한 승자 없고 영원한 패자가 없는 것을 보아왔다. 갈등과 대립의 역사는 분열과 증오를 낳았을 뿐이었다. 이러한 세계사를 통해 오늘의 세계 시민들은 보편적인 가치를 공유하게 되었다. 이미 우리 문명은 과학문명을 넘어 공유를 기반으로 하는 디지털 문명 체계로 발전했다. 디지털 문명은 곧 보편성의 문명이라고 할 수 있다.

• **포인트**: 우리는 왜 미국 대통령으로 흑인이 당선된 데 대해 각별히 관심을 갖는가. 왜 문명사적 차원에서 의미를 찾아봐야 하고 세계의 정치질서와 경제질서의 변화까지 가늠해야 하는가. 전 세계인들이 느꼈던 감동이 일시적인 것이라면 그 속에 담긴 메시지는 인류사에 새로운 획을 긋는 사건이기도 하다. 흑인 대통령의 등장을 지배와 피지배의 위치 이동에 의미를 두는 것을 아날로그적 관점이라고 한다면 SNS(Social Network Service)로 대표되는 디지털 문명의 정치적 결과물이기도 하다는 점에서 오바마의 등장은 문명적이다.

군이 두 편의 훌륭한 글을 비교해보는 것은 오로지 한 편의 글로는 놓칠 수 있는 중요한 가치들을 재발견하고자 함이다.

글쓰기의 기적

Case Study 6. 균형: 공심공안법(公心公眼法)

편견을 버리고 저울처럼 공평하게 균형을 이루는 방법

글쓴이에게 누가 종교를 물어보면 보통 '불교'라고 대답한다. 그러나 가끔 '이중 종교'라고 대답하고 싶을 때가 있다. 탐욕, 노여움, 어리석음으로 인해서 생기는 고통을 자비와 무소유로 없앨 수 있다는 부처의 가르침을 믿지만 동시에 예수의 매력에 빠지기도 한다.

예수의 말 중에서 글쓴이가 좌우명으로 삼을 만한 말들이 많다. "낙타가 바늘귀로 들어가는 것이 부자가 하나님의 나라에 들어가는 것보다 쉽다"는 말씀은, 글쓴이에게는 부자가 돼도 좋으니 나눔만큼 게을리 하지 말고 근본 계율을 지키라는 초기 불교의 가르침보다도 더 가깝게 와 닿는다. 왜냐하면 부자가 될 정도로 탐욕이 많은 사람에게 타산과 자기 과시가 없는 나눔을 기대하기가 어렵다는 것은 세계사가 잘 보여주기 때문이다.

왕자 석가모니보다 목수의 아들 예수가 그 출신이 더 민중적이라서 그런지 군주와 부자, 군대와 전쟁에 대한 태도는 더 급진적이었다. 하나님과 재물을 동시에 섬길 수 없다는 것, 세금을 황제에게 바치되 그 군대에 가서 살인자가 되지 말아야 할 것, 그리고 인간이 음식과 옷, 즉 경제에 구속을 받지 말아야 한다는 것 등이 초기 기독교 정신이라면 이는 사회주의와 다를 바 없어 글쓴이로서 하나의 신조로 받아들일 만하다. 그 가르침의 이름이 기독교인지 불교인지 과연 중요한가?

이 이야기를 불자 친구에게 하여 '이중 종교 상태'를 고백해도 보통 격려를 받을 뿐이다. 틱낫한의 〈살아 있는 부처, 살아 있는 예수〉와 같은 저작을 읽고 불교적 입장에서 기독교적 가치를 수용하는 데 익숙해진 유럽 불자들은 물론, 달라이라마의 충고대로 성경책을 불교적으로 '다시 읽기' 하는 상당수의 국내 불자에게도 기독교는 친숙한 대상이다. 또 유럽 기독교인 같으면 '기독교적 선불교'라고 하여 참선을 통해 하나님을 찾는 이들도 적지 않으니 '이중 신앙자'로서 그렇게까지 외롭지 않다.

그러나 상당수의 국내 보수 개신교도들을 만날 때에 심한 불화를 느끼지 않을 수 없다. 이미 가톨릭 교회 같은 최대 기독교 단체들이 타종교에 의한 영혼 구원의 가능성을 십분 인정한 마당에서도 국내의 일부 보수적 대형 개신교 교회들이 "불신은 지옥"이라는, 생각해보면 끔찍하기 짝이 없는 이야기를 계속 되풀이한다. 한국의 최초 기독교인 중 한 명인 윤치호도 그의 일기에서 착한 타종교 신자까지도 영원히 지옥에서 벗어날 수 없다는 미국 선교사의 설교에 충격과 반발을 느꼈다고 적었지만, 지금도 이렇게 생각하는 보수 교회 목사와 신도들이 적지 않다는 것은 우리의 슬픈 현실이다.

물론 한국 개신교에서 관용의 목소리가 없는 것은 전혀 아니지만 근본주의자들로부터 반공주의적 마녀사냥과 비교될 만한 박해를 받아왔다. 예언자가 그 고향에서 배척을 받게 돼 있다는 격언대로 개신교 출신으로서 20세기 한국의 가장 창조적인 종교 융합의 철학자가 된 함석헌은 정작 개신교계에서 거의 관심을 끌지 못했는가 하면 변선환이라는, 타종교와의 대화를 중시하는 신학자는 "타종교에 의한 구원을 인정했다"고 하여 출교와 같은 교회의 '사형'을 당했다. 예언자를 짓밟고 추방시키는 것은 과연 예수가 살았던 당시의 예루살렘에서만 일어나는 일이었던가?

종교 차별을 반대하는 이번의 불교도 집단행동을, 한국의 보수적 개신교가 회개의 계기로 삼아야 한다. '이중 종교'까지 가지 않더라도 적어도 타종교의 진리도 참진리라는 것을 인정하지 않는다면 탈현대화되어가는 다종교 국가 대한민국에서 결국 사회적 신용을 잃어 고립화될 확률이 높은 것이다.

— 박노자, 『한겨레신문』, 2008. 9. 16.

• 배경: 이명박 대통령의 종교 편향 논란은 임기 초반 때부터 꾸준이 나왔다. 이명박이 다니던 소망교회 목사를 청와대로 불러 예배를 하는 모습이 그러한 인식을 불러 일으켰다. 이 때문에 이명박은 한동안 청와대에서 예배

를 자중하기도 했다.

또 서울시장 시절 '서울시를 하느님께 봉헌하겠다' 등의 발언을 한 동영상이 알려지면서 다른 종교를 자극했다.

2008년 6월 말에는 정부가 관리하는 수도권 대중교통정보 시스템 '알고가'에 모든 생활 정보가 표기된 가운데 유독 수도권 사찰의 표기만이 빠졌음이 드러나면서 불교계는 크게 분노했다.

2008년 7월 29일 경찰이 촛불시위 관련 수배자를 잡는다며 당시 조계종 총무원장 지관 스님이 탄 승용차를 과잉 검문한 일이 벌어지면서 불교계의 분노는 극에 달했다.

그해 8월 27일 서울시청 앞 광장에서 '이명박 정부의 종교 편향 행위에 항의하는 범불교도대회'로 표출되었다. 당시 대회에는 27개 종단 20여만 명(경찰 추산 6만 명)의 승려와 불자들이 참가했다. (위키피디아 재편집)

• **논점**: 왜 유독 이명박 정부 들어 종교갈등이 문제가 되는 일이 많았을까. 대통령의 종교 편향적인 발언과 행동이 발단이 된 것이 사실이다. 그러나 종교의 문제는 사회적 이슈가 되더라도 의제 설정을 하기를 꺼리는 경향이 있다. 이유는 알아서 이해를 할 것이라고 생각하고 보면 이 글은 그런 금기시되어 있는 종교의 문제를 의제로 제시했다는 점에서 소중하다. 그런 경우, 글을 쓰기가 매우 조심스러운데 다른 글과 마찬가지로 그럴수록 글의 전개가 충실해야 하고 주장을 뒷받침하는 사례가 정확해야 한다.

이명박 대통령의 종교 차별적 정책들이 곳곳에서 발견되어 불교계가 반발하고 불교계의 종교 차별에 항의하는 움직임은 촛불시위와 맞물려 매우 민감한 이슈가 되었다. 종교 갈등으로 발전할 위험성이 우려되기도 했던 문제여서 종교 갈등의 발단이 된 기독교계가 반성할 것을 주문하는 내용을 설득력 있게 전개했다.

• **포인트**: 이런 글에서 가장 유념해야 할 자세가 중립성을 유지하는 것인데 건드리기 쉽지 않은 이야기를 중립에서 잘 지켜낸 것이 돋보인다. 글쓴이에게 누가 종교를 물어보면 보통 '불교'라고 대답한다. 그러나 가끔 '이중종교'라고 대답하고 싶을 때가 있다. 탐욕, 노여움, 어리석음으로 인해서 생기는 고통을 자비와 무소유로 없앨 수 있다는 부처의 가르침을 믿지만 동시에 예수의 매력에 빠지기도 한다. 어느 편에 서 있다는 느낌이 들지 않도록 하는 장치들이다. 특히 왕자 석가모니보다 목수의 아들 예수가 그 출신이 더 민중적이라서 그런지 군주와 부자, 군대와 전쟁에 대한 태도는 더 급진적이었다. 대목은 탁월하다.

이런 류의 글에서 두 번째로 유념할 것은 분명한 논점유지를 유지하는 것이다. 특히 '기독교가 나쁜데 불교도 잘하고 있는 건 아니다'라는 식의 주장을 하기 쉬운데 이런 식이 되면 이른바 '양시양비론'식 글쓰기다. '양시양비론'식 글쓰기는 가장 경계해야 할 자세이다.

이 글은 그런 점에서도 성공하고 있다. 그러나 상당수의 국내 보수 개신교도들을 만날 때에 심한 불화를 느끼지 않을 수 없다면서 본인의 주장을 분명히 드러내기 시작하면서부터는 매우 집요하게 기독교계의 문제를 파고드는 모습을 보여준다. 한마디로 본질에 대해 천착한 글이다. 그러면서도 자기 할 말은 다했다. 결론을 자연스럽게 냈다. 해박함에도 불구하고 자기 자랑한 느낌도 안 든다. 주제에 정밀하게 다가서고 있다.

Case Study 7. 분석 및 진단: 층체판석법(層遞判析法)

단계별로 분석해서 파헤쳐 진단하고 해법을 찾는 방법

새로운 사회계약 필요하다

어려운 한 해였다. 상반기는 촛불시위로, 하반기는 글로벌 금융위기 때문에 편할 날이 없는 한 해였다. 특히 5월부터 세 달 남짓 지속된 촛불시위가 우리에게 던진 충격은 실로 컸다. 집권 초 밤마다 광화문을 밝힌 촛불행렬에 잔뜩 위축된 이명박 정부는 전대미문의 금융위기에 직면해서도 아직 발 빠르고 자신 있는 행보를 보여주지 못하고 있다.

17세기 영국의 정치철학자 토머스 홉스가 낮에는 공권력이 질서를 유지하지만 밤만 되면 도심이 시위대로 뒤덮이는 '이중권력' 상태가 이어지던 지난여름의 한국을 봤다면 뭐라고 했을까. 그가 우려하던 무질서 상태, 즉 '만인에 대한 만인의 투쟁' 상태의 21세기적 모습을 한국에서 보았다고 하지 않았을까.

촛불시위가 우리에게 던진 가장 큰 과제는 모든 분야에서 권위구조가 붕괴되어 한국이 통치불능 상태에 빠질지 모른다는 점이다. 어떤 공동체가 유지되기 위해서는 최소한의 공적 권위가 필요한데 지금 한국에서는 그 모든 것이 붕괴되고 있다. 공권력의 권위는 무너진 지 오래다. 언론매체도 보도의 객관성을 의심당해 권위를 잃어버린 채 편을 갈라 싸움에 골몰하고 있다. 대학은 본래 해석(解釋)의 권위를 지닌 제도인데 이마저도 인터넷을 점령한 소위 '집단지성' 앞에서 권위를 잃은 채 초라해지고 말았다.

이런 상태에서 이명박 정권이 남은 기간을 제대로 통치할 수 있을까 걱정하는 사람이 많다. 하지만 이 사태를 이명박 정권에 국한시켜 보는 것은 단견이다. 포스트(post) 이명박 정권에도 같은 질문이 던져질 개연성이 대단히 높아졌기 때문이다. 이번 사태가 제대로 수습되지 않을 경우 앞으로 등장할 정권은 진보 보수에 상관없이 언제, 어떤 이유로든 촛불시위에 봉착할 가능성이 매우 커졌다.

이 점에서 촛불시위는 우리에게 이명박 정권의 차원이 아니라 한국이라는 공동체 전체에 관한 근본적인 문제를 제기하고 있다. 그것은 공동체가 존속하기 위한 최소한의 질서 권위구조 통치력을 어떻게 확보 · 유지할 것인가의 문제인데 17세기 영국 사회의 무질서 속에서 홉스가 고민했던 것도 바로 이런 문제였다.

홉스는 구성원 사이의 사회계약에서 해결책을 찾았는데 지금의 한국이야말로 이런 홉스의 지혜가 필요한 때가 아닐까. 다시 말해 우리도 '새로운 사회계약'을 통해 포스트 민주화 단계에 맞는 공동체의 질서와 권위를 회복해야 할 시점이 아닐까.

지금처럼 거리에서 시위대가 청와대와 직접 맞닥뜨리는 사태, 그 사이에서 정당과 국회는 존재를 찾아보기 어려운 사태는 우리에게 포스트 민주화 시대에 걸맞은 국가—사회 관계가 무엇인지를 숙고해 볼 것을 요청하고 있다.

과거 권위주의 하에서 한국은 강한 국가—약한 사회의 모습을 지니고 있었다. 하지만 1987년 개헌을 통해 사회는 힘을 키울 수 있는 제도적 장치를 마련했고, 이후 급성장했다. 이익집단의 힘이 세지고 시민단체의 목소리도 커져서 이제는 거꾸로 권위가 추락한 국가의 위상을 걱정할 정도가 되었다. 촛불시위 사태는 한국이 약한 국가—강한 사회 상태에 있음을 보여주는 좋은 징표다.

질서와 권위를 회복하기 위해 사회를 제약하던 과거로 회귀할 수는 없다. 그런 구시대적 사고는 국가—사회를 하나가 강하면 다른 하나는 약해야 하는 영합(zero-sum)적 관계로만 생각하는 데서 나온다. 둘 사이의 관계는 충분히 비영합(non zero-sum)적일 수 있으며, 그 점에서 강한 국가—강한 사회의 조합을 기대해 볼 수도 있다. 국가가 강해야 하지만 그런 국가의 타락을 막기 위해서는 사회 역시 강해야 한다는 말이다.

다만 국가, 사회 모두 그냥 강하기만 해서는 안 된다. 진정으로 강한 국가는 규모는 줄이되 정책을 입안하고 추진하는 능력과 사회와 소통하는 능력은 커진 국가이다. 사회도 지금처럼 강하기만 하고 무책임해서는 안 된다. 그런 사회는 강한 국가를 견제하기보다 뒷다리 잡기에 급급해 국가의 능력을 약화시킬 우려가 크다.

결국 작지만 강하고 능력 있는 국가와 강하지만 책임 있는 사회의 조합이 포스트 민주화 시대에 한국이 지향할 바이며, 지금은 이런 방향으로 새로운 사회

글쓰기의 기적

•**배경**: 글쓴이 김일영 성균관대 교수의 마지막 칼럼이다. 김 교수는 2009년 11월 49세를 일기로 타계했다. 이 글 이외에 대중적으로 발표한 글이 또 있는지는 모르겠으나 내가 알기로는 그의 글을 더 이상 지면에서 볼 수 없었다. 정치학자로서 그의 글들은 일정한 특징을 가지는데 이념적으로 보면 보수성향이고 글을 대하는 자세가 매우 진지하고 품위 있는 글을 쓰고자 노력했던 학자로 기억된다.

•**논점**: 디지털 문명세계로 접어든 상황에서 우리는 전혀 예기치 못했던 현상이나 사건들을 목격하고 있다. 이런 현상이나 사건들은 기존의 논리나 질서체계로 설명될 수 있는 것이 아니다. 특히 대중과 정치체제의 대립이나 갈등이 흔치 않게 나타나고 있는 현실에서는 더욱 그렇다. 글쓴이는 이에 대해 우리도 '새로운 사회계약'을 통해 포스트 민주화 단계에 맞는 공동체의 질서와 권위를 회복해야 할 시점임을 지각하고 새로운 사회계약의 필요성을 제기한다.

•**포인트**: 우리 사회가 직면하고 있는 공동체에 대한 근본적인 문제에 대해서는 그동안 많은 해법이 등장했다. 주로 대의민주주의의 한계를 진단하고 직접 민주주의에 대한 기대를 담은 것이었다. 그러나 그런 주장들은 지금까지도 뚜렷한 결론을 내지 못하고 담론만 거듭될 뿐이다. 이에 반해 김 교수의 새로운 사회계약론은 그런 정치체제의 교체와는 성격을 달리하는

것이고 현실적인 해법으로서 타당성도 있어 보인다.

다만, 다음과 같은 지적은 당시 촛불집회의 현실과는 다소 차이가 있어 보인다. 어떤 공동체가 유지되기 위해서는 최소한의 공적 권위가 필요한데 지금 한국에서는 그 모든 것이 붕괴되고 있다. 이것은 대중들의 공동체의 힘은 커진 데 반해 공권력으로서 정부의 힘은 상대적으로 약화되었다는 지적과도 일맥상통한다. 공적 권위라는 것은 대중이 붕괴시킨 것도 아니고 스스로 무너진 것이다. 원인이라면 미디어의 변화에서 비롯된 바가 크다.

글쓴이가 결론에서 말하듯이 이것은 힘의 문제나 권위의 문제가 아니라는 점은 분명히 해야 할 것 같다. 힘의 문제나 권위의 문제라면 조직을 만들고 별도의 기구를 통해서 권위를 높이는 장치를 하면 될 것이다. 그러나 글쓴이가 말했듯이 새로운 사회계약이 필요한 것이지 물리적인 변화가 요구되는 것은 아니다.

글쓴이가 촛불시위로 통치불능이 된 한국 사회를 돌아보며 흔히 제기한 정치체제의 변화가 아니라 토마스 홉스의 『계약론』에서 방법론을 모색해본 결과 결국 작지만 강하고 능력 있는 국가와 강하지만 책임 있는 사회의 조합이 포스트 민주화 시대에 한국이 지향할 바이며, 지금은 이런 방향으로 새로운 사회계약을 모색해 민주화 시대의 부정적 유산에서 벗어나야 할 때라고 제시하는 것은 의미 있는 일이다.

촛불시위 사태가 이명박 정권에 국한되지 않고 하나의 시대적 변화흐름인 것은 사실이나 글쓴이처럼 언제든지 촛불시위가 일어날 수 있다는 쪽으로 확대해석을 하는 것은 무리다. 분명한 것은 이명박 정권 초기에 생겨난 매우 특수한 상황이며, 적어도 사회 모든 분야에서 권위구조가 붕괴되었기 때문에 촛불이 발생한 것은 아니라는 점이다. 그렇게 되면 항상 촛불시위가 일어날 수 있다는 논리가 성립되기 때문이다. 이명박 정권의 잘못이 일차적

글쓰기의 기적

이다. 진단이 명확해야 해법 또한 정확하게 나올 수 있다.

사회계약론이 필요한 때이기는 하지만 촛불시위를 너무 해석해낸 나머지 현상으로서의 촛불만을 보고 이명박 정부만의 잘못이 아니라는 논리를 전개하는 도구로 사회계약론을 활용하고 있다는 비판을 받을 소지도 있다. 고인의 글을 가지고 너무 가혹하게 재단한 것은 아닌지, 혹시라도 그런 점이 있다면 널리 양해를 구한다. 추호도 고인을 의도적으로 비판하거나 존중하는 마음이 없어서가 아니라는 점을 말씀드린다. 배우는 사람들은 포스트 민주화나 디지털 문명체계 속에서 공동체의 존재 형식에 대한 글쓰기나 토론을 준비할 때 좋은 지침으로 활용할 수 있을 것이다.

Case Study 8. 대의(大義): 독후엄정법(篤厚嚴正法)
시공간을 대비해 메시지 추출하여 주장을 뒷받침하는 방법

노무현 정권의 초원 결혼식

그저께 지방의 한 골프장에서 결혼식이 열렸다. 신랑 아버지는 골프장 주인이자 노무현 전 대통령의 최대 물심(物心) 후원자다. 신부 아버지는 노 전 대통령의 비서실장을 지냈다. 노 전 대통령이 주례를 섰고 노 정권의 청와대·내각·국회 주요 인사 100여 명이 하객으로 참석했다. 초가을의 잔디는 푸르렀고 하늘엔 빨간 경비행기가 빙빙 돌았다. 색종이가 뿌려졌다. 신랑·신부는 행복했고 여느 결혼식처럼 축하가 쏟아졌다. 신랑·신부의 행복한 미래는 모두가 바라는 것일 게다.

그러나 그게 전부일까. 이날의 특별한 결혼식은 여러 질문을 던지게 한다. 결혼식은 두 집안만의 사사로운 행사가 아니었다. 사돈의 성격이나 주례·하객의 면면이나, 이는 노무현 정권의 잔치였다. 부실과 폐해로 참혹하게 정권을 잃은 지 겨우 반년이 지났는데 이런 식의 잔치가 어울리는 걸까. 어려운 경제에 위기설까지 겹쳐 서민·중산층은 시름이 깊다. 추석이라지만 풍성한 수확의 기쁨은 남의 일만 같다. 고향 가는 선물보따리가 어느 해보다도 가볍다. 이런 상황에서 전임 정권의 잔치판은 괜찮은 것일까.

노 전 대통령은 전직 국가원수이며 지금은 국가원로다. 언행은 국가를 생각해야 하며 주례나 조문도 매우 신중해야 한다. 노 전 대통령은 가장 가까운 사람의 혼사라서 주례를 섰다고 한다. 그렇게 가까운 사이라면 노무현에 어울리는 결혼행사로 유도할 수는 없었을까. 노 전 대통령이 물러난 지 반년이 지났건만 지금도 하루 2000~3000명이 봉하마을을 찾는다. 이는 무엇보다 노무현의 서민 이미지 때문일 것이다. 전 정권의 일부가 비리 구설에 오르고 있지만 노무현 자신은 드러난 부패가 없다. 그러므로 그의 얼굴을 한번 보려고 각지에서 봉하마을을 찾는 것이다. 아무리 통치를 잘 못했어도 고등학교밖에 나오지 않은 서민형 대통령이라고 해서 여전히 많은 이가 그를 기억하는 것이다. 그런 전직 대통령의 첫 주례가 꼭 그렇게 요란한 잔치판이어야 하는가. 이 사회엔 결혼식을 올릴 수 없는 가난한 젊은이들이 많다. 그들을 봉하마을로 모아 노 전 대통령이 합동주례를 서면 얼마나 멋있는 낙향 사업일까.

신랑 아버지는 노 전 대통령이 1988년 국회의원이 되기 오래전부터 부산에서 친구가 됐다고 한다. 같은 고졸이라는 정서도 우정의 접착제였을 것이다. 그는 오랜 세월 노무현의 재정적 후원자였다. 지난 정권 때 그는 노무현의 386들을 돕기도 했다. 자신의 사업체에 취직시켜 주기도 하고 생활비도 지원했다. 변방 국가 출신 대사들과 여당 의원들을 자신의 골프장으로 초대하기도 했다. 그는 대통령만이 아니라 정권의 후원자였던 셈이다. 그렇다면 그는 공인인가 사인인가. 형식적으론 사인이지만 정권에서 차지했던 위치로 볼 때 그만한 공인이 흔한 일인가. 그렇다면 그는 아들의 결혼식을 공인에 걸맞게 치렀어야 하지 않을까. 노무현 정권 때부터 경제가 어려워 많은 이의 허전한 가슴이 도심 뒷골목을 나지막이 돌고 있다. 그런데 웬 높은 하늘의 경비행기인가.

신부 아버지는 2005년 8월부터 20개월이나 노무현 대통령의 비서실장을 지냈다. 그 20개월 동안 대통령의 지지율은 추락했고 정치는 어지러웠으며 경제는 힘들어져 갔다. 그 20개월 동안 수많은 신부가 돈이 없어 웨딩드레스를 입지 못하고 훗날만을 기약하고 있다. 화려한 결혼식으로 딸의 미래를 축원하려는 아버지의 심정이야 왜 모르겠는가. 그러나 그는 '서민 대통령'의 20개월 비서실장이지 않았는가.

자본주의 사회에서 내 골프장에서 내 돈으로 비행기를 띄운 게 뭐가 문제냐고 할 수는 있겠다. 그렇다면 자유경쟁 사회에서 균형발전은 무엇이며 평준화 교육은 무슨 소리인가. 노무현 정권이 그토록 외쳤던 '서민' '참여' '개혁'은 그 잔디밭 어디에 있는가. 그들만의, 그들만을 위한 결혼 행진곡이며 정권의 추억 행진곡 아닌가.

— 김진, 『중앙일보』, 2008. 9. 8.

• 배경: 2008년 9월 노무현 전 대통령이 핵심측근인 이병완 전 비서실장과

오랜 후원자인 강금원 창신섬유 회장 자녀 간 결혼식에서 퇴임 후 처음으로 주례를 맡았다. 결혼식 장소는 강금원 회장 소유의 충북 충주시 골프장에서 진행됐다.

• 논점: 이 글은 2008년 노무현 전 대통령의 최측근들 자녀의 결혼식이 호화롭게 치러졌고, 노 대통령이 주례를 선 것을 매우 포괄적인 의미로 끌어내 과거 정치권력의 허구성으로 연결 짓는 데 성공하고 있다. 매우 사적인 공간이고 사적인 행사임을 인정하면서 조목조목 결혼식이 있는 골프장이라는 현재의 공간과 전 정권시절 서민을 위한다던 과거 권력의 공간을 대비시키는 장치를 사용해서 '초원의 결혼식'의 상징성을 내세워 과거 상징으로 내세웠던 '서민의 정부'를 비판하고 있다.

• 포인트: 글을 전개시키는 기법으로서 '대비' 또는 '비교'는 매우 흔하게 사용되고 의미를 도출해내는 데 매우 효과적이다. 그런 기법으로 글을 전개시켜 나가면 논리적으로 생각을 키워나갈 수 있다. 그것을 이 글에서 살펴보자. 선남선녀 한 쌍의 결혼식이고 두 집안의 대사(大事)인 행사를 글쓴이는 '노무현 정권의 잔치'로 규정하고 나선다. 결혼식이 정치행사도 아닌데 정치적 이벤트로 둔갑시키게 되면 당하는 사람 입장에서는 억울한 일이지만 글의 맥락을 짚어보면 어떻게 달리 항의해볼 수도 없다.

'서민 대통령' 노무현의 안과 밖이 지나친 괴리를 보인 것을 꼬집는 데는 달리 할 말이 있을 수 없는 것이다.

이렇게 전개시켜 놓고 보면 호화 결혼식에 대한 비판 정도의 만만한 문제가 아니다. 호화 결혼식에 대한 비판에서 그쳤다면 여타 부유층이 흔히 겪는 통과의례로 끝날 수도 있다. 그러나 바로 이 대목 자본주의 사회에서 내

골프장에서 내 돈으로 비행기를 띄운 게 뭐가 문제냐고 할 수는 있겠다. 그렇다면 자유경쟁사회에서 균형발전은 무엇이며 평준화 교육은 무슨 소리인가, 하는 일침을 만나게 되면 노무현 정권 전체의 존재이유에 대한 질문이 되고 만다. 사소해보이는 사례에서 대의를 끌어내는 힘을 눈여겨 볼 필요가 있다.

독재는 스포츠를 좋아해

제2차 세계대전 당시 연합국 측의 처칠·스탈린·루스벨트는 대단한 애연가였지만 반대편의 히틀러·무솔리니·프랑코는 모두 담배를 싫어했다고 한다. 특히 히틀러는 "담배는 적색 인종이 술을 전해준 백인에게 복수하기 위해 건넨 것"이라며 금연 운동에 열을 올렸다. 건강에 집착한 그는 역학자에게 게르만 민족의 체질을 개선할 방법을 찾으라고 명을 내렸다. 나치는 학자들이 개발한 건강법으로 체력을 길러 올림픽에서도 메달을 싹쓸이하려 했다. 1936년 베를린 올림픽에서는 히틀러의 이런 야심이 하늘을 찔렀다.

히틀러식 발상을 이어받은 쪽은 옛 소련과 동독이었다. 그들은 올림픽에서 메달을 많이 따는 것으로 체제 우위를 증명하려 했다. 소련과 동독의 옛 스포츠 스타 가운데는 국가의 강요로 약을 먹었다가 나중에 폐인이 된 이가 많다. 소련과 동독은 국제적으로 가장 인기가 높은 축구를 국가가 직접 관리했다. 러시아나 소련에서 독립한 국가의 축구 클럽 가운데는 '다나모 키에프' 하는 식으로, 유난히 다나모라는 이름을 앞세운 곳이 많다. 그런 곳은 영락없이 국가 정보기관이 관리하던 팀이라고 한다. 북한이 월드컵 8강에 오른 뒤 한국의 박정희 정권도 국가대표 축구팀 운영을 중앙정보부에 맡긴 적이 있다.

올림픽에 이런 '전과'가 있기 때문에 국가별 메달 수를 헤아리며 일희일비하는 것은 경계할 일이다. 그렇더라도 이번 올림픽에서는 유난히 극적인 승부가 많아 어느덧 텔레비전 앞에 끌려들어가 핏대를 올리게 된다. 머리는 유치한 국수주의라고 비웃지만 솔직히 태극 마크를 단 선수가 이기면 그렇게 좋을 수가 없다. 이승엽 선수의 홈런 한 방에 이성은 간데없다.

각국 젊은이의 순수한 경쟁은 아름답다. 고된 훈련으로 다져진 근육이 힘을 뿜어낼 때면 눈을 뗄 수 없다. 힘겨운 일상을 잊게 해주는 데는 스포츠만 한 물건도 없다. 올림픽 공식 전자계측 업체인 오메가가 자신이 후원하던 미국 수영 스타 펠프스의 승부를 조작했다는 의혹이 불거졌듯이 사실 이제 올림픽에 좋지 않은 물을 들이는 것은 권력이 아니라 상업주의이다.

베이징 올림픽에서 일찌감치 메달을 딴 우리 대표 선수가 무슨 이유에선가 폐막 때까지 귀국을 못했다. 정부는 강요하지 않았다고 발뺌했지만 올림픽 기간에 이명박 대통령 지지율이 뛰었다니 스포츠에 개입하고 싶기도 하겠다. 메달리스트가 귀국하면 카퍼레이드를 한다는 얘기까지 나오지 않았던가. 그렇다면 계속 죽쑤는 축구 국가대표는 어청수 경찰청장에게 한번 맡겨보면 어떨지.

— 문정우, 『시사인』, 2008. 8. 26.

• **배경**: 2008년 베이징 올림픽은 한국이 금메달 13개로 종합순위 7위를 기록해 역대 최대 성적을 올린 대회로 국민들의 자부심을 한껏 높인 스포츠 축제였다. 그런데 금메달을 딴 일부 선수들이 일정이 끝나 귀국을 하려던 것을 조직위에서 대회가 끝나고 다른 선수들과 함께 금의환향하는 모양새를 갖추기 위해 잔류를 요청한 모양이다.

• **논점**: 충분히 있을 수 있는 일이다. 그러나 이 글은 정부가 2008년 베이징올림픽에서 메달을 딴 선수들을 카퍼레이드에 동원하기 위해 귀국을 막았으며 대통령의 지지율이 뛰었으니 축구대표단을 어청수 경찰청장에게 맡기라는 등 비아냥대는 투로 일관하고 있다. 정치가 스포츠를 이용해 이득을 취하려 한다는 것이다. 이와 같은 글은 마치 코끼리를 잡는 시늉 하면서도 파리채를 든 격이다.

• **포인트**: 역대 최고의 성적을 받은 대표단이 카퍼레이드를 벌이는 것이 무슨 잘못이라도 있는가. 정치적 이용의 결과 누가 덕을 보는가. 선수단 환영을 반대하는 측은 왜 반대하는가? 무슨 손해가 생기는가? 그렇게 반대하는 진정한 이유는 무엇인가? 그들에게 대의는 있는가? 국민적 감정, 국민 통합의 기회를 아무 생각 없이 흐지부지해버리는 것은 더욱 큰 손실이 아닐 수 없다. 축하할 것은 축하하라.

선수가 일정이 끝나서 입국하는 건 개인의 자유가 맞지만 입국하지 못하게 했다고 해서 그것을 억압이나 구속의 정도로 침해했다고 볼 수는 없다. 좀 더 큰 대의를 생각한다면 이런 식의 글은 내놓기 부끄러운 글이다.

Case Study 9. 주제의식: 실사구시법(實事求是法)

핵심에 집중해 주제의식을 밀도 있게 하는 법

'진짜 실용주의' 대통령이 되려면…

한국의 2008년을 열어갈 이명박 대통령 당선자는 당선 소감을 말하는 자리에서 이념보다 실용을 우선하는 노선을 택하겠다고 천명했다. 반가운 이야기다.

노무현 정부는 여러 가지 고정관념과 명분에 사로잡혀 무리한 정책을 많이 썼다. 기업 다각화와 차입 경영을 무조건 죄악시하여 기업들의 과감한 투자와 신(新)산업 진출을 어렵게 하는 정책들을 추진하였다. 제조업의 시대는 지났다는, 증명되지도 않은 명제를 받아들여 현실성 없는 금융허브 전략을 추진하는 데 국력을 낭비하였다. 박정희 시대의 유산을 전면 부정하는 과정에서, 정부개입은 독재의 잔재라는 생각을 가지고, 그렇지 않아도 90년대부터 약화되어 온 산업정책을 거의 폐기하다시피 하였다.

이명박 당선자가 이러한 우(愚)를 다시 범하지 않겠다고 이야기하는 것은 희망적이다. 그러나 앞으로 출범할 이명박 정부가 진정으로 실용주의가 되려면 자신들도 이념과 고정관념에 사로잡혀 있는 것이 아닌가를 검토해보아야 한다. 몇 가지 예를 들어보자.

이명박 당선자 팀은 작은 정부를 추구한다고 한다. 그러나 진정한 실용주의자라면 정부의 크기는 문제 삼아선 안 된다. 실용주의적 관점에서 볼 때 중요한 것은 정부가 무슨 일을 얼마나 효율적으로 추진하느냐 하는 것이지, 그 크기가 아니기 때문이다.

작은 정부가 무조건 좋다면, 상대적 크기가 훨씬 작은 후진국 정부들이 선진국 정부들보다 더 좋은 정부여야 할 것이다. 그러나 후진국 정부들은 예산과 인력이 모자라 제대로 일하지 못하는 경우가 대부분이다. 작은 정부가 좋다는 고정관념을 버리고, 필요하다면 정부 부처를 늘릴 수도 있고 공무원 수를 늘리며

"

보수도 올릴 수 있다는 자세로 접근해야 한다.

무역정책도 마찬가지다. 그 동기는 조금 다를지 몰라도 이명박 당선자 팀은 노무현 정부와 마찬가지로 자유무역은 무조건 좋다는 고정관념에 사로잡혀 있다. 미국이 비준하기도 전에 올해 초 우리 국회에서 한미 FTA를 비준하겠다는 이야기가 나오는 것이 좋은 예다.

그러나 진정한 실용주의라면, 다른 사람들이 모두 자유무역이 좋다고 이야기해도, 그것이 경우에 따라서는 좋을 수도 있고 나쁠 수도 있다는 자세를 취해야 한다. 수준이 비슷한 나라끼리 자유무역을 하면, 시장이 확대되고 서로 경쟁을 통해 자극이 되어 생산성이 향상되면서 서로 득을 볼 확률이 높다. 그러나 우리보다 생산성이 3배가량 높은 미국이나 유럽의 선진국들과 자유무역을 하면, 시장의 확대와 경쟁의 자극을 통해 생산성이 향상되기 전에 우리 기업들이 도태될 확률이 높기 때문에, 득보다는 실이 더 클 것이다. 설사 한미 FTA가 우리에게 득이 된다고 생각하더라도, 진정한 실용주의자라면 올해 말 미국 대통령 선거 결과, 그리고 미국 의회에서의 한미 FTA 비준 여부를 보고 우리 국회에서 그것을 비준해야 할 것이다.

공기업의 민영화 문제도 그렇다. 이명박 당선자 팀은 공기업 효율화를 위해 민영화를 해야 한다며 싱가포르를 벤치마킹하겠다고 이야기한다. 그러나 그들은 싱가포르가 공기업 부문이 국민소득의 무려 22%를 생산하는 (산유국을 제외하고는) 세계에서 가장 공기업 의존도가 높은 나라라는 것을 아는지 모르겠다.

싱가포르는 한편으로는 자유무역을 추구하고 외국인 투자를 적극 유치하지만 금융, 반도체, 조선, 운송 등 전략산업은 국가가 소유하고 전폭 지원하는 나라다. 싱가포르는 또 우리와 같이 공무원의 '청빈'이라는 명분에 매이지 않고 시장원리에 의해 공무원 월급을 사기업보다도 더 주는 나라이지만, 국민 주거의 안정을 위해 토지를 전부 국가가 소유하며, 85%의 주택을 주택공사가 공급하는 나라다. 우리나라에서 가지고 있는 고정관념에 비추어 볼 때 '극우적' 정책과 '극좌적' 정책이 결합되어 있는 것이다. 실용주의를 이야기하려면 이 정도는 되어야 한다.

• **배경**: 새로운 대통령 당선자가 탄생하고 맞는 새해 아침에 쓴 글이다. 새 정부가 정부의 국정 운영방향을 '실용정부'라고 정한 데 대해 진짜 실용정부가 되어 달라고 당부하고 있다.

• **논점**: 진짜 실용정부는 실용주의를 추구하는 데 있어 가장 중요한 것은 고정관념의 타파다. 고정관념에 묶여 이것은 절대적으로 좋고, 저것은 절대적으로 나쁘다는 식으로 생각하지 말라는 것이다. 실용정부의 대표적인 나라로 싱가포르를 예로 들고 '극우적' 정책과 '극좌적' 정책이 결합되어 있는 사례들을 제시해 설득력을 얻는 데 성공하고 있다. 자칫 새 정부가 채택한 실용주의에 동조했다가 너무 실용적인 문제들, 지엽적인 이야기로 흐를 가능성도 있다. 대통령의 발언에서 비롯된 이념보다 실용이라는 말에 무게를 실은 나머지 이념의 상대말로서 실용을 이야기하는 우를 범할 수도 있다. 글의 앞부분에서 노무현, 박정희 등의 이름을 거론하며 그런 분위기로 흐르는 바람에 매우 긴장하고 읽었는데 용케 빨리 제자리를 찾아 다행이다.

• **포인트**: 실용주의에서 '진정한' 실용주의라는 개념을 키워드로 의제화함으로써 주제의식을 밀도 있게 하면서 가까스로 무게감을 살려냈다.

Case Study 10. 혼돈을 읽는 요령: 속중득운법(俗中得韻法)
세상이 혼돈에 빠져도 처지에 따라 변하지 않는 중심 잡는 방법

만들어 가는 세상

속고 사는 것이 인생이라더니 요즘처럼 이 말이 실감나는 적이 없다. 얼마 전까지만 해도 펀드를 모르면 멍청이 취급을 받았는데 요즘은 펀드의 '펀'자도 듣기 싫어하는 세상이 됐다. 잭 웰치는 1980년대 초 GE회장을 맡으며 CEO의 책임은 주주 가치를 극대화시키는 것이라며 분기별 주가를 평가해야 한다더니 지금 와서는 그런 단기적 성과에 매달리는 것이 "정신 나간 짓" 이라고 돌아섰다. 시장의 자유를 외치지 않으면 바보 취급 받던 것이 바로 어제이다. 신자유주의의 본산지인 미국과 영국에서조차 이런 말은 이제 쑥 들어갔다. 은행을 국유화해야 하느냐가 논란의 초점이 되고, 심지어 자본주의가 과연 버틸 수 있겠는가 하는 의구심 때문에 파이낸셜 타임 같은 신문은 '자본주의 미래'라는 시리즈까지 싣고 있다. 어떤 나라, 어떤 이론가들의 주장을 허겁지겁 따르다가 그쪽에서 "이게 아닌개벼"하고 돌아서면 속수무책인 우리 신세…과연 객관적 진리라는 것이 있는 것일까.

한국 국제정치학회가 발간한 최근 논총(48집 4호)에 재미있는 논문이 수록됐다. 국제정치를 양자물리학 관점에서 보자는 것이다. 전통 물리학에서는 우주가 기계적으로 일정한 법칙에 따라 움직인다고 생각하고 그 법칙을 알아내는 것이 과제였다. 그러나 현대 물리학에서 원자 이하인 양자의 세계를 들여다보니 그런 객관적 법칙성은 존재하지 않았다. 원자 이하의 미립자들은 우리 눈에 보이지도 않고 무게나 양도 가늠할 수 없을 뿐 아니라 원인도 없이 나타났다가 사라지는 '유령 같은 존재'라는 것이다. 특히 양자의 세계는 관찰되는 순간의 관찰자 의도에 따라 움직이기까지 한다. 따라서 영원불변의 객관적인 실체가 존재하는 것이 아니라 관찰자의 의도가 객체에 영향을 미친다는 것을 발견했다. 국제정치에서도 그럴 수 있다는 가설이다. 국제정치에 과학적 · 객관적 법칙이 있다면 그 많은 학자 중 소련의 붕괴를, 9·11 테러를 어렴풋이라도 예견했어야 하는 것 아닌가.

우리의 고질병은 아직도 좌와 우의 싸움이다. 보수의 눈으로 보면 사회는 보수의 논리로 돌아가고, 좌파의 눈으로 보면 진리가 좌쪽에 있다. 이러니 해결이 안 되는 것이다. 미디어법 타결을 위해 국회에 사회적 기구를 만든다 해도 결국은 이 당파성을 떠날 수 없다. 모든 일이 다 그렇다. 이 신문을 보면 이게 진리 같은데, 저 방송을 보면 저게 진리라고 한다. 실험할 때 양자 물리학자들이 빛을 입자로 보고 싶으면 입자로 나타나고, 파동으로 보고 싶으면 파동으로 나타난다고 한다. 이런 관점을 확대시키면 세상 모든 일이 어쩌면 자기 눈에 따라 사실이 달라지는 것이다. 한 걸음 더 나가면 무슨 객관적인 현실이 있는 것이 아니라 우리 의식이 현실에 영향을 미치며 현실을 창조하기까지 한다는 얘기다.

우리는 매우 어려운 시절을 겪고 있다. 이 위기만 지나가면 될 줄 알지만 우리가 이 위기를 어떤 생각 속에서 통과하느냐에 따라 그 이후의 한국은 달라진다. 위기 이후 우리가 어떤 나라를 만들 것인가에 대한 의지에 따라 미래는 만들어 지는 것이다. 양자 이론처럼 관찰자의 믿음대로 세상이 현실화하기 때문이다. 그런 점에서 지금 우리에게 필요한 것은 우리가 그리고 싶은 그림이 있어야 한다. 환율과 성장률, 추경 예산액과 외환보유액도 중요하지만 그런 숫자를 넘어 위기 이후의 그림이 머릿속에 있어야 한다. 웅장하고 아름다운 건축물은 짓다 보니 그렇게 되는 것이 아니라 건축가 머릿속에 먼저 그림이 있어야만 한다.

공산주의도 실패했고, 자본주의도 위기를 맞고 있다. 더 이상 좌도 우도 의미가 없어지는 세상으로 변하고 있다. 우리는 어떤 나라에서 살기를 바라는가. 자본주의를 인정하되 도덕성이 존중되고, 시장의 자유는 지키되 탐욕스럽지 않고, 경제적 효율성을 존중하되 사회 정의를 무시하지 않는 그런 나라를 만들어야 한다. 현실적인 움직임도 보이기 시작했다. 강성 노조 민주노총에서 반성이 나오고, 현대중공업 임원들은 스스로 임금을 깎았다. 나는 이 위기 속에 좌우가 대타협할 수 있는 기회가 있다고 본다. 미래의 한국은 우리가 그리는 그림대로 실현될 것이다.

— 문창극, 『중앙일보』, 2009. 3. 17.

• **배경**: 미국발 금융위기로 촉발된 경제위기로 자본주의 위기론이 불거졌다.

• **논점**: 우리는 어떤 경제체제를 모색할 것인가. 미래에 대한 고민을 하는 우리들은 어떤 태도를 취해야 할까.

• **포인트**: 대안을 제시하거나 어느 한 가지 주장을 내고자 하는 글이 아니다. 답을 주려는 것도, 희망을 제시하려는 것도 아니다. 막연하게 느껴지지만 나쁜 글은 아니라 혼돈을 읽어내는 노련한 솜씨를 보여준다. 세상 모든 일에 객관적인 현실이 있는 것은 아니라 우리 의식이 현실에 영향을 미치며 현실을 창조하기까지 한다. 따라서 우리에게 필요한 것은 우리가 그리고 싶은 그림이다.

제2장

실제 사례를 통해 점검하는 글쓰기 문제 사례

Case Study 1. 현실반영이 제대로 되지 않은 경우

피디수첩 수사, 불가능한 과제

피디수첩 수사가 재개됐다. 검찰은 최근 제작진을 소환하고 자택을 압수수색하며 피디 1명을 체포하여 이틀간 조사하고 풀어주기도 하였다.

헌법에서는 국가기관에 대한 비판의 자유를 보장하고 있다. 국가기관에 대한 명예훼손이 성립하지 않는 이유다. 만약 국가기관에 대한 명예훼손이 허용된다면 국가정책에 대한 비판이 봉쇄되고 결국은 국민주권주의의 원리에 어긋나게 된다. 이를 의식한 듯 현 정권은 "피디수첩의 보도 내용이 국가기관 '구성원'을 비판했다"고 주장하고 있다. 물론 이런 주장이 받아들여지면 언론의 공적인 비판 기능은 매우 심각하게 위축된다. 검찰은 전제부터 잘못된 수사에 앞장서고 있는 셈이다. 그럼에도 굳이 수사를 하겠다면, 적어도 공정한 절차를 따라야 한다.

대법원 판례에서는 명예훼손 여부 확인을 ①보도에 명예훼손 내용이 포함된 경우 ②객관적 사실을 조사하여 ③보도가 허위임이 판명되면 ④공익성과 상당성이 있는지를 검토하여 이것이 없을 경우 ⑤비방의 목적이 있었는지를 조사하는 것이 순서다. 이때 검사는 그 보도가 허위 사실이며 비방의 목적이 있었다는 점을 증명해야 한다. 여기서 피해자의 행위라는 구체적인 사실의 적시가 있고, 그것이 피해자의 명예를 훼손하는 내용이어야 한다. 또 사실의 적시는 입증 가능한 것이어야 한다. 보도가 의견 또는 평가일 경우 그 내용이 무엇이건 표현의 자유로 보호받음은 물론이다.

피디수첩 보도의 내용은 이미 알려져 있는 것처럼 '한 흑인 여성의 사망 원인이 인간광우병 의심이 든다. 이러한 질병은 광우병과 관련이 있다. 미국에서 주저앉는 소는 광우병의 위험성이 있다'는 것이다. 보도는 흑인 여성의 증상을 토대로 그 질병의 의심이 든다고 말하면서 미 보건당국이 그 원인을 조사 중에 있다는 것이므로 증상을 토대로 한 질병의 원인에 대한 의견 표명 수준이다. 이는 의사가 하는 질병 원인에 대한 최종 판정 전의 진단과도 같은 맥락이다.

또 통상적으로 주저앉는 소가 광우병의 위험성이 있다고 보기 때문에 미국 소비자단체는 전수검사를 하여야 한다고 주장하고 있다. 이미 일본과 유럽에서는 전수조사를 하고 있고, 오바마 대통령은 주저앉는 소의 도축을 금지시켰다. 미국에 있는 주저앉는 소가 광우병과 관련이 없다고 증명하는 것은 현재 과학 수준으로는 불가능한 과제이다. 따라서 광우병과 관련된 피디수첩의 보도는 입증이 불가능한 사안에 대한 의견 표명에 해당한다.

나아가 피디수첩 보도 내용에는 어떤 명예훼손 내용도 포함하고 있지 않다. 협상단 소속 개개인의 비리를 지적하는 것이 아니다. 전체적으로 협상이라는 정책을 비판하고 있다. 공무원이 정책 수행을 잘못하면 이에 대해 언론이 비판하는 것은 민주국가에서 당연한 권리이자 의무인 만큼, 이러한 수준의 정책 비판은 의견 표명으로 보호돼야 한다.

만약 검찰이 보도된 내용이 '허위 사실'이라고 주장하려면 먼저, 미국에서 주저앉는 소에 대해 조사하여 전혀 광우병의 위험성이 없다는 점을 증명해야 한다. 검찰은 이 점에 대하여 수사할 계획이 전혀 없는 것으로 보인다. 현실적으로나 과학적으로 입증 불가능한 일이기 때문일 것이다. 이러한 객관적 사실을 조사하지도 않은 채, 검찰이 제작진을 상대로 무엇을 조사하겠다는 것인지 납득하

• **배경**: 2008년 4월 29일 MBC 〈PD수첩〉의 광우병 방송 이후, 2008년 5월 2일 촛불시위가 일어났다. 그해 6월 30일 정부는 〈PD수첩〉 제작진을 명예훼손 혐의로 검찰에 수사의뢰를 했고, 검찰이 이에 대한 수사에 나서 제작진을 기소한 것이다.

• **논점**: 언론의 비판의 자유는 어디까지인가. 〈PD수첩〉 논란은 사실의 범위를 어디까지로 정하느냐에 따라 결과가 달라진다. 〈PD수첩〉의 그 당시 방송만으로는 문제 삼기 어렵다. 그런데 방송 이후 '미국 소=광우병소' 등식이 생겼다. 설사 아무리 사실보도라 하더라도 보도로 인해 어떤 결과가 발생했는지도 생각해보지 않을 수 없다. 큰 피해가 났다면 사실관계에 해석의 문제가 있다는 뜻이다. 사실이라고 해서 무조건 보도하는 게 옳은가. 초래한 결과가 공중에 합목적적이지 않은 결과를 초래했다면 뉴스가 되지 말아야 한다.

• **오류**: 위 칼럼의 필자는 보도내용이 허위가 아니라고 하지만, 반대쪽은 허위라고 했다. 이러한 차이가 나는 이유는 무엇인가. 사실에만 천착해 진실의 범위를 너무 좁게 설정하고 법리적으로만 해석했다. 법률적 관점(좁은 범위)에서 〈PD수첩〉을 논할 수만은 없다. 또 지금 현실은 엄연히 수사가 이

글쓰기의 기적

뤄지고 있는데 그걸 부정하면서 주장하면 안 된다.

언론 내부에서 통일된 사실을 보도했다면 문제가 되지 않았겠지만 언론 내부에서도 한 사안을 두고 보도가 극명하게 엇갈리고 있기 때문에 이것이 사회 문제가 된다. 언론이란 신성불가침의 구역이어야 하지만 다른 언론에서 사실관계에 대해 문제제기를 했다면 그것이 사실보도였는지 짚고 넘어갈 수밖에 없다. 지금 검찰의 행동은 사실관계 확인 차원을 위해 법적 질서대로 움직이고 있을 뿐이다. 정치적 성격만으로 이렇게 하지 않는다.

MBC가 언론사 자체적으로 〈PD수첩〉 보도경위를 조사했다면 됐다면 검찰은 문제 삼지 않았을 것이다. 그런데 MBC가 〈PD수첩〉 조사를 하지 않았고 시시비비를 가려내지 않았기 때문에 수사가 불가피하다. 또 고소가 있었기 때문에 수사를 위한 법적 구성요건이 충족된다. 사실을 좁은 개념으로 설정해 〈PD수첩〉을 조사하는 검찰을 비판하고 있다. 사실의 범위에 대해서는 다음 글을 읽어보자.

▶ **비교칼럼**

사실이 신문을 위기에서 구한다

워싱턴포스트의 기자 수전 수미트는 수 개월간의 집중취재 끝에 로비스트 아브라모프가 카지노 업자들로부터 천문학적 규모의 로비자금을 받은 사실을 밝혀냈다. 그 돈을 공화당 정치인과 연방정부 고위 관료들에게 뿌려 인터넷도박금지법을 부결시키고, 카지노 인허가 과정에 개입한 사실도 밝혀냈다. 그는 이 보도로 2006년 퓰리처상 탐사보도상을 받았다.

그러나 독자들이 일련의 기사를 읽으면서 감동한 것은 기자의 끈질긴 취재보도보다는 작은 오보에 대한 워싱턴포스트의 숙연한 자세였다. 이 신문은 아브라모프가 로비자금으로 쓴 영국 파운드화를 미국 달러로 환산하는 과정에서 계산

착오가 난 것을 확인했다. 이 신문은 아무도 주의하지 않은 작은 실수를 스스로 인정하고 지면에 사과까지 했다. 워싱턴포스트의 사실에 대한 충성은 독자에게 오히려 신뢰를 안겼다.

2004년 대통령 선거의 열기가 뜨겁던 9월, 미국의 CBS 프로듀서 메리 메입스는 킬리언 중령의 문건을 폭로했다. 공화당 후보 부시가 베트남전 당시 미국 후방에서 방위군으로 근무했고, 그마저 불성실하게 했다는 내용이었다. 민주당 후보 케리가 베트남전에 당당하게 참전했던 사실에 비추어 부시에게 상당한 타격이 될 만한 소재였다. 부시 후보 측에서 이 폭로에 강력하게 반발하자 CBS는 처음에는 반론을 펴는 데 주력했지만 곧 태도를 바꾸었다. CBS는 연방정부 검찰총장 딕 손버그와 AP 사장을 지낸 루이스 보카르디 등 두 거물을 패널로 위촉해 사실을 확인하도록 의뢰했다. 두 사외 패널은 킬리언 문건이 진짜인지 가짜인지를 가리지는 못했다. 그러나 문건의 진위 여부를 떠나 CBS가 이 사건에 대해 무조건 방어 일변도로 임한 초기대응에 문제가 있다고 결론지었다. CBS는 사외 패널의 권고대로 선임 부사장과 책임 프로듀서, 그리고 담당 프로듀서인 메리 메입스를 해고했다.

뉴욕 타임스의 주디스 밀러 기자는 2002년 알카에다에 관한 보도로 퓰리처상을 받은 베테랑 기자다. 그는 특히 국가안보 분야에서 독보적인 취재 능력을 과시했다. 그는 2003년 미국이 이라크를 침공하기 직전, 이라크에 대량살상무기가 있다고 보도했다. 미국 정부는 이 보도를 이라크에 대한 선제공격의 명분으로 십분 활용했다. 그 뒤 밀러 기자는 이른바 '리크게이트'에 휘말렸다. 누군가가 어느 칼럼니스트에게 미 중앙정보국(CIA) 비밀요원의 이름을 흘린 것이 문제였다.

특검이 실시되자 밀러 기자도 조사 대상이 됐다. 취재원을 밝힐 수 없다고 버텨 체포까지 됐던 밀러는 결국 85일 만에 풀려났다. 밀러가 영웅 대접을 받을 차례가 온 셈이었다. 그러나 57세의 거물 기자 밀러는 이 사건으로 뉴욕 타임스를 떠났다. 이 신문의 소장기자들로 구성한 위원회에서 밀러가 사건 초기에 편집국장이나 발행인에게 사건에 대해 거짓말을 했으며, 그동안 밀러가 했던 일련의 보도가 정도를 벗어난 것이라고 단정하는 보고서를 제출했기 때문이다.

미국 언론은 자사의 이해관계나 명예보다 사실에 충성한다. 사실에 대한 충

글쓰기의 기적

• 배경: 언론사 중앙일보가 기사의 사실 확인 시스템을 가동하면서 저널리
즘에서 사실의 중요성을 강조하고자 한 글이다.

• 논점: 쟁점 역시 앞선 칼럼과 마찬가지로 언론 비판의 자유는 어디까지
인가를 다루고 있다. 이 글은 '사실'에 대한 새로운 관점을 제시하고 있다.
칼럼에 소개된 일련의 미국 사례들은 사실보도를 했지만 취재과정에서 문
제가 있었으므로 책임을 진다. 뉴욕타임스의 주디스 밀러 기자는 특종을 취
재했지만 취재원을 끝까지 밝히지 않아 영웅이 됐다. 그런데 신문사에서 해
고당했다. 당시 보도했던 특종 자체는 사실이지만 편집국장과 발행인에게
사건에 대해 거짓말을 했으며, 일련의 보도가 정도를 벗어났다고 평가받았
기 때문이다.

부시의 군복무 문제 관련 문건을 폭로한 CBS PD도 결국 해고됐다. 문건
의 진위여부를 떠나 CBS가 이 사건에 대해 무조건 방어 일변도로 임한 초
기대응에 문제가 있었다고 봤기 때문이다.

• **포인트**: 이 사례들을 통해 필자가 말하고자 하는 바는, 취재의 전 과정이 사실 여부에 영향을 미친다는 것이다. 보도의 사실 여부뿐만 아니라 보도 태도의 자세 역시 언론에게는 사실관계만큼이나 중요하다.

언론의 자유나 '사실보도'의 범위를 어디까지로 생각해볼 수 있는지를 쓸 때 이 칼럼에서 소개한 사례들을 언급하면 좋다.

Case Study 2. 상황인식: 정확성의 실패

좌파와의 전쟁

　이명박씨는 대통령이 되는 데는 운(運)이 따라줬는지 몰라도 대통령직(職)을 잘 수행하는 데는 운이 따라주지 않는 것 같다. 대통령이 된 후 무슨 일을 하려고 하면 누군가, 무엇인가가 발목을 잡는다. 임기 첫해는 미국산 쇠고기 수입문제로 국정이 마비되다시피 한 곤욕을 치렀고, 임기 2년차를 맞아 심기일전해서 일을 시작하는가 싶더니 용산 철거 참사가 또다시 '촛불'의 망령을 되살리려 하고 있다. 한마디로 되는 일이 없다.

　이쯤에서 이 대통령은 자신이 대통령으로서 일을 하는 데 무엇이 문제이고 무엇이 걸림돌인지를 냉철하게 되돌아볼 필요가 있다. 무슨 일을 추진하는 데 앞서 장애물을 제거하는 것이 급선무다. 지난 1년을 되돌아 보면 거기에 답이 있다. 이 대통령의 장애물은, 하나는 인사(人事)의 문제고 다른 하나는 좌파의 문제다. '인사'가 용인술(用人術)에 관한 자기자신의 문제라면 '좌파'는 자신이 싸우고 다스려야 할 객관적 상황이다.

　지난 1년간 각종 매체의 기사·사설·칼럼 등을 통해 가장 번번이 지적된 것은 '사람'에 관한 것이었다. 그의 주변에 '사람이 안 보인다'거나 '충신이 없다', '권력투쟁이 심하다', 또는 '자기가 아는 사람만 쓴다'는 얘기들이 주종을 이뤄왔다. 이것은 어디까지나 이 대통령이 자초한 일이다. 그는 사람을 넓게 써본 경력이 없고 사람을 깊게 믿은 경험이 부족하다. 그는 과거 기업에서건, 공직에서건 적(敵)들에 둘러싸여 일해본 경험밖에 없어 자기가 아는 사람 이외에는 믿지 않는 경향이 있다. 그의 정권에는 자기보다 그림자가 큰 사람이 없다. 그래서 그의 청와대가 '취업센터'이고 그의 내각이 '심부름센터'로 불리는 것은 어쩌면 당연하다. 이런 소아적(小兒的) 리더십에서 벗어나지 않는 한, MB정부의 남은 4년은 글자 그대로 지리멸렬하지 않을 수 없을 것이다.

　그의 용인술보다 더욱 그를 옥죄는 것은 사사건건, 호시탐탐 그의 발목을 잡는 '좌파'의 공세다. 좌파의 목표는 'MB정권의 퇴진'에 있다. 쇠고기 수입의 문제도, 각종 MB입법도, 그리고 용산 철거 참사도 모두 'MB퇴진'으로 이어졌다. 조금만 문제가 있으면 모두 곧바로 'MB'로 연결되고 있다. 심지어 전직 대통령까지 나서 MB정권을 '독재'로 본다.

여기에는 정책의 옳고 그름에 대한 논쟁이 없다. 빌미만 생기면 기다렸다는 듯이 이미 준비된 '갈등의 증폭과 증오의 재생산'을 쏟아낸다. 마치 가진 자(者)의 부(富)가 못 가진 자의 것을 빼앗아 형성된 것인 양 몰아간다. 그 배후에는 이 대통령의 절제된 대북(對北)정책에 대한 협박이 도사리고 있다. 좌파 중에서도 친북좌파가 문제다.

이명박 대통령이 사태의 심각성과 그 원인을 새롭게 인식한다면 그의 진로는 자명해진다. 그것은 정적까지도 폭넓게 기용하며, 좌파와의 일전을 선언하고, 그의 대통령직을 급진적(radical)으로 수행하는 것이다. 뉴욕타임스의 토머스 프리드먼은 그의 최근 칼럼에서 오바마에게 '일상(日常)으로부터의 급진적 결별'을 요구하며 지금까지 관습과 관행에 따라 이어가는 대통령직의 업무수행으로는 미국을 구제할 수 없다고 했다. 우리가 이 시점에서 이 대통령에게 요구하는 것도 일상으로부터의 급진적·파격적·혁명적 변신이다.

그것은 한 나라의 대통령이 21세기 초입에서 그 나라를 위해 할 수 있는 일의 우선순위가 무엇인가에 대한 깊은 성찰에서 출발해야 한다. 이제 이명박이라는 사람이 대통령으로서 신뢰를 회복하고, 경제를 살리며, 성장률을 올리고, 대운하를 만드는 등의 업적을 해내는 것은 쉽지 않아 보인다. 그가 이제 새삼스럽게 국민통합적 지도자로 재탄생하는 것도 어려워 보인다. '좌파'가 사사건건 발목을 잡고 물고 늘어지는 상황에서 이미 약세를 보인 대통령으로서는 더욱 그렇다.

그렇다면 이 대통령이 이런 환경에서 해야 할 일은 포퓰리즘에 구애되지 말고 소신대로 직선으로 결연하게 가는 것이다. 공연히 좌파도 끌어안고, 경제도 살리고, 안보도 키우는 식의 '만능 지도자'를 자처할 것이 아니다. 대선 때 '좌파 10년'을 겪은 국민이 무엇을 그에게 요구했으며, 그가 국민에게 무엇을 약속했는가의 초심으로 되돌아가 한 가지라도 분명히 이뤄내야 한다.

이 대통령은 짧은 기간이지만 지난 1년의 경험에서 그의 앞길에 무엇이 문제

글쓰기의 기적

• 배경: 이 글은 이명박 대통령 임기 2년차에 발생한 용산 철거민 참사로 사회 갈등이 확대되는 상황에서 쓰였다.

용산 철거민 참사 사건은 2009년 1월 20일 대한민국 서울특별시 용산구 한강로에 위치한 남일당 건물 옥상에서 점거농성을 벌이던 세입자와 전국철거민연합회(이하 전철련) 회원들, 경찰, 용역 직원들 간의 충돌이 벌어지는 가운데 발생한 화재로 인해 다수의 사상자가 발생한 사건이다. 이 사건으로 철거민 5명과 경찰특공대 1명이 사망하고, 23명이 크고 작은 부상을 입었다.

서울시는 도시정비사업의 일환으로 용산4구역 재개발사업을 추진하고 시공업체에 강제철거 등의 작업계획을 관리하도록 승인한다.

용산4구역 재개발사업은 한강로3가 63~70번지 일대 5만 3442m^{2}를 도시환경정비 차원에서 재개발하는 사업이다. 이 사업으로 40층 규모 주상복합 아파트 6개동(493가구, 평형은 164~312m^2)이 들어서게 된다.

상인들은 재개발로 인해 주변 땅값이 많이 올라 장사가 힘들어졌다. 그리고 도시정비사업 관련 법률은 도시개발법과 도시 및 주거환경정비법, 도시재정비 촉진을 위한 특별법, 토지보상법 등으로 다종다양하여 법률간에 일관되지 않는 점도 있었고, 행정적인 판단을 하기에 불필요하게 복잡하게 되어 있는 부분도 있었다. 이러한 복잡한 법 체계의 틈으로 공공연한 불법행위가 저질러졌다. 서울시와 자치구들은 토지보상법에 규정된 주거이전비가 너무 적다며 반발해 시위를 해온 세입자들(약 100여 명)을 강제로 철수시키는 과정에서 물의를 일으켰다.

• **논점**: 좌우, 진보와 보수 사이의 이념 갈등에 어떻게 대처할 것인가에 대해, 필자는 이명박 대통령에게 좌파와의 일전을 선언할 것을 요구한다. 본문에서 소개된 '일상으로부터의 급진적 결별'은 무엇인가. 이명박 대통령에게 일상은 무엇이며, 그것과의 급진적 결별은 무얼 말하는가. 이명박 대통령은 우파의 상징이다. 따라서 이 대통령이 선택할 수 있는 일상으로부터의 급진적 변신은 우파를 벗어나는 것이다. 즉, 계속해서 대립각을 세워왔던 좌파와 우호적인 관계를 맺는 것에 해당한다.

• **오류**: 실제로 이명박 정부는 정책노선을 중도강화로 바꿨다. 좌파와의 전쟁이 아니라 좌파에 다가선 것이다. 김대중 씨가 주장한 '좌파와의 전쟁'이라는 것은 급진적인 결별이 아니라, 오히려 일상의 연장이다. 대의와도 먼 주장이다.

Case Study 3. 성급한 결론

'법치(法治)'는 멀고 '천벌'은 가깝다?

내연녀와 작당해 아내를 죽이려는 남편, 그 남편을 죽이고 지옥으로 가겠다는 전 부인이 어우러져 난장의 결정판을 보여주는 드라마 〈아내의 유혹〉이 1일 막을 내린다. 드라마나 영화에서 악당이 최후의 결말을 맞이하게 되는 건 '사회적으로 당연한' 일이다. 이 드라마는 악녀가 아이를 유산하고, 암에 걸리는 것으로 '응징'의 수순을 밟아왔다.

70, 80년대에 아이를 그만 낳으라는 운동을 했던 인구보건협회가 요즘은 출산 장려 및 고령화 대처 등 삶의 질을 유지하는 일을 주로 하고 있다. 생명을 경시하는 내용을 내보내는 대중매체 감시도 이들이 하는 일이다. 협회 관계자는 "이 드라마를 포함, 의도적으로 반복되는 유산 장면, 임신중절을 권유하는 장면 등을 기록했다가 방송사 및 방송 작가에게 협조문을 보내고 있다"고 말했다. 또 협회측은 "악역들이 암 같은 병에 걸리는 것으로 설정되는 것도 바람직하지 못하다"고 말했다.

하지만 드라마 작가들의 작법이 변한다고, 드라마가 변한다고 우리 사회가 가진 이런 식의 징벌관념이 쉽게 바뀔 것 같지는 않다. 어른들은 그들을 위한 동화를 듣고 싶어 하기 때문이다. "악당은 결국엔 몹쓸 병에 걸리거나 사고를 당해 반드시 응징당한다"는 내용이 담긴 동화 말이다. 〈아내의 유혹〉의 설정을 소개하는 기사에서도 '신애리가 천벌(天罰)을 받는다. 위암 선고를 받은 것이다' 같은 표현들이 수시로 나온다.

이 인과응보의 논리는 사실 아무런 과학적 근거가 없다. 오히려 주변의 암 환자 중에는 남에게 해를 끼치기는커녕 남들이 저질러 놓은 일을 수습하느라 마음 졸여온 이들이 적잖다. 인생을 더럽게 산다고 암에 걸리는 것도 아니고, 거꾸로 참고 살았다고 해서 다 암에 걸리는 것도 아니다. 사는 태도와 생존 기간은 사실 별 관계가 없다. 악당은 악당이고, 질병은 질병이고, 인생은 인생일 뿐이다.

'뉴욕 지성계의 여왕'으로 불리는 수전 손탁(1933~2006)은 결핵과 폐암으로 부모를 잃고, 자신도 오래 암 투병을 했다. 유방암 투병 중 쓴 『은유로서의 질병(Illness as Metaphor)』은 일종의 '질병 오해사(誤解史)'다. 낭만의 은유로서의 결핵, 타락의 결과물로서의 AIDS, 전쟁 언어를 통해 묘사되는 암 등 질병에 대한 편견을 다소 난해한 문장으로 써 내려갔다. 이 책에서 가장 쉽게 와 닿는 말은 바로 이 대목이다. "환자들이 가장 두려워하는 것은 고통 자체가 아니라, 사람들이 자신의 고통을 비하한다는 고통이다."

사실 질병과 사회의 편견은 많은 인문주의자의 탐구 대상이 되어왔다. 미셸 푸코 역시 그의 대표적 저서인 『광기의 역사』에서 "예전에 나환자가 맡은 역할을 가난한 자, 부랑자, 경범죄자가 맡게 됐다"고 했다. 대중은 끊임없이 사회적인 분노를 풀어낼 대상을 찾는다는 얘기다. 없는 사람, 병에 걸린 사람은 쉽게 동정의 대상 아니면 분풀이 상대가 된다.

이때 '사필귀정'과 더불어 가장 많이 쓰이는 말이 또 있다. '天網恢恢 疏而不失(천망회회 소이불실)', 하늘의 그물은 넓고 성글지만 놓치는 것이 없다. 그런데 정말 하늘은 사람 대신 그렇게 바쁘게 여러 곳에서 복수를 하고, 응징을 해주고 있을까.

이런 말에 기대는 건, 인간과 국가의 그물이 믿을 만하지 못하기 때문일 것이다. 한마디로 법치주의가 안 먹히기 때문이다. 법률신문이 법의 날(4월 25일)을 맞아 조사한 설문에 따르면, 설문에 응한 법률가 270명 중 단 2명만이 '법이 잘 지켜지고 있다'고 답했다. 법치가 흔들리는 원인으로는 정·재계 등 사회지도층 인사들의 반(反)법치주의적 행태를 가장 많이 꼽았다.

우리 사회에서 가장 법을 우습게 아는 사람들은 법 만드는 국회의원들이라는 건 이제 초등학생도 안다. 자기 세력들에게 '한 건' 하는 모습을 보여주기 위해 때론 주먹을 쓰고, 때론 입을 함부로 놀린다. 높은 사람들이 그러하니, 없는 사람들은 '떼'로 모여 주먹을 휘두르며 '이건 저항'이라고들 말한다.

그렇다면 이렇다 할 배경도 없고, 거리로 나설 배짱도 없지만, 그런 이들의 막무가내 행태에 화가 나는 보통사람들은 뭘 해야 할까. 그저 막장 드라마에 빠져 악역이 몹쓸 병에 걸리는 것을 보고, "천벌 받았다"며 희희낙락하면 그만일

글쓰기의 기적

• **배경**: 최근 인기 있는 드라마에서 인과응보로서 악한을 응징하는 장면에 대해 현실과 동떨어진 설정임을 비판하고 있다. 드라마와는 달리 현실에서는 법이 지켜지지도 않고, 악을 응징하지도 않는 사례들을 들고 있다. 법률가들 대다수가 우리나라의 법치가 흔들리고 있다는 생각을 갖고 있다는 통계조사 결과를 논리의 근거로 인용하고 있다.

• **논점**: 우리 사회에서 흔히 볼 수 있는 반법치주의적 행태가 법을 우습게 알기 때문이고, 그렇기 때문에 보통 사람들은 법이 아닌 천벌, 응징, 인과응보를 기대하고 있다. 그것을 반영한 드라마를 구시대적이라고 비판하는 것이 타당한가?

• **오류**: 법치가 제대로 구현되는 사회라면 하늘의 응징에 대한 기대가 사라질 것인가? 논리의 비약, 잘못된 근거, 드라마에 나오는 악인들에 대한 응징이나 '천망회회 소이불실'은 사람의 기본적인 관념(觀念)의 범주이다. 제도적인 문제를 원인으로 삼기는 어렵다.

법에 따라 잘잘못을 엄격하게 판결해 집행하고, 사회 구성원들이 그 법을 존중하는 법치사회가 되는 것과, 악인에 대한 징벌을 기대하는 것은 차원이 다른 문제다.

이 글의 논리, 악인에 대한 응징을 기대하는 것은, 국가의 법치가 흔들리기 때문이고 그 원인은 정·재계 등 사회지도층이 반법치주의적 행태를 보이기 때문이라고 했다. 그렇다면 반대로, 사회지도층이 법을 잘 지키고 모범을 보이면, 악인이 응징받을 것이라는 기대감도 사라질까? 그렇지 않을 것이다. 나쁜 일을 저지른 사람이 법에 따라 제대로 처벌받는다고 해서 사람들이 법을 잘 지키고 법치사회가 되는가? 만일 그런 사회가 된다면 지구상에 변호사들은 사라져야 할 직업이 될 것이다.

이것은 생각은 그럴 듯하지만, 지나치게 법을 최고의 가치로 여긴 결과이지 현실적인 것은 아니다. 오히려 드라마가 더 현실적이라 할 수 있다. 지도층이 모범을 보인다 해도 범죄자도 항상 있는 것이고, 잘못에 대해서는 너그러워질 수 없으며, 사람들은 여전히 법을 지키기도 하고 어기기도 한다. 흔히 인용하는 '윗물이 맑아야 아랫물이 맑다'는 말은 엄격한 자연법칙이지만 사회의 질서는 변화무쌍할 뿐 어떤 법칙이 없다. 그냥 그렇게 믿고 싶을 뿐이다.

사람들이 떼로 모여 주먹을 휘두르는 행동을 법을 우습게 알기 때문이라는 결론 또한 위험하다. 그들은 '집회 및 시위에 관한 법률'에 따라 엄연히 법치에 근거한 행동이다.

▶ 참고

다시 꿈꾸는 평등과 정의, 평화

2009년 새해를 맞아 일본 언론은 국내 뉴스로 해고당한 비정규 노동자의 궁핍한 상황, 국외 뉴스로는 이스라엘군의 가자 공습을 집중 보도했다. 현재 일본의 노동자 3명 중 1명을 차지하고 있는 비정규 노동자의 불안과 궁핍함에 대해서는 이 칼럼에서도 몇 차례 다뤄왔다. 일본 언론도 이달 '해맞이 파견마을'을 일제히 보도했다. 지난해 가을 금융위기로 도요타, 닛산, 소니 등 세계적인 대기업에서 파견노동자들을 대량 해고해 엄동설한에 노상생활을 하지 않을 수 없는 실업자들에게 비영리법인(NPO)과 자원봉사자들이 도쿄 히비야공원에서 잠자리와 먹을거리를 제공했다. 이곳은 12월 31일부터 1월 5일까지 약 500여 명 실직자들의 피난처로 이용됐다.

팔레스타인에서는 이스라엘군이 공중 폭격과 지상 침공으로 압도적 무력을 과시하면서 가자 지구를 공격했다. 지금은 '잠정 휴전' 상태이지만, 이미 팔레스타인에서 1300여 명이 목숨을 잃었고, 피해자 가운데 어린이와 여성이 절반 가까이나 된다고 한다. 비인도적인 무기인 백린탄도 사용된 것으로 알려졌다. 조지 부시 전 미국 대통령과 버락 오바마 현 대통령의 임기 교체기를 틈탄 작전이라고 한다. 미국은 이라크와 아프가니스탄과는 달리, 이스라엘의 경우 유엔 결의를 아무리 무시해도, 또 어떤 비인도적인 군사력 행사를 해도 개입하기는커녕 이를 지지한다. 새로 출범한 오바마 정권의 면면을 봐도 미국의 이중자세가 쉽게 변하리라고는 생각되지 않는다.

이들 보도를 보면서 새해 벽두, 강자의 논리가 이 정도로까지 노골적으로 드러난 세계가 돼버렸다는 데에 탄식하지 않을 수 없다. 물론 자본의 논리도 군사의 논리도 지금 시작된 것은 아니다. 그렇지만 지금 돌이켜보면 20여 년 전 동서 냉전의 종식이 선언된 시기에, 나 자신은 조금 밝은 미래를 전망했던 것을 잊을 수 없다. '자유경쟁'에 대해 '평등'의 이념을 추구한 사회주의 실험이 좌절된 것은 유감스러운 것이었지만, 냉전 종식의 파도가 동아시아에도 미쳐 어떤 형태로든 '평화의 배당'이 세계에 퍼져나갈 것이라는 희망을 가졌다. 지금 나는 이 희망이 배반당했다는 것을 괴로운 마음으로 곱씹고 있다. 최근 20년은 실제로 '글로벌화'의 이름 아래 강자의 논리가 확대된 시기이며, 강자가 부와 권력을 독점하고 약자가 가난하게 버림받는 것이 당연하다는 '신자유주의'가 만연한 시기였다.

'새롭다'는 이름으로 등장한 이 '자유'는 실제로는 예전부터 있어온 '강자의 자유'의 재판이나 다름없었다. 출발선을 어느 시점에 두든, 압도적인 불균형이 있는 초기 상태부터 '자유경쟁'을 방임한다면 그 자유가 '강자의 자유'에 지나지 않게 되는 것을 피할 수 없다. 지난해 가을 이후 세계 경제 위기로 '신자유주의'

의 기만성과 문제점이 분명히 드러났다. 지금이야말로 20세기 사회주의의 좌절의 역사를 뒤돌아보면서 새삼 '평등'의 이념을 내걸고 주창할 때가 왔다고 생각한다. '평등'이란 무엇인가. '정의'란 무엇인가. 그 이념에 관한 재검토도 필수적이 될 것이다. 단순히 '국민' 내부의 '평균'이나 '정의'로는 안 된다. 국가의 울타리를 넘어선 세계적인 '평등'과 '정의'의 추구가 필요하다. 과연 확실하게 평등으로 정의가 이뤄진 세계는 어떤 것인가. 우리들의 상상력은 아직 너무나 빈곤하다. 그런 세계는 마음먹었다고 해서 간단하게 실현될 수 있는 것도 아니다. 그렇지만 그 이념 없이는 인간 세계는 결국 약육강식의 정글로 떨어지고 만다. 평등과 정의가 없다면 평화도 없다. 포기해서는 안 되는 것이다.

— 다카하시 데쓰야, 『한겨레신문』, 2009. 1. 24.

• 배경: 2008년 서브프라임 모기지 사태(subprime mortgage crisis)로 대형 투자은행들이 파산하면서 촉발된 미국발 금융위기로 세계 경제가 침체되는 결과를 불러일으켰다. 이에 따라 규제완화, 시장만능주의를 지향해온 '신자유주의' 체제의 종말에 대한 논의가 무성했다.

• 논점: 신자유주의 이후 세계는 어떤 대안을 모색해야 할까.

• 오류: '글로벌화'의 이름 아래 강자의 논리가 확대된 시기이며, 강자가 부와 권력을 독점하고 약자가 가난하게 버림받는 것이 당연하다는 '신자유주의'가 만연한 시기였다.

과연 확실하게 평등으로 정의가 이뤄진 세계는 어떤 것인가. 우리들의 상상력은 아직 너무나 빈곤하다.

다만, 결론을 의문으로 남긴 것은 메시지를 강조하는 효과를 가진다.

글쓰기의 기적

Case Study 4. 사실왜곡: 사실을 잘못 해석해 억지주장이 된 경우

루저

　한 여자 대학생이 텔레비전에서 "외모도 경쟁력이며 180센티미터 이하의 남자는 루저"라고 해서 큰 소란이 났다. 나는 포털의 메인 화면에 뜬 기사를 보고 그 일을 알았는데 내가 본 기사엔 두 가지 이야기가 있었다. 하나는 예의 '180센티미터 이하의 남자는 루저'라는 이야기고 다른 하나는 낱말까지 정확하게 기억은 못하지만 '스펙이 좋다면 사랑 없이도 결혼할 수 있다'는 이야기였다.

　내가 두 번째 이야기를 정확하게 기억하지 못하는 건 단지 내 기억력이 신통치 않아서가 아니라 매우 희한한 상황이 벌어졌기 때문이다. 첫 번째 이야기는 인터넷 마녀사냥 시비가 날 만큼 일파만파 퍼져나갔지만, 두 번째 이야기는 마치 그런 이야기가 없었던 양 온데간데없이 사라져버린 것이다. 대개의 사람들은 사라진 이야기에 공감한 것이다.

　그러고 보면 온 나라를 떠들썩하게 한 이야기도 그 절반, 즉 '외모도 경쟁력'이라는 부분은 사라져버렸음을 알 수 있다. 대개의 사람들은 그 역시 공감한 것이다. 결국 남은 건 '180센티미터 이하의 남자는 루저'라는 말뿐인데 그에 반발하는 사람들은 물론 자신이 루저라는 말에 발끈했지만 그 반발엔 꽤 중요한 사회적 맥락이 들어 있다.

　이제까지 대놓고 외모를 상대 성(性)을 선택하는 기준으로 말하거나 경쟁력 없는 외모를 가진 상대성에 대한 경멸을 공공연히 표시하는 건 남자만의 권리였다. 이를테면 경쟁력 없는 외모를 가진 여자에 대한 경멸은 오늘 한국의 코미디 프로그램의 가장 핵심적인 소재다. 코미디 프로그램의 지존이라는 〈개그콘서트〉엔 아예 그런 캐릭터만 전담하여 높은 인기를 구가하는 여자 코미디언이 있으며 대부분의 여자들은 그 여자를 보면서 웃는다.

　'180센티미터 이하의 남자는 루저'라는 말은 그 공고한 체제에 대한 도발이었다. 그 여대생은 의도했든 하지 않았든, 그 내용이 바람직하든 않든, 매우 중요한 사회적 도발을 감행한 것이다. 같은 이야기도 미국의 마돈나가 하면 사회적 도발이 되고 한국의 여대생이 하면 골 빈 소리가 되는 게 아니라면 말이다. 그 여대생의 사회적 도발은 그뿐이 아니다. 그 여대생은 오늘 우리가 어떤 사람들인지 다시 한 번 생생히 알게 해주었다.

말하자면 그 여대생은 우리가 사람을 됨됨이가 아니라 스펙으로 평가하며, 그런 사실을 더 이상 숨기려 들지 않을 만큼 닳고 닳은 사람들임을 알게 해주었다. 양식 있는 사람들, 말하자면 오늘 이명박 반대를 외치는 진보적이고 개혁적인 사람들은 내가 왜 '우리'에 포함되는지 억울할지도 모르겠다. 그런데 이명박 반대를 외치는 사람들은 정말 이명박을 지지하는 사람들과 다른가?

글이나 말, 혹은 기사나 성명서 따위 말고 실제 삶에서 말이다. 하긴 다른 구석도 있긴 하다. 이를테면 이명박을 지지하는 부모들은 편안한 얼굴로 아이를 경쟁에 몰아넣지만 이명박을 반대하는 부모들은 매우 불편한 얼굴로 아이를 경쟁에 몰아넣는다. 교육 목적이 인간이 아니라 스펙이라는 점은 같지만 표정만은 정말 다르지 않은가?

우리가 정말 이명박을 반대한다면 그래서 이놈의 세상을 눈곱만큼이라도 바꾸고 싶다면, 우리가 이명박과 다른 사람이어야 하고 우리 아이를 이명박을 지지하는 사람들과 다른 방식으로 키워야 한다. 그래도 현실이 어쩔 수 없지 않으냐고? 그렇다면 우리는 이명박을 반대하는 사람들이 아니라 단지 이명박과 사이가 나쁜 사람들일 뿐이다. 여전히 억울하게 느껴지더라도, 사실이다.

― 김규항, 『한겨레신문』, 2009. 11. 19.

• 배경: 2009년 KBS 예능 프로그램에 출연한 한 여대생이 했던 발언이 논란이 됐다. 여대생이 했던 루저 이야기는 크게 2가지이다. 하나는 180센티미터 이하의 남자는 루저라는 것, 다른 하나는 스펙이 좋다면 사랑 없이도 결혼할 수 있다는 것이다.

• 논점: 글쓴이 김규항은 키와 관련한 발언에는 파문이 일파만파 일었지

글쓰기의 기적

만, 두 번째 이야기에는 별다른 반응이 없었다며 전혀 다른 얼굴의 대중들의 반응에 주목하고 있는 것이다. 그는 '루저'라는 제목의 칼럼에서 첫 번째 발언에 대한 대중(남성)들의 반응을 사회적 맥락 속에서 읽어내려고 하고 있다. 지금까지는 남성만이 여성의 외모를 평가하는 사회적 환경이었다면서 '180센티미터 이하의 남자는 루저'라는 말은 그 공고한 체제에 대한 도발이라고 평가했다. 그 여대생은 우리가 사람을 됨됨이가 아니라 스펙으로 평가하며, 그런 사실을 더 이상 숨기려 들지 않을 만큼 닳고 닳은 사람들임을 알게 해주었다고 부연설명도 달았다.

• 오류: '도발'은 발언한 여대생이 한 것이 아니라 발언에 반응한 이들, 대중들이 한 것이다. 상황인식의 잘못으로 과도한 확대해석을 한 사례이다. 또 다른 문제는 그의 글이 '여대생의 사회적 도발 발언'을 연결고리로 갑자기 이명박 대통령에 대한 정치적 문제로 확장되는 것에 있다. 아마도 상황에 대한 진단이 정확했다면 이런 전개는 일어나지 않았을 것이다. 다시 말하자면 그의 상황진단이 바르지 못하다는 것은 예컨대 우발적인 관심의 표현이었던 한 여대생의 발언을 굳이 '사회적 도발'로 해석해버린 데 있다.

도발이라는 것은 어떤 '의도'를 가진 행위다. 그 의도는 공고한 체제를 조롱한다거나 통념에 대한 것이다. 그러나 글쓴이가 도발의 이유로 제시한, 이제까지 대놓고 외모를 상대 성을 선택하는 기준으로 말하거나 표시하는 건 남자만의 권리였다고 하는 전제에는 문제가 있다. 외모로 상대를 판단해버리는 것이 지금까지는 남성들에게 전유물이며 권리였다 해도, 적어도 그 여대생을 포함한 오늘의 젊은 여대생들에게는 이미 오래전 유물(遺物)이 된 듯하다. 문제의 방송에서 보여준 그 여대생의 발언은 남성만이 아니라 여성들도 외모로 상대를 판단하는 것이 일반화된 상황임을 보여주는 장면 아닌

가. 그러니 그것은 남자만의 권리도 아니고 공고한 것은 더욱 아닌 것이다. 글쓴이 스스로도 "그 여대생은 오늘 우리가 어떤 사람들인지 다시 한 번 생생히 알게 해주었다"고 말하고 있다. 그것이 오늘의 현실임을 깨달았다는 것이다. 이미 현실인 것을 무슨 도발이 필요한가.

여대생의 발언에 그런 의도가 있다고는 보기 힘들다. 실제로 그 여대생은 곧바로 "죄송합니다"라며 꼬리를 내렸다.

이 사건에 의해 드러난 사실은 그 발언이 방송을 탄 뒤 나타난 사람(남성)들의 과도한 '반응'이다. 현실은 '발언'에 나타난 사회적 맥락이 아니라 '반응'에 나타난 사회적 맥락이다. 사람들은 왜 '스펙이 좋다면 사랑 없이도 결혼할 수 있다'는 말에는 별 반응이 없으면서 '180센티미터 이하의 남자는 루저'라는 말에는 흥분하는가.

"그런 사실을 더 이상 숨기려 들지 않을 만큼 닳고 닳은 사람들임을 알게 해주었다."에서 드러나듯이 그런 사실을 숨기려 들지 않는 그들은 솔직한 사람들이지 그렇게 말하는 젊은 여성들을 '닳고 닳은 사람들'이라고 비하하는 듯 들린다.

그러면서 갑자기 이명박 반대자들에게 이명박 지지자들의 삶의 방식과 달리할 것을 주문한다. 현실 때문에 할 수 없다는 사람들에게는 이명박 반대자가 아니라고 낙인 찍는 것 같다.

사실 왜곡이 그럴듯해서 그 잘못된 것을 읽고도 의심 없이 잘못 인식하고 체화되는 것, 그 책임은 독자의 몫이다.

글쓰기의 기적

지방은 식민지다

내년 3월부터 수도권에서 대기업의 공장 신증설 관련 규제가 대폭 완화된다. 수도권과 재계는 환영하지만, 비수도권의 분노는 하늘을 찌른다. 김범일 대구시장은 "이번 조처는 대한민국을 없애고 서울공화국을 만들겠다는 의도"라고 했고, 박성효 대전시장은 "수도민국을 만들겠다는 어이없는 술책"이라고 비난했다.

과연 그런가? 이명박 정권은 '서울공화국'이나 '수도민국'을 만들려는 건가? 동의하기 어렵다. 대한민국은 이미 오래전부터 '서울공화국'이자 '수도민국'이었기 때문이다. 이명박 정권을 탄생시킨 주역은 수도권만이 아니다. 지방 유권자들도 대거 가세했다. 이명박 후보의 정책을 모르고 표를 던진 것도 아니다. 서울시장 시절에 잘 드러난 그의 지방에 대한 생각과 비교해 보자면 이번 조처는 대단히 온건한 편이다. 이는 아직도 지방을 더욱 분노하게 만들 만한 정책들이 많이 남아 있다는 뜻이기도 하다.

한국 정치엔 영원한 수수께끼가 하나 있다. 그건 서울시장과 경기도지사의 행태에 관한 것이다. 서울시장과 경기도지사 자리는 대통령으로 가는 징검다리로 여겨진다. 그렇다면 서울시장과 경기도지사는 평소 국가 전체를 생각하는 언행을 하는 게 상식이어야 한다. 그러나 그런 상식은 없다. 오히려 정반대다. 지방을 모독하는 언행을 밥 먹듯이 한다. 왜 그럴까? 그렇게 해도 대통령 되는 데에 아무런 장애가 안 되기 때문이다.

얼마 전 김문수 경기도지사가 온갖 독설을 퍼부으며 수도권 규제 철폐를 요구하고 나섰을 때 어느 지방 언론인은 다음과 같이 말했다.

"이것은 장남에게 모든 것을 바쳐 대학 졸업시키고 잘살게 해줬더니 동생들 것까지 뺏어 가겠다는 심보에 다름 아니다. 이미 장남은 비만으로 헉헉거리고 동생들은 기아에 허덕이는데도 말이다. 지난 대선에서의 선택이 오늘이듯, 수도권 노래만 부르는 김문수·오세훈을 4년 또는 9년 후 다시 선택할 것인가 자문해 봐야 한다. 반드시 그들을 기억해 두자. 여기에는 영남도 충청도 강원도 호남도 따로 없다."

그러나 기억해도 소용없는 게 한국의 현실이다. 지방 유권자들은 지역주의에 중독돼 있어 김 지사가 대선에 출마해도 불이익을 주지 않는다. 그게 바로 김 지사가 믿는 구석이기도 하다. 지방의 자업자득인 셈이다.

이제 진실을 말할 때가 되었다. '서울공화국'이나 '수도민국'이라는 말로는 대한민국을 설명하지 못한다. 대한민국은 두 개의 나라다. 지방은 식민지다. 이른바 '내부 식민지'다. 내부 식민지의 작동 방식은 제법 복잡하다. 내부 식민지를 영속화시키는 장치가 내장돼 있기 때문에 '수도권-지방'이라는 이분법으로는 규명하기 어렵다.

수도권의 빈민층과 지방 토호를 생각해 보라. 이들을 '수도권-지방'이라는 이분법으로 이해할 수 있겠는가? 수도권의 빈민층은 지방에서 뿌리뽑힌 채 쫓겨난 사람들이다. 지방에선 먹고살 길이 없어 강제이주를 당했다는 뜻이다. 지방을 살리자는 건 이들을 살리자는 뜻이기도 하다. 그런데 수도권 규제 철폐론자들은 수도권 빈민층을 수도권 규제 철폐의 전위부대로 이용하는 만행을 저질러 왔으니 이게 될 말인가.

반면 지방 토호는 수도권과 지방에 양다리를 걸친 '이중국적자들'이다. 수도권에 집 한두 채 정도는 갖고 있으며 자녀들과 일가친척들이 살고 있기 때문에 언제든 수도권으로 옮겨 갈 능력이 있는 사람들이다. 이들도 '지방 살리기'를 원하긴 하지만 적극적이진 않다. 달리 말해 '수도권-지방' 문제는 계급 문제라는 뜻이다. '지방 살리기' 운동이 수도권 서민층과 연대해야 할 이유가 여기에 있다.

— 강준만, 『한겨레신문』, 2008. 11. 3.

• 배경: 2008년 10월 30일 정부가 '국가경쟁력 강화를 위한 국토이용의 효율화 방안'을 발표하면서 수도권 규제를 완화했다. 과밀억제권역으로 규제하던 수도권에 공장 신설 및 증설을 허용하고, 개발을 제한했던 단지에 개

발을 허용하는 등의 내용을 담았다.

• 논점: 수도권－지방의 이분법이 아니라 지방 토호도 함께 생각해야 한다. 수도권의 빈민층과 지방 토호를 생각해 보라. 이들을 '수도권—지방'이라는 이분법으로 이해할 수 있겠는가? 수도권의 빈민층은 지방에서 뿌리뽑힌 채 쫓겨난 사람들이다. 지방에선 먹고살 길이 없어 강제이주를 당했다는 뜻이다. 지방을 살리자는 건 이들을 살리자는 뜻이기도 하다. 그런데 수도권 규제 철폐론자들은 수도권 빈민층을 수도권 규제 철폐의 전위부대로 이용하는 만행을 저질러왔으니 이게 될 말인가.

Case Study 5. 잘못 적용된 개념: '정의'와 '균형'의 혼돈

법은 순리다

법은 순리다. 법은 물 수(水) 변에 갈 거(去)로 이뤄진 글자다. 물처럼 자연스럽게 흘러가는 이치를 담고 있어 모두 상식이라고 여기는 것을 뜻한다. 그런 점에서 상식을 벗어나면 법을 어기는 것이 된다.

신영철 대법관이 서울중앙지법원장 때 한 일은 대법원의 진상조사에서도 드러났듯이 상식을 벗어난 행위다. '시국이 어수선할 수 있으니 피고인에 대한 보석을 신중하게 결정하라'고 하고, 집시법 조항에 대한 위헌법률 심판 제청이 있었음에도 촛불 사건 재판을 계속하라고 요구하고, 촛불 사건을 특정 재판부에 몰아주기식 배당을 한 것 등은 법에 따라 재판하는 판사들에게 법, 곧 순리를 거스를 것을 요구한 일이다.

법은 사회적 갈등을 물 흐르듯 자연스럽게 푸는 구실을 해야 한다. 갈등은 수면 위로 떠올라야 해소될 수 있다. 이를 위해 민주주의 나라의 헌법은 표현과 집회 · 결사의 자유를 보장한다. 갈등 해결을 위한 물꼬인 셈이다.

촛불집회는 그런 헌법상의 권리에 따른 행동이다. 하지만, 신 대법관의 행동은 갈등 해결을 위한 물꼬를 틀어막은 행동이다. 물은 가둬두면 잠시 흐르지 않는 듯하지만 점점 차올라 벽을 넘거나 벽 자체를 부수기도 한다.

이처럼 갈등은 억누르면 언젠가는 폭발한다. 사회적 비용은 더욱 커진다. 신 대법관의 '노력'이 '어수선한 시국'을 잠시 평온해 보이게 할 수 있지만 이는 우리 사회의 건강한 토론문화를 해치고 갈등의 조정과 해결을 막아 시국을 정말로 어수선하게 만들 수 있다. 1970~80년대 군사독재 시절이 이를 생생히 증언해주지 않는가. 당시 정권은 '어수선한 시국'을 바로잡고자 여러 경로를 통해 법원과 검찰에 '엄격한' 법집행을 강요했고, 이에 동조한 판사나 검사들이 많은 민주화 운동 인사들을 철창 안에 가뒀지만 그들의 '충정'은 성공하지 못했다.

지금이야말로 법원이 사회적 갈등의 합리적 해결을 위해 조정자 구실을 해야

글쓰기의 기적

하는 때다. 법원의 독립을 보장하는 이유가 거기 있다. 이 정부가 법치를 외치면서 사람들의 입에 재갈을 물리고 언론을 통제하려는 상황이어서 더욱 그렇다. 그런데 순리인 법을 지켜야 할 법원장이 법을 정면으로 거스르는 일을 했다.

검찰은 더하다. 검찰은 '정의롭다'는 말을 즐겨 쓴다. 정의는 바른 도리라는 의미다. 그렇다면, 바르다는 것은 무엇인가. 바름은 흑백이 아니다. 바를 정(正)은 하나(一)에 이름(止)을 말한다. 어떤 사안에 대해 누구나 같은 결론에 이름을 뜻한다. 정권을 비판하는 일에는 날선 칼을 들이대고 지난 정권의 인사들만 잡아들이는 일은 정의와는 거리가 있다. 검찰은 서민들의 범죄에는 엄격한 잣대를 들이대지만 힘센 이들에게는 그러지 못했다. 국가 발전에 공헌한 점, 공직에서 오랫동안 복무한 점, 기업 운영으로 국가 경제에 이바지한 점 등의 이유로 정치인과 경제인에 대해 솜방망이 구형을 했다. 법은 거미줄과 같아 힘이 없는 이들은 붙잡지만 힘센 자는 찢고 나간다고 하는데 우리 현실이 그짝이다. 법이 그물이 되어 힘센 자는 꽁꽁 묶고 작고 힘없는 이들은 성긴 구멍으로 빠져나가도록 할 수는 없을까.

불행하게도 우리나라의 법은 그물보다는 거미줄에 가깝다. 그래서 많은 국민이 법원 앞에 눈을 가린 채 서 있는 정의의 여신 디케의 손에 든 저울이 균형을 잃었다고 생각한다. 또 검찰에는 '정의롭다'는 말이 어울리지 않는다고 여긴다. 신영철 대법관 사태를 계기로 법이 순리를 회복해 정의로워지기를 바란다. 신 대법관부터 순리를 따르라.

— 권복기, 『한겨레신문』, 2009. 3. 18.

• 배경: 촛불집회와 관련, 지난해 10월 9일 검찰 기소의 핵심 근거였던 '집회와 시위에 관한 법률'(집시법)의 야간집회 금지 조항(제10조)에 대해 위헌법률 심판이 제청되자 담당 형사단독판사들이 판결을 미뤘다. 그러자 신 대법관은 이들 후배 판사들에게 '현행법에 따라 결론을 내줄 것을 당부한다'는 등 3차례 e-메일을 보내 재판 개입 논란이 일면서 재판의 독립성이 문제시 되었다.

• **논점:** 신영철 대법관의 재판 개입은 상식에서 벗어난 법에 어긋나는 행위다. 왜 판사의 판결에 개입하지 못하게 하나. 재판의 독립성을 지키기 위해서다. 이것은 누가 지키는가. 판사 스스로가 지키는 것이다. 누구도 침해할 수 없다. 법원이라는 조직만큼 폐쇄, 독립된 곳이 없다. 여태껏 법원이 외부에서 문제된 적이 거의 없다. 그런데 어째서 담당 판사는 밖의 힘(언론)을 빌려 자기 독립을 하려 했나. 독립을 침해하는 요소를 법관들 스스로가 만들고 있는 것이다. 독립은 자기 스스로 해야 한다. 여론의 힘에 기대서도 안 된다. 외부의 힘을 빌리면 법원의 독립은 의미가 없다. 판사들이 자기 독립을 못하니까 균형을 잡을 수 없다.

• **오류:** 상식을 어겼다고 해서 모두 불법은 아니다. 법과 상식은 다르다. '법은 최소한의 상식'이라는 말도 있다. 그런데 모든 걸 '법대로'라고 얘기하다 보니 이상해지고 있다. 법원에도 상식이 존재한다. 법으로 다 되면 애초에 왜 문제가 발생했겠는가. 법을 다루고 철저한 곳에서 왜 이런 일이 생겼나. 법원 조직에도 상식이 있고 필요하다.

법 자체가 법원 구성원들에 의해 훼손당했으므로 차원을 달리 써야 한다. '내가 옳다'라는 의식이 그들에게 있었기 때문에 일이 그릇돼버렸다. 옳다 그르다가 아닌 균형의 문제인데 그들이 놓친 것이다. 법만큼 균형을 지상과제로 여기는 데가 없다. '균형'의 관점에서 얘기를 풀어내면 이야기가 완전 달라진다. 정의를 얘기해선 소용없다. '정의'란 권력자가 만드는 것이 아닌가. 정의 가지고는 설명이 안 된다. 법의 모순이란 그것이다. 그러나 상식이 균형이 돼선 안 된다. 사람들은 모두 정답을 찾으려 한다. 그런데 나의 정답과 너의 정답이 다르다. 이번 사건에서 '균형'이 무엇인가. '촛불은 이래야 한다'고 생각하는 자체가 불균형이다. 대법관이 빨리 하라고 독촉하는 행위

자체는 자신만이 정답임을 주장하는 것이다.

디케의 저울은 균형이다. 재판은 옳고 그름을 판단하는 게 아니라 균형을 잡아주는 것이다. 한 편으로 기울어지지 않는 판결을 해야 좋은 판사다. 신 대법관도 문제지만, 담당 판사들도 정의롭지 못했다.

흑백논리 사관(史觀)의 친일 명단

이승만 대통령은 일제 총독부 전직 관료들을 싫어하면서도 등용했다. 총독부 판사를 지낸 사람을 법무부 장관으로 쓰면서 "일제 앞잡이를 20년이나 했구먼"이라고 마뜩잖아 했다. 이 대통령은 해방 후 정국에서 '친일 청산'보다는 '공산화 저지'가 더 급하다고 판단했다. 이 대통령이 공산당과 싸우는 데 힘을 보태기 위해 친일파 관료와 경찰을 동원하고, 확고한 '반공(反共)'으로 남쪽의 자유와 번영을 지킨 것은 당시로서는 현실적인 선택이었다.

최근 친일인명사전을 펴낸 민족문제연구소(소장 임헌영)와 친일인명사전편찬위원회는 보도자료에서 '용공(容共) 좌익세력들의 국가정통성 훼손'이라는 비판에 대해 '친일 친미 친독재로 기회주의적인 변절을 거듭한 자들과 그 후예들이 치부를 감출 수 있는 유일한 공간이 반공이었다'고 응수했다. 반공을 곧바로 '친일 친미 친독재'와 연결 짓는 것은 논리적 비약이다. 오늘의 북한 현실이나 냉전 후 국제질서를 보더라도 이 대통령의 '현실적 반공'은 사후에 정당성을 얻었다.

임 소장은 한 인터뷰에서 "내가 반공법 위반 등으로 두 번 옥살이(문인간첩단 사건, 남민전 사건)를 했지만 다 민주화유공자로 확인을 받았다"고 말했다. 남민전은 도시게릴라 투쟁을 벌이려던 자생적 공산주의 조직이다. 민주화운동이 아니라 자유민주주의를 위태롭게 한 사건이다. 민주화보상심의위원회의 결정을 통해 '오류'가 바로잡힌 것처럼 말하는 것은 어폐가 있다.

임 소장은 2005년 리영희 씨와의 대담을 수록한 '대화'에서 '미국이 북한의 남침을 유도했다'는 수정주의적 관점을 편든다. 그러자 리 씨는 "고르바초프 정권 이후에 소련에서 한국전쟁 관련 기밀문서가 대량으로 비밀 해제돼 1948년 말경부터 북이 치밀하게 전쟁을 준비했음이 밝혀졌다"고 설명하면서 오류를 지적한다. 이어 임 소장이 맥아더의 '6·25 전황 조작설'이 신빙성이 있는 것처럼 말하자 리 씨는 "미국의 의도가 불순하다는 선입견 때문에 고정관념으로 단정하는 일일랑 경계하라. 과학적이 되라"고 충고한다.

임 소장은 대한민국 건국을 위한 총선거에 대해서도 '친일파들이 득세하여 통일을 위한 남북협상파들이 불참한 가운데 실시된 국회의원 선거'라고 비난한다.

그러나 1945년 9월 20일 스탈린이 보낸 지령문을 보면 소련군은 북에 진주한 직후부터 단독정부 수립을 추진했음이 드러났다.

좌파 현대사 연구의 대부(代父)격인 리 씨는 '대화'에서 "이북에서는 새나라 건설과 사회혁명의 열기가 충천하고, 일제시대의 친일파를 비롯한 호의호식하며 권세를 누렸던 자들이 깡그리 청소되고 있었는데, 같은 민족의 땅 이남에서 벌어지고 있는 작태는 한숨과 눈물이 나올 지경이었다"라고 말한다. 리 씨는 "좌익인사들이 항일과 독립운동의 주축이었음을 해방 후 세대가 알아야 한다"고도 강조했다. 남쪽보다 북쪽에 더 정통성이 있다는 주장과 맥이 닿는 논리이다.

하지만 정통성 논쟁은 이제 의미가 없어졌다. 북한 전역을 김일성 김정일 부자의 초상화와 찬양구호로 뒤덮은 세습독재국가이자, 인민을 굶겨 죽이는 '인권의 지옥'에 어떤 정통성이 있다는 말인가. 좌익 항일애국지사들이 지하에서 통탄하고 있을 것이다.

우리는 1905년 을사늑약으로부터 사실상 국권을 상실해 40년 동안 일본의 지배를 받았다. 일제강점기에 이승만 김구 선생처럼 해외에 나가 독립운동을 한 애국지사들도 있지만 국내에서 민족을 계몽하는 교육 언론 사업, 경제의 독립을 위한 산업 활동을 한 사람들도 있다. 이들은 일제에 일면 수동적(受動的)으로 협력하고, 일면 저항하면서 독립 후에 대비해 민족의 힘을 양성했다. 역사적 인물을 평가하려면 시대적 상황과 일생의 행적을 따져봐야 한다. 한때의 어쩔 수 없는 '수동적 협력'을 들추어내 친일로 단죄하다 보면 해방공간에서 성한 사람이 없었다. 그렇기 때문에 1949년 반민특위도 단죄의 대상을 악질적 민족반역자 200여 명으로 국한했던 것이다.

19세기 말과 20세기 초중반을 산 선조들은 한일강제병합을 막지 못했고, 학교에서 매일 아침 일왕이 있다는 동쪽을 향해 허리를 굽히고, 황국신민(臣民)의 선서를 외치고, 창씨개명을 하고, 신사참배를 하며 살아남았다. 그런 의미에서 우리는 모두 '친일파'의 후예들이다. 누가 '간음한 여인'을 향해 돌을 던질 수 있는가.

자기들의 잣대가 절대적이라는 독선에 빠져 과거의 쓰라린 상처를 들쑤시는 것은 또 다른 편 가르기이고 후손 망신주기이다. 특히 남쪽보다 북쪽에 더 정통성이 있다는 사관(史觀)에서 나온 명단이라면 '대한민국 61년'에 대한 상처내기일 뿐이다.

— 황호택, 『동아일보』, 2009. 11. 16.

• 배경: 2009년 11월 8일 민족문제연구소와 친일인명사전편찬위원회가 참여하여 친일인명사전을 발간했다. 사전 발행에 앞선 2005년 8월 에는 3,090명이나 되는 친일인명사전 수록 예정자 명단을 발표했다.

이 명단에는 '을사오적' 등 익숙한 친일파 외에 당시 영향력을 행사하고 있는 유력 인사나 '항일 운동가'로 알려졌던 인물들이 다수 포함되어 있다. 박정희 전 대통령은 물론이고, 민족대표 33인 중 천도교 대표였으나 나중에 조선총독부 기관지 매일신보 사장을 지낸 최린, 경남일보 주필 시절 친일 행적을 보인 장지연, 〈봉선화〉의 작곡가 홍난파 등 종교 언론 문화계의 지도적 인물도 다수 포함되어 있다. 수록 예정자 명단 공개 이후, 선정 기준 등에 대해 일부 후손들이 반발하였고, 2009년 장지연, 박정희 등 등재 금지 가처분 신청이 있었으나 기각되었다.

• **논점**: 사전을 편찬한 민족문제연구소의 잣대는 문제가 없나.

• **오류**: 연구소 소장 임헌영의 관점을 '사관(史觀)'이라 명명해 지나치게 확대해석했다. 그것을 친일인명사전 편찬의 객관적인 잣대로 규정하는 것은 사전 편찬을 매도한 것으로 비판받을 수 있다.

민족문제연구소나 친일인명사전편찬위원회의 사전 편찬작업 전체를 진단하는 근거를 제시하면서 비판하지 않고 소장 한 사람의 개인적 '사관(史觀)'을 전체의 것으로 확대해석해도 무리가 없는지 의문이 제기될 수 있다. 개인의 사관이 있을 수 있고 사전은 명백히 사실관계를 집대성한 것이다. 그 사실관계에서 문제점이나 왜곡된 사실들을 드러났는지 연결고리를 설명할 수 있어야 할 것이다.

글쓰기의 기적

Case Study 7. 시대에 뒤떨어진 비현실적인 경우

가난뱅이는 죽어도 싸다?

　1970년 11월13일, 전태일의 분신은 한국 현대 지성사의 분수령이 됐다. '민족중흥'의 환상에 들떠 노동자들의 고통을 그저 '근대화'를 위해 치러야 할 당연한 대가로 생각했던 많은 지식인들은 "우리는 기계가 아니다!"를 들으면서 민중의 피눈물로 이뤄지는 '근대화'의 진면목을 알게 됐다. 함석헌이 전태일 분신을 계기로 노동운동이야말로 '씨알'들의 가장 본격적인 움직임인 줄 알았고, 안병무는 전태일의 몸을 살라버린 불길 속에서 한국 예수를 봤다. 한 무명 노동자의 죽음은 이 나라의 지성계를 바꿔 놓았다. 불과 39년 전의 일이다.

　'민족중흥'과 같은 용어들이 이미 웃음거리가 된 오늘의 민주화된 세상에서는, 사회가 안겨준 고통에서 비롯된 한 사람의 죽음은 원칙상 독재시대보다 훨씬 더 무겁게 받아들여져야 하지 않을까? 지배자들이 '선진화'를 늘 들먹이는 곳에서는 생명의 가치도 그만큼 높아져야 하지 않는가? 그러나 현실은 그 정반대다. 노동자들의 대량 비정규직화와 신용불량자 양산으로 "외환위기 극복"의 기만극이 연출됐던 새 천년 초기부터 수출과 토건 위주의 기형적인 한국 경제가 드디어 사상 최악의 위기에 봉착한 오늘날까지 대한민국에서 수십 명의 가난뱅이들은 시위 도중 맞아 죽기도 하고, 투신·분신으로 죽기도 하고, 경찰의 살인적 '작전'으로 불길에 휩싸여 죽기도 했다. 용산 참사 희생자들의 얼굴들은 지금도 기억에 생생하지만, 이외에도 생존권 투쟁에 나선 민초들은 2000년대 내내 계속 죽어갔다. 2005년 11월15일, 서울 한복판에서 시위 진압 과정에서 경찰로부터 입은 중상으로 사망하고 만 전용철·홍덕표 농민을 우리가 벌써 잊었던가? 2006년 7월16일, 포항에서 시위를 벌이다가 죽은 하중근 노동자를 이미 망각했던가? 2004년 2월14일에 비정규직 차별 철폐를 요구하는 유서를 남기고 전태일과 똑같이 분신자살한 현대중공업 하청업체 소속의 박일수 열사와 마찬가지로, 비정규직들의 요구를 힘껏 외치기 위해 고통스러운 죽음을 택한 이들도 적지 않았다. 70년대와 똑같이 노동운동의 역사는 피로 쓰이고 있다.

하지만 놀랍게도 꺼져버린 이들의 생명에 대해서 '주류 사회'는 70년대보다 훨씬 더 무관심하다. 싸늘한 주검이 돼 버리는 농민·노동자들을 보고 '참여정부'에 대한 지지를 철회한 유명 자유주의적 지식인들은 과연 많았던가? 박일수 열사와 같은 비정규직들의 죽음은, 비정규직을 가장 악질적으로 양산하는 재벌들의 상품 불매운동으로라도 이어졌던가? 대학에서 안정된 자리를 잡은 지식인이나 시민사회 '주류'의 노동자·농민에 대한 무관심은 실로 놀랍다. 다수 지식인들 스스로도 가난했던 70년대와 달리, 아파트 한 채와 정규직을 갖고 있는 오늘날, 중산층 지식인이 하층 노무자와 완전히 다른 세상에서 살고 있어서 그런 것인가? 계급 분화가 본격화돼 중산층과 하류층이 철저하게 분리된 만큼 '하류 인생'들의 고통은 '시민 계층'한테 남의 일이 되고 말았다.

그러나 2000년대의 전태일들에게 무관심한 이들은 기억해야 할 게 있다. 대공황 시대에 영원한 정규직도 영원한 중산층도 없다는 것이다. 설령 본인은 중산층으로 남아도 '88만원 세대'에 속하는 그 자녀들이 '하류 인생'을 면할 보장은 없다. 우리가 '밑'의 고통에 관심을 끄고 '나만의 인생'을 즐기는 길을 택할 경우, 무관심이라는 이름으로 우리가 가하는 폭력은 결국 부메랑처럼 돌아와 우리를 칠 것이다. 아주 아프게.

— 박노자, 『한겨레신문』, 2009. 3. 17.

• 배경: 경제위기 상황에서 이명박 정부가 행하는 노동자, 서민 정책과 정치를 비판하고 사회 약자들의 고통에 무관심한 국민들을 비판하기 위함이다.

• 논점: 시민과 사회는 어떤 미래로 나아가야 할 것인가.

• 오류: 첫째, 시의성을 놓친 글이다. 아직도 20세기에 살고 있는 듯하다. "2000년대의 전태일들에게 무관심한 이들은 기억해야 할 게 있다. 대공황 시대에 영원한 정규직도 영원한 중산층도 없다는 것이다"는 박노자의 말이

글쓰기의 기적

공허하게 느껴진다. 둘째, 중요한 건 지금 우리가 이 시대에 살고 있다는 것이다. 모든 게 무너진 것이 지금 이 시대다. 이와 비교해 같은 날 실린 중앙일보 문창극의 「만들어가는 세상」은 21세기적이다. 채점자들은 두 글 중 문창극의 글에 점수를 더 주게 된다.

Case Study 8. 논리비약, 모순

미네르바와 국가의 품격

인터넷 논객인 미네르바의 구속과 관련하여 여론이 분분하다. 검찰은 미네르바가 공익을 해할 목적으로 인터넷에 허위사실을 유포하였기 때문에 실정법을 위반했다고 보고 있다. 그러나 일각에서는 검찰측 주장의 논거가 희박하며, 이번 구속은 헌법에 보장된 표현의 자유를 심각하게 침해했다는 주장도 있다.

나는 미네르바의 말 한마디에, 그렇지 않았다면 꿈쩍도 하지 않았을 외환시장이 요동쳤다는 주장에는 선뜻 수긍할 수가 없다. 우리나라 외환시장의 딜러들은 경제학 교과서가 전제로 하는 '합리성'을 구비하고 있으며, 이에 근거해서 행동하는 사람들이라고 믿기 때문이다. 더구나 기획재정부가 '환율 관리국가'라는 국제적 비난을 감수하면서 외환시장 개입을 공식적으로 법정에서 증언할 수 있을지도 의문이다. 입증하기 어려운, 아니 입증할 수 없는 문제를 문제시하느라 더 이상 시간과 자원을 낭비할 것이 아니라, 미네르바 논란은 이 정도에서 끝내는 것이 국익을 위해서도 바람직하다.

그러나 미네르바에 대한 사법처리 문제를 차치하고라도 미네르바 현상은 우리에게 몇 가지 생각할 거리를 제공해 주고 있다.

먼저 국가의 품격, 즉 국격(國格)에 관한 부분이다. 오죽했으면 미네르바의 주장에 사회가 그토록 열광했을까. 그의 주장이 옳다면 그와 같은 주장을 펼쳤던 사람이 희소했다는 것이 문제고, 그의 주장이 잘못된 것이라면 그런 잘못된 주장에 일희일비하는 사회가 문제다. 어떤 경우이건 미네르바 현상은 우리 사회의 수준이 아직도 얼마나 낮은가를 잘 보여주고 있다.

이런 의미에서 경제학을 공부하는 연구자이자 후학을 양성하는 교수인 나는 무거운 책임감을 느낀다. 우리 사회에 조금 더 훌륭한 경제학자가 많았다면 어쩌면 미네르바는 훨씬 많은 원군을 얻었거나, 또는 진작 그 주장의 터무니없음이 드러났을 것이기 때문이다.

한 나라의 경제가 지속적으로 성장하기 위해서는 인적 자본의 축적이 매우 중요하다. 유능하고 생산성이 높은 인적 자본을 지속적으로 창출하는 경제만이 경제성장에 필수적인 기술혁신을 이룩해낼 수 있기 때문이다. 이번 미네르바 현상은 우리 사회가 아직도 인적 자본을 충분히 축적하지 못하고 있다는 것을 단적으로 보여준 사례이다.

인적 자본의 축적은 물론 교육기관이 일차적으로 담당한다. 그러나 교육기관만이 인적 자본의 형성에 책임을 지는 것은 아니다. 사회의 모든 부문이 이 문제에 관심을 가져야 한다. 특히 인적 자본의 형성이 지체되거나 축적된 인적 자본이 소모되기 쉬운 불황기에는 더욱 그러하다.

예를 하나 들어 보자. 최근 정부는 공공기관의 구조조정을 재촉하며 1만9000개의 일자리가 줄어들 것이라고 밝혔다. 물론 이를 통해 공공기관은 단기적인 비용절감을 이룩할 수 있을지도 모른다. 그러나 우리나라의 공공부문은 전체 인력수가 문제가 아니라 필요한 부문에 인력이 모자라고, 불필요한 부문에 인력이 많은 불균형이 문제다. 또한 섣부른 구조조정은 인적 자본의 축적을 저해하는 부작용을 초래하기 십상이다. 생각해 보라. 조만간 타의에 의해 회사를 그만둘 수밖에 없는 상황이라면 그 누가 그 회사에 유익한 인적 자본을 축적하기 위해 노력할 것인가. 이들은 인적 자본의 축적을 아예 포기한 채 시간을 무의미하게 보내거나, 설사 인적 자본을 축적하더라도, 어디에서나 통용될 수 있는 자격증의 획득에 열을 올리게 될 것이다. 또 그 가족의 인적 자본 투자도 어려워지고 이들의 구매력 약화로 또 다른 불경기 현상이 나타난다. 요즘과 같은 불황에는 공공부문 인력을 줄이기보다는 오히려 늘려야 한다. 앞으로 다가올지 모르는 사기업의 대량해고 사태에 완충역할을 하도록 말이다.

우리 사회는 더 훌륭한 인재를 필요로 하고 있다. 더 훌륭한 경제관료, 더 훌륭한 사법부, 더 훌륭한 시장참가자가 필요하다. 이들이 더 많이 출현하고 이들이 안정적인 여건에서 그 뜻을 펼칠 수 있도록 보장하는 것이 국가의 역할이다. 이를 위해서는 장기적인 안목과 참을성 있는 투자가 필요하다. 인재란 콩나물처럼 며칠 만에 키울 수 있는 게 아니기 때문이다. 미네르바 현상의 참다운 교훈이

• **배경**: 미네르바 사건은 2008년 하반기 미네르바라는 필명으로 인터넷 포털사이트 다음 아고라에서 2008년 하반기 리먼 브라더스의 부실과 환율폭등 및 금융위기의 심각성 그리고 당시 대한민국 경제추이를 예견하는 글로 주목을 받던 인터넷 논객 박대성(1978년) 씨가 허위사실 유포혐의로 체포 및 구속되었다가 무죄로 석방된 사건이다. 이후 박대성 씨는 허위사실유포죄에 해당 하는 전기통신위반법 47조 1항에 대한 헌법소원심판을 청구하였고, 위헌판결을 받았다.(출처: 위키피디아) 칼럼 필자는 미네르바 현상을 통해 우리 사회의 문제점을 점검하고자 하였다.

• **쟁점**: 우리 사회에서 미네르바 현상이 일어나게 된 배경은 무엇인가.

• **오류**: '경제의 지속적인 성장'은 엉뚱하다. '한 나라의 경제가 지속적으로 성장하기 위해서는 인적 자본의 축적이 매우 중요하다. 유능하고 생산성이 높은 인적 자본을 지속적으로 창출하는 경제만이 경제 성장에 필수적인 기술혁신을 이룩해낼 수 있기 때문이다. 이번 미네르바 현상은 우리 사회가 아직도 인적 자본을 충분히 축적하지 못하고 있다는 것을 단적으로 보여준 사례이다. 교육자로서 인적 자본의 관점에서 미네르바 현상을 해석하려고 하지만 본인이 경제교육자라는 점에서 마치 그 책임이 남에게 있는 것처럼 이야기하고 있다.

미네르바의 주장에 동조하거나 반론을 할 수 있는 인적 자본이 없다는 의견은 가능할 수 있지만, 경제 성장을 위해 인적 자본의 축적이 중요하다는

글쓰기의 기적

것은 글의 맥락과 전혀 무관하다. 미네르바 현상을 막기 위해 '인적 자본의 축적'이 필요한데, 오히려 경제 성장을 설명하기 위해 인적 자본의 축적을 얘기하고, 억지로 미네르바 현상을 곁가지로 끼워 넣은 격이다.

Case Study 9. 잘못된 인용: 지나친 확대해석의 사례

존경받지 못하는 국민

존경받지 못하는 국민. 이명박 대통령이 가장 두려워하는 문제란다. 독자들에게 생게망게하게 들리겠지만 청와대 공식 발표다. 1인당 국민소득이 3만달러, 4만달러가 되더라도 다른 나라로부터 존경받지 못하는 국민이나 국가가 되지 않을까 가장 두렵단다.

어떤가. 국민의 존엄성을 걱정하는 대통령의 정성에 감동해야 옳을까. 미처 몰랐다며 사과라도 할까. 대통령의 말을 기자들에게 사뭇 진지하게 전한 청와대 깜냥도 궁금하다.

대통령 말은 국가브랜드위원회 첫 자리에서 나왔다. 대통령은 '브랜드'를 높이는 게 세계적 금융위기 속에서 도움이 된다고 부르댔다. 물론 '브랜드 시대'나 '글로벌 마케팅' 또는 '네이밍' 따위의 영어를 즐겨 쓰는 윤똑똑이들에게 대통령 발언은 '옥음'이었을 터다. 그러나 이명박 정권이 권장하는 '구조조정'으로 일터에서 퇴출당한 국민에겐 어떻게 들렸을까. 생존권을 지키려고 옥상 망루에 올라간 지 하루 만에 참혹한 주검으로 돌아온 가장의 유족들은 대통령 말을 어떻게 들었을까.

위원장이 저 소문난 '신자유주의 대학총장' 어윤대인 탓일까. 국가브랜드위원회도 뜬금없기로 대통령과 어금지금하다. '배려하고 사랑받는 대한민국'이 '국가 비전'이란다. 덴마크 수준의 '국격'을 갖추겠다고 기염이다. 대통령은 선심 쓰듯 "적극 지원"을 약속했다.

배려하고 사랑받는 대한민국? '브랜드' 논리로도 어설프기 짝이 없다. '브랜드'를 제대로 공부한 사람들은 그것이 한낱 외형의 문제가 아님을 통찰했다. 고갱이가 될 가치로 내실을 다지지 않으면 천문학적 돈으로 치장한 '브랜딩 전략'을 세워도 실패한다는 게 최근의 연구 성과다. 외부 '이미지'만 높일 게 아니라 내부 구성원에게 자부심을 줌으로써 결속력 다지는 걸 '성공의 조건'으로 제시한다. 그 과정 없이 아무리 '배려와 사랑'을 외쳐도, 국민 혈세를 쏟아부어도, 나라 안팎의 '브랜드 교수'들 배만 불릴 뿐이다. 경찰 투입으로 국민 5명이 숨져도 되술래잡는 국가에 누가 자부심을 느낄까. 덴마크와 달리 사회보장이 전혀 없는 나라, 그럼에도 최저임금을 깎겠다는 대통령에게 부닐며 '배려하고 사랑받는 대한민국'을 노래하는 저들을 무엇이라 부를까.

그래서다. 이미 세계적으로 파산된 가치인 '신자유주의'에 더해 공안통치를 일삼는 대통령이 참으로 '국가 브랜드'를 높이겠다면 가장 먼저 할 일이 있다. 성찰이다. 교회 장로의 문법으로 말하면 '회개'다.

장로로서 자신을 톺아보기 바란다. 후보 시절 국민의 위대성을 들먹이지 않았던가. 취임 때 국민을 섬기겠다고 약속하지 않았던가. 모두 "선거 때 무슨 말을 못 하느냐" 따위의 천박한 사고에서 나온 거짓말인가?

국민소득 3만달러, 4만달러가 되어도 국민이 존경받지 못하는 게 가장 두렵다는 대통령에게 쓴웃음으로 쓴다. 3만달러 아니어도 좋다. 경제 살려라. 지금도 살찐 부자들의 경제가 아니다. 국민 대다수인 민중의 경제적 고통을 보듬어가라. 신자유주의 경제정책에서 하루라도 빨리 벗어나야 옳다. 임금 삭감이 아니라 노동시간을 줄여 일자리를 늘릴 때다. 내수 중심으로 방향 전환이 한국 경제가 살아나는 길이다.

'존경받지 못하는 국민'은 더더욱 정치인 이명박이 우려할 문제가 아니다. '브랜드' 타령으로 혈세를 탕진할 일도 아니다. 진실로 이르니 대통령 자신부터 국민을 존경하라. 아니, 존경까지 바라지 않는다. 다만, 더는 죽이지 말라. 지금 이 순간도 오열하고 있는 철거민 유족을 겸손하게 찾아가라. 그게 보수와 진보를 떠나 국가의 품격을 조금이라도 높이는 길이다.

— 손석춘, 『한겨레신문』, 2009. 3. 19.

• 배경: 2009년 3월 17일 이명박 대통령이 청와대에서 국가브랜드위원회 제1차 회의를 주재한 자리에서 "정부가 목표로 하는 선진일류국가는 단순히 1인당 소득이 얼마냐 하는 것 보다 모든 분야에서 선진일류 수준에 도달하는 것을 말한다"며 "잘 사는 나라도 중요하지만 존경 받고 사랑 받는 나라

가 더 중요하다”고 말했다.

필자 손석춘은 이명박 대통령이 대통령 직속기구로 국가브랜드위원회를 만들어 첫 회의를 주재하면서 한 인사말을 가지고 대통령을 강하게 비판하였다.

• 논점: 그렇다면 대통령의 매우 일상적인 직무관련 발언은 어떻게 해야 하나.

• 오류: 국가브랜드의 중요성을 강조하려고 언급한 발언을 문제 삼아 마치 큰 잘못된 발언이나 되는 것처럼 침소봉대하는 오류를 낳고 있다.

'존경받지 못하는 국민'이라는 칼럼 제목부터 이상하다. 읽어보니 대통령의 발언 가운데 “존경받지 못하는 국민이나 국가가 되지 않을까” 걱정하는 마음이 담긴 말이었다. 국가가 국가브랜드의 중요성을 인식해서 위원회를 만들고 브랜드를 높이는 방안을 강구하는 것을 비판할 수도 있다. 이 글은 노동자들이 구조조정을 당하고 노동자들이 생존권을 지키기 위해 극단의 선택을 해야 하는 나라에 무슨 한가한 소리를 하느냐 하는 주장을 하려는 것이 핵심 메시지인 듯하다. 글에서 내실을 다지지 않으면 천문학적 돈으로 치장한 '브랜딩 전략'을 세워도 실패한다는 게 최근의 연구 성과다. 언급했듯이 국가브랜드를 높이겠다고 떠벌리지 말고 국민들이 자부심을 느낄 수 있게 하는 것이 제대로 된 브랜딩임을 강조하려는 것이다.

그러나 글은 그런 핵심메시지는 가려지고 이명박 대통령의 발언, “다른 나라로부터 존경받지 못하는 국민이나 국가가 되지 않을까 가장 두렵다”만을 문제 삼는 데 집중하고 있다. 이것은 주제와는 어긋나는 주장이다. 이명

글쓰기의 기적

박 대통령 자신이 국민들을 존경하지 않는데 어찌 다른 나라로부터 국민들이 존경받지 못할까 걱정하느냐 하는 것이 글의 핵심이 된 것이다. 이 주장은 설득력을 갖기 어렵다. 왜냐하면 이명박 대통령은 항상 연설을 할 때 하는 '존경하는 국민 여러분'이라는 말을 떼고 이야기를 시작하므로 무엇을 기준으로 존경하지 않는다고 하는지 애매하다. 노동자들을 사지로 내몰고 있다고는 하나 그것과 대통령이 국민을 존경하지 않는다고 단정 짓는 아무런 연결고리가 없다.

결국 이명박 대통령을 비판하기 위해 억지로 국가브랜드를 빌려온 것이라 할 수 있다. 그러다 보니 논지가 흐려지고 글의 전후반이 서로 다른 말을 하게 된다. 대통령의 브랜드 관련 발언을 문제 삼아 대통령의 무엇을 비판하려는지 분명치 않다. 이는 지나친 확대해석의 사례로 볼 수 있다. 이것의 단초는 잘못된 인용에서부터 비롯되었다고 할 수 있다.

• **비교**: 같은 날 김미경 일본 히로시마 시립대 부교수 「'아, 대한민국 브랜드」(『조선일보』, 2009년 3월 19일)의 글은 브랜드 정책 문제를 잘 설명하고 있다.

Case Study 10. 잘못된 전제, 단정적 결론의 오류

반미 시대는 끝났는가

오바마 열풍이 어느 정도 수그러들었다. 이제 그의 당선 의미를 우리 입장에서 바라볼 때가 되었다. 그의 당선이 역사적인 사건이라는 점을 부정하는 사람은 없을 것이다. "오바마는 아프리카 출신이다"라는 아프리카인들부터 '버락 후세인'이라는 무슬림 선지자 이름을 딴 오바마를 감히 배척할 수 없는 이란 근본주의자들에 이르기까지 그는 범지구적 지지를 받았다. 미국은 최근 들어 도덕적 명분을 갖는 세계의 지도국이기보다는 힘에만 의존하려는 제국으로 타락하고 있다는 비난을 받았다. 지도국이 되려면 군사력·경제력뿐 아니라 국제적으로 좋은 이미지를 주는 문화, 국제여론 존중 같은 소프트파워가 필요한데 부시 이후 미국은 이런 점을 무시했다. 국제적 협력보다는 일방주의, 대화보다는 무력을 앞세웠다는 비난을 받았다. 모든 국가가 그의 당선을 기뻐한 것은 이 같은 미국이 변화하리라는 기대 때문일 것이다.

미국은 탄생부터 꿈을 주는 나라였다. 구 유럽이 절대왕정의 질곡 속에서 헤맬 때 미국의 건국 아버지들은 자유와 평등, 그리고 인간의 존엄을 내세우며 나라를 세웠다. 미국은 역사에서 길을 잃을 때마다 이 건국의 꿈을 좇아 원래의 길로 돌아오곤 했다. 오바마 역시 이 '꿈'을 앞세우고 당선됐다. 그 꿈을 따라 미국은 지금보다 더 나은 나라로 전진해 나갈 것이다. 이는 세계를 위해서도 바람직한 일이다. 그렇다면 앞으로 세상은 평화로워질까. 알카에다나 오사마 빈 라덴도 이제는 테러를 중지할까. 북한은 핵개발을 포기하고 세계질서 안으로 복귀할까. 반미의 시대는 이제 끝난 것일까. 안타까운 말이지만 나는 그렇게 보지 않는다.

제1차세계대전을 겪으면서 윌슨이, 2차세계대전 때 프랭클린 루스벨트가, 베트남전 이후 카터 대통령이 이상주의를 표방했다. 네오콘 같은 냉혹한 현실주의를 이어 오바마의 이상주의 출현은 어쩌면 미국으로서는 너무나 당연한 것이다. 그러나 문제는 이상주의가 언제나 평화를 보장하지는 못했다는 것이다. 국제정치의 권력적 측면, 즉 자국 이익 중심, 힘 중심의 질서는 쉽게 변하지 않기 때문이다. 이라크전쟁에 대한 반동으로 오바마가 개입주의를 포기하고 고립주의를 택하게 된다면 미국이 빠진 자리에 힘의 공백이 생겨 세계는 오히려 더 불안정하게 될 수도 있다. 오바마는 이미 경제문제에 있어서 자유무역보다는 보호주의적 경향을 보이기 시작했다. 또 오바마가 큰 틀로서 도덕과 국제적 협력을 앞세웠지만 그 역시 미국 국가 이익이라는 자국 중심 한계는 벗어나지 못하고 있다.

그의 출현으로 보다 바람직한 국제환경이 조성될 수 있지만 그것이 한국에 반드시 득이 된다고는 말할 수 없다. 여기에 우리 외교의 고민이 있다. 한·미 자유무역협정(FTA)만 해도 오바마는 미국의 자동차 산업을 보호한다는 명분으로 반대하고 있다. 한·미 FTA 내용이 미국에 손해라는 것이다. 혹시 미국이 보호주의 쪽으로 더 가게 된다면 우리에게는 치명적이다. 우리는 수출로 먹고사는 나라이기 때문이다. 북핵 문제도 그렇다. 오바마는 부시보다도 북핵 해결을 더 서두를 것이다. 사실 미국에 북한 핵은 큰 위협이 아니다. 그들은 세계전략 차원에서 북한 핵의 국제확산만 막으면 된다. 그러나 우리는 다르다. 북한 핵은 우리를 직접 위협하기 때문이다. 큰 눈으로 세계를 보는 미국과, 북한에 집중하고 있는 우리는 시야가 다를 수밖에 없다. 솔직히 동맹국으로서 우리가 지금까지 누렸던 이득은 오바마 등장 이후 오히려 줄어들 수밖에 없다. G20 회의에 우리가 참여하고, 쇠고기 수입을 재협상하고, 원-달러 스와프로 외환위기를 완화한 데는 한·미동맹이라는 힘이 컸다. 그러나 오바마의 미국은 특정동맹보다 전 세계를 골고루 생각하려 할 것이다.

오바마의 등장이 한국 내에서의 반미감정에 어떤 영향을 미칠지 궁금하다. 한국 정치에서 반미는 단순한 반미가 아니라 북한과 연계된 하나의 절대적인 지형이다. 북한이 친미로 되기 힘들 듯이 우리 내부도 그 도는 약해질지 모르겠지만 반미세력이 친미로 변하기는 어려울 것이다. 문제는 오바마 같은 이상주의자도 자국의 경제이익을 더 생각한다는 점이 우리로서는 결코 반갑지 않다. 그렇다면 맹목적으로 오바마에게 박수만 칠 것이 아니라 이제는 우리도 우리의 국익을 최대로 증대시키는 방안이 무엇인지 고민해야 한다. 혹시 이명박 정부가 보

• **배경**: 미국 건국 232년만에 흑인으로서 최초로 대통령으로 선출됐다. 미국 44~45대 대통령 버락 후세인 오바마 주니어(Barack Hussein Obama. Jr)는 1961년 미국 하와이에서 영국계 미국인이며 백인인 어머니 스탠리 앤 던햄과 케냐 식민지 니안자주 니양오마 코겔로 출신의 루오족 출신인 아버지 버락 오바마 시니어 사이에서 태어났다. 1996년 오바마는 일리노이주 상원의원에 선출되면서 정치를 시작했으며 2004년 미국 상원의원으로 출마해 당선됐다. 2007년 2월 10일, 오바마는 일리노이 스프링필드의 옛 주 정부 청사 건물 앞에서 미국 대통령 선거 출마를 발표하였다. 이곳은 에이브러햄 링컨 대통령이 1858년 역사적인 "갈라진 집" 연설을 했던 곳이 바로 여기였기 때문이었다.

민주당 대통령 후보 경선에서 오바마는 힐러리 클린턴 상원의원을 이겼고, 2008년 11월 4일에 실시한 대통령 선거에서 공화당 대선 후보인 존 매케인과 대결해 제44대 미국 대통령으로 당선됐다.

• **논점**: 미국의 새 대통령 오바마의 등장에 세계가 환호하며 열광했다. 오바마 대통령이 구세주도 아니고 그 또한 미국의 이익을 추구해나갈 미국의 대통령이고 보면 한국의 이익과 결부되지 않을 때 어떻게 할 것인가 하고 생각해볼 것을 주문하고 있다. 비근한 예가 당시 뜨거운 감자였던 한미 FTA

에 대한 오바마의 태도를 들고 있다. 또한 더욱 절실한 문제로서 북핵을 예로 들고 있다. 과연 오바마의 미국이 전 세계인의 공통의 문제에 관심을 가진 나머지 국지적인 위험 요소에 얼마나 관심을 가질 것인가 하는 의문은 자연스럽다. 이 글의 전개 흐름에서 반전의 지점을 살펴보면 "미국은 역사에서 길을 잃을 때마다 이 건국의 꿈을 좇아 원래의 길로 돌아오곤 했다. 오바마 역시 이 '꿈'을 앞세우고 당선됐다. 그 꿈을 따라 미국은 지금보다 더 나은 나라로 전진해 나갈 것이다. 이는 세계를 위해서도 바람직한 일이다." 라고 꿈과 희망, 자유와 평등, 인간의 존엄에 기초한 미국의 정신을 이야기하고 있다. 그런데 그 다음 이어지는 의문, "그렇다면 앞으로 세상은 평화로워질까." 라고 이어지는 연결은 매우 어색해 보인다. 미국이 바람직한 선택을 했으므로 앞으로 세상은 평화로워질 것이라고 해야 흐름이 자연스러울 법하다.

• **오류**: 결정적인 패착을 초래한 생각의 줄기는 오바마의 등장에 한국의 반미주의자들이 열광하지만 과연 그들이 친미주의자가 될 수 있을까? 하는 의문이다. 이로 인해 잘못된 결론으로 귀결됐다. 오마바의 등장에 세계의 이목과 기대가 집중돼있지만 실제로는 기대한 대로 이뤄지지는 않을 것이라고 지적한 것이다.

문제는 이 전제, 즉 "세상은 평화로워질 것"이라는 전제와 그렇지 못한 현실 사이의 괴리를 어떻게 설명해낼 것인가 하는 것이다. 그것을 필자는 안타까운 말이지만 자신은 그렇게 보지 않는다고 단정 짓고 있다. 이 반전에 문제가 있다. 이것을 이렇게 바꾸면 어떨까? "그럼에도 불구하고 세상은 평화롭지 못하다" 알카에다나 오사마 빈 라덴도 이제는 테러를 중지할까. 북한은 핵개발을 포기하고 세계질서 안으로 복귀할까. 반미의 시대는 이제 끝난 것일까. "미국의 꿈을 실현해줄 인물을 선택했음에도 불구하고 세상은 달라지지 않는 것일까?"라고. 여기까지는 어김없는 현실이다.

이 의문을 해결하는 것 또한 현실 그 속에 있다. 예컨대 "미국이 바람직한 선택을 했다고 해서 단숨에 평화로운 세계가 올 것이라고 믿는 사람도 없을 것이라고 보면 그리 이상할 것도 없다. 왜냐하면 평화에도 이상적인 목표로서 평화가 있는가 하면, 현실적인 평화, 실체로서의 평화가 있기 마련이다. 이상적인 목표로서의 평화가 현실의 평화를 항상 견인해낼 수는 없는 것이니까."라고 한다면 매우 순조로운 흐름이 되지 않았을까?

그 반전 이후 이 글의 흐름은 매우 답답하고 지나치게 지엽적이고, 지나치게 주관적이다. 전망을 하는 것, 미래를 예측하는 것은 매우 어려운 일이다. 그러므로 쉽게 결론을 내릴 일이 못된다. 이 글은 매우 현실적인 문제를 짚어내려고 시도한 점은 높이 평가할 수 있겠으나 전망의 단계에서 지나치게 예단으로 일관하는 바람에 글이 맥락을 잃고 말았다. 안타깝다. 이 글의 승부를 갈라놓은 곳이 바로 반전의 지점, "나는 그렇게 보지 않는다"이다. 필자는 자신의 예단에 대해 충분한 이유와 근거를 준비했다고 생각하겠지만 전제 자체가 잘못되면, 다시 말해서 방향을 잘못 잡으면 그 결과는 걷잡을 수 없게 되고 만다. 어쩌면 FTA, 북핵문제 등 근거 사례들이 오히려 이 글의 반전의 빌미가 되고 결론이 되고, 결국 이 글의 의제 설정의 단서가 된 것이 아닌가 짐작하게 한다. 이 글은 오바마의 등장에 대한 감동과 흥분을 가라앉히고 현실에 주목하자고 강조하고 있지만, 대의를 멀리하는 바람에 오히려 현실문제를 제대로 보지 못하고 고정된 현실로서 고착화시켜버리는 오류를 드러내고 말았다. 오바마는 과연 그럴 것인가?

오바마의 등장에 환호하고 있지만 미국의 이익과 한국의 이익이 상충될 때 과연 오바마가 어떤 선택을 할 것인가 생각할 때라고 주문하고 있다.

글쓰기의 기적

제3장

논술 학생 사례

세종시 사회통합과 지역간 균형, 상생의 묘책

> ▶ 수정 전

'사느냐 죽느냐 그것이 문제로다' 햄릿이 세종시를 둔 정치권의 공방을 봤다면 이와 같은 말을 했을지도 모르겠다. 2002년 가을 탄생해 그간 숱한 논란과 함께 사형선고를 받았다가 우여곡절 끝에 행정중심복합 도시로 새로 태어난 세종시가 또다시 도마 위에 올랐다. 세종시는 계획도시이다. 계획도시는 필요에 의해 만들어진다. 세종시가 계획된 이유는 '국토 균형발전'과 '수도권 과밀화' 해소의 필요성 때문이었다. 그리고 그 방안으로 고안된 것이 행정의 분할이었다. 정부가 수도권 과밀화 해소를 위해 정책적으로 강제할 수 있는 유일한 수단이 행정의 분할이었기 때문이다.

그러나 정부는 세종시 원안을 전면 수정하겠다는 입장을 밝혔다. 수정된 세종시의 목표는 행정의 분할이 없이 '인구 50만의 자족도시'를 건설하는 것이다. 그러나 행정의 이전이 전제되어 있지 않다는 것은 서울의 과밀화 요소에는 손을 대지 않겠다는 뜻과도 같다. 교육, 기업, 과학 등 온갖 화려한 수식어를 붙여 명품도시를 탄생시킨다 하더라도 한국 인구의 절반이 모여 있는 수도권지역에서 기업과 대학이 이동할리는 만무하며, 정부가 서울공화국을 고집하는 한 기업과 대학이 옮겨갈 이유는 더욱 없기 때문이다. 그렇다면 수정된 세종시의 목표인 인구 50만 도시의 자족성은 어디서부터 오게 될까? 그것은 결국 또 다른 지방의 몫을 빼앗는 결과로 나타날 것이다. 이로써 지방의 대학들은 더더욱 황폐해져 갈 것이고 대기업의 공장과 굴뚝이 없는 지방도시들의 인구는 점점 더 줄어만 갈 수밖에 없게 될 것이다. 이것은 곧 세종시 건설이 서울의 확장을 의미한다는 뜻이기도 하다.

정부는 세종시 수정론은 국가발전을 위한 피할 수 없는 선택이라고 밝히고 있다. 경쟁력 확보를 위해서는 자본과 산업이 집중적으로 투자되어야 한다고 말한다. 그렇다면 과연 서울집중현상이 그대로 유지되어도 좋다는 말일까? 그것이 국가 발전의 원동력이 될 수 있을까? OECD국가 30개국과 G20국가에 속해 있는 나라 중 수도권에 인구 절반이 몰려 있는 나라는 한국이 유일하다. 더군다나 세계주도체제는 G2라는 단극체제에서 G20라는 다극체제로 변화를 맞이하고 있다. 개도국과 신흥국들과의 균형적 발전을 모색하기 위함이다. 뿐만 아니다. 세계평화와 인류 공동의 발전을 위해 세계는 선진국들이 제3세계 경제 발전을 견인할 것을 주문하고 있다. 세계가 지속적으로 발전하고, 모두가 잘 사는 지구촌이 되기 위해 권력을 분산하여 협력을 도모하고, 자원을 배분하여 함께 잘 사는 세계를 만들기 위한 노력인 것이다. 이렇듯 지금의 세계 문명 자체가 '집중'에서 '균형'으로 변해가고 있다.

'효율성'을 따져 수도권 집중화현상에 대해 외면하는 자세는 세계적 흐름과도 상반됨을 알 수 있다.주도권을 나누지 않으면 폭발하고 만다. 서울과 세종시로 정부 기능이 분리해 생기는 비효율 따위와는 비교도 되지 않는 사람이 살 수 없는 괴물도시로 전락할 수도 있다. 결국 세종시는 삶에 임하는 철학의 문제인 것이다. 행정 효율성만 따진다면 당장의 수정론이 일정부분 타당할 수도 있다. 그러나 그런 효율성은 단기적 발상일 뿐이다. 세종시의 성공에서 시작될 지역균형발전과 수도권 과밀화 해소는 당장에 비효율적일지 모르나 멀리는 국가 장래

글쓰기의 기적

를 위해 효율적인 길이 될 것이다. 진정한 선진국, 진정한 명품서울로 만들기 위해선 이러한 장기적 안목이 필요하다. 그럼에도 불구하고 정부는 너무나 큰 국가적 손해 때문에 세종시 원안 추진이 불가하다고 생각하다면 서울을 그대로 두자는 얘기다. 그렇다면 국민들에게 수조원을 들여 허허벌판에 세종시를 세울 필요가 있는지부터 물어야 할 것이다. 본래 세종시 계획 목적이었던 수도권 과밀화 해소 요소가 없어졌기 때문이다. 가능한 한 많은 국민의 여론을 들어 수정안을 만들고 손질해야 한다. 그게 세종시도 잘 되고 충청권도 잘 되고 또 여타 모든 지역도 함께 잘 되게 하는 길이다. 상생의 묘책을 찾아내어 구현하는 노력을 게을리 하지 말기를 정부에 기대해 본다.

▶ 수정 후

'To be or not to be!' 세종시가 어떻게 귀결될 것인가. 세종시를 고수해야 한다는 쪽이든, 세종시 수정안을 주장하는 쪽이든 '사느냐 죽느냐'를 고민하지 않을 수 없을 정도로 국가적 문제가 되고 말았다. 지방에 도시 하나를 건설하는 문제가 어쩌다 국가전체의 운명과 직결되기에 이르렀는지 이해하기 어려운 현상이다. 인구 50만 명의 중소도시 하나를 건설하는 문제는 필요하면 건설하면 될 일이다. 설사 계획했더라도 도중에 도시를 건설할 필요가 없어지면 중단할 수도 있다. 그렇다고 아무도 생사의 문제로 여기지는 않는다. 마찬가지로 사생결단 대결하지도 않는다. 우여곡절을 거듭했던 새만금 문제가 그렇고 여타 신도시 건설과정이 그랬다.

그렇다면 온 나라를 단숨에 반쪽으로 나누고 정치권을 사느냐 죽느냐의 대결구도로 만들고 만 세종시의 문제는 무엇인가? 단순히 지방의 중소도시 건설 차원의 문제가 아닌 것은 분명하다. 그렇다면 남는 것은 수도 서울의 문제이다. 세종시는 곧 서울의 문제인 것이고 그러므로 세종시를 고수하는 쪽이나 수정하는 쪽이나 국가의 운명과 맞닿아 있다는 엄중한 현실이 곧 세종시인 것이다.

정부는 세종시를 그대로, 다시 말해서 일부 행정부처를 옮겨 행정복합도시로 만드는 기존의 방식을 그대로 추진할 수 없다고 못박았다. 행정을 분리시켜서는

제3부 글쓰기 사례 연구

국가발전을 기대할 수 없다는 것이 이유이다. 행정복합도시를 만들었다가는 마치 나라가 결딴날 것처럼 위험한 것이라고 주장하고 있다. 그러면서 행정도시 대신에 교육, 과학, 기업들의 명품도시로 만든다는 대안을 제시하고 있다. 이러한 수정주의자들의 주장은 언뜻 보기에는 그럴 듯하다. 세종시 수정론은 진정한 명품복합도시를 만들기 위한 고민에서 출발한 것이며, 행정부처만으로는 유령도시가 될 뿐이므로 서울대를 위시한 대학, 기업, 과학 연구시설들을 입주토록 하겠다는 계획이다. 이것은 기존의 세종시 계획과 하나도 다르지 않다. 문제는 행정부처를 제외한다는 데 있다.

세종시를 명품도시로 만들겠다고 하면서 이미 오랫동안 여론을 수렴하고 법 개정까지 끝낸 사안을 다시 원점으로 돌려야 하는 이유는 무엇인가. 일부 행정부처를 옮기면 왜 효율성이 떨어지고 큰 일이 나는가. 국무총리실을 위시해서 9개 부처가 함께 옮기는데 행정이 분리되고 효율성이 떨어진다는 것은 무슨 말인가. 그렇다면 대통령제의 폐단을 개혁하는 차원에서 거론되는 내각제 또는 각종 권력분산 시도는 무엇이란 말인가. 세종시 수정론의 본질은 현재의 서울의 문제조차 어떤 변화도 꾀하지 않겠다는 것 아닌가.

세종시가 명품도시가 되는 것도, 유령도시가 되는 것도 서울과 수도권에 달렸다. 아무리 세종시와 서울의 문제를 분리시키려고 해도 이것만은 분명하다. 서울의 인구, 서울의 자원, 서울 수도권의 권력이 가세한다면 명품도시가 될 것이고 서울이 나누어 갖지 않으면 유령도시가 될 뿐이다. 서울이 나누어갖지 않고 세종시가 명품도시이기를 바라는 것은 다른 지방도시의 유령도시를 꾀할 때에야 가능할 일이다. 과연 현 정부는 지금의 서울의 비효율을 지키기 위해 여타 지방도시들을 희생시키면서 세종시를 건설할 것인가.

백 마디 말이 필요 없이 현 정부는 세종시 문제에 앞서 다음 질문에 답부터 해야 한다. 과연 서울집중현상은 그대로 유지되어도 좋다는 것인가? 그것이 국가 발전의 원동력인가? OECD국가 30개국과 G20국가에 속해 있는 나라 중 서울 수도권에 인구 절반이 몰려 있는 나라는 한국이 유일하다. 이런 불균형을 그대로 유지하고서 선진국 대열에 설 수 있는지, 폭발직전에 있는 서울의 문제를 해결하지 않고 국가의 효율성, 서울의 경쟁력을 운위할 수 있는지 정부는 답해야 한다. 이명박 대통령과 정운찬 총리는 적어도 나라를 사느냐 죽느냐 하는 막다른 골목으로 몰아가지 말 일이다. 그것은 국민들 앞에 서울의 문제를 솔직하게 바라보는 것, 서울의 문제에 대해 스스로 질문하는 것으로 해답은 간단히 얻어지기 때문이다.

헌법재판소의 미디어법 판결

▶ 수정 전

민주사회를 지탱하는 덕목 중 하나는 '절차적 정의'다. '결과보다 과정이 중요하다'라고 말하는 이유는 내용의 정당성뿐 아니라 절차의 정당성을 확보해야 정당한 결과를 도출할 수 있기 때문이다. 그러나 지난 29일 헌법재판소가 내린 국회의 미디어법 관련한 판결은 이러한 사회의 상식을 뒤흔들고 있다. '절차는 위법하지만 법안은 유효하다'는 모순적인 판결을 내놓았기 때문이다. 절차의 적법성 여부와 관계없이 일단 통과하면 합법이라는 식의 논리로 비치기도 한다. 이를 두고 인터넷에서는 '위조지폐는 분명한데, 화폐는 맞다', '대리시험을 쳤지만 결과는 유효하다'는 비유의 비판이 일고 있다.

헌재의 결정을 두고 어느 것이 옳다 그르다 판단하기는 쉽지 않다. 헌재가 맡은 '권한쟁의심판'의 핵심이 처리과정의 문제를 다루는 것이었기 때문이다. 국회의원의 심의·표결권이 미디어법 처리과정에서 침해되었는가를 판단하는 것이 중점적인 내용이며 헌재는 그 문제를 분명히 위법이라고 명백히 했다. 절차만 밝히고 결론을 유보한 것이라는 비판을 받을 수 있겠으나 국회의 의사결정의 자율성을 존중해 기각 결정을 내렸다는 헌재의 결정은 과거 노동법과 사학법처리 때와도 비슷하다. 다시 정치적 다툼을 야기하는 판결을 내놓았다는 비판에서는 자유로울 수 없겠지만 여야의 정치적 다툼 속에 어떤 판단이 옳은 것인지는 누구도 답을 내릴 수 없다.

논란이 된 미디어법은 시장적 측면에서 보면 개방이 시대적 흐름이기에 옳은 일이 되지만 여론 환경의 측면에서 보면 대기업과 보수신문의 진출로 인해 여론의 보수화를 촉진하는 위험성 또한 가지고 있다. 법안의 추진과 폐기 어느 것이 옳다고 확신할 수 있는 절대적 근거가 없는 사안인 것이다. 헌재가 이렇게 혼란스러운 결정을 내리게 된 배경은 '문명적 전환'이라 할 수 있는 혼란스러운 현 시대상황과 맞물려있기도 하다. 미디어법은 새로운 미디어환경 속에서 새로운 패러다임을 구축하려는 치열한 갈등관계가 낳은 산물이기 때문이다. 인터넷의 보급과 개인의 위상이 강화되는 추세이며 대의민주주의의 한계마저 부각되는 상황에서 정치세력이 새로운 패러다임의 주도권을 쥐려하는 필연적인 싸움의 과정인 것이다.

현재의 정치적 투쟁을 객관적으로 조율해낼 방법은 이제 어디에도 없다. 헌재에서 다시 국회로 그 결정권이 고스란히 넘어왔다. 이는 국회 내의 입법을 둘러싼 논란은 정치세력간의 대화와 협상을 통해 풀어야 한다는 원칙을 확인하는 것이기도 하다. 미디어법을 둘러싼 혼란을 서로의 잘못으로 지적하는 정치적 투쟁으로 치달아서는 곤란하다. 법적논란에 종지부를 찍은 것에만 만족하지 말고 여당은 헌재의 판단을 겸허히 받아들여야 한다. 위법상태를 시정해 절차적 정당성을 확보하고 '미디어법'의 향방을 야권과 조율해야할 책임이 있다. 그리하여 헌재의 판단을 해석하는 집권당의 태도와 그 결정이 역사 앞에 한 치도 부끄럽지 않은 결정이 되도록 해야 한다.

▶ 수정 후

헌법재판소의 미디어법 결정이 남긴 것

헌법재판소가 내린 결정으로 국민들이 혼란스러워 하는 일이 또다시 발생했다. 국회의 미디어법 통과와 관련해서 헌재가 '절차는 위법하지만 법안은 유효하다'는 모순적인 판결을 내놓았기 때문이다. 민주주의를 지탱하는 덕목 중 하나는 '절차적 정의'다. '결과보다 과정이 중요하다'라고 말하는 이유는 절차의 정당성을 확보해야 정당한 결과를 도출할 수 있기 때문이다. 절차적 정당성 여부와 관계없이 일단 통과하면 합법이라는 논리는 일반 상식에도 어긋난다. 헌재의 이런 결정을 두고 정치권은 저마다 아전인수 격으로 해석하면서 또다시 정치 공방이 격화되고 있다. 이를 두고 인터넷에서는 '위조지폐는 분명한데, 화폐는 맞다', '대리시험을 쳤지만 결과는 유효하다'는 등 헌재를 비꼬는 비판이 일고 있다.

헌재의 결정이 희화화되는 것은 불행한 일이다. 헌재가 맡은 것은 '권한쟁의 심판'이고 표결과정의 문제와 법적 정당성의 문제가 분리될 수 없다는 점에서 헌재가 결정할 문제도 아니다. 절차적 정당성 문제를 지적하고 결론을 유보한 것은 국회의 의사결정의 자율성을 존중한 것으로 어쩌면 당연한 귀결이 아닐 수 없다. 과거 96년 노동법과 2007년 사학법처리 때와도 비슷하다.

논란이 된 미디어법은 정치적 견해가 극명한 사안이다. 시장적 측면에서 보면 매체 간 진입장벽을 낮추는 것은 시대적 흐름이다. 다른 한편에서 주장하는 여론 환경의 다양성 훼손 문제 또한 간과할 수 없는 상황이다. 미디어법 개정의 결과 대기업과 보수신문들이 방송에 진출하는 것은 불을 보듯 하고 그것은 여론의 보수화를 조장할 가능성이 크다. 여론다양성을 해치는 일은 민주주의의 위기와 직결되고 이것은 국가적 불행이 아닐 수 없다. 오늘의 국회파행은 미디어법이 가지는 이 같은 양면성에서 비롯된 것이지 여와 야 어느 일방의 잘못으로 치부할 사안은 아니다. 지금은 '문명적 전환기'이며 그 중심에 매체가 자리 잡고 있다. 미디어법은 매체환경의 새로운 패러다임이며 기준이라는 점에서 정치권의 갈등은 문명적 갈등이고 국가적으로 깊은 고민이 필요한 의제임을 이해할 필요가 있다.

현재의 정치 세력 간 투쟁을 객관적으로 조율해낼 방법은 이제 어디에도 없다. 헌재의 결정은 국회 내의 입법을 둘러싼 어떤 논란이든 정치세력간의 대화와 협상을 통해 풀어야 한다는 원칙을 확인하는 것이기도 하다. 민주주의 체제의 근간은 입법 사법 행정의 3권 분립 정신이다. 이번 헌재 결정은 모든 정치주체가 독립적이며 국회의 존재이유가 무엇인가를 재확인해 주었다. 국회의 문제를 서로 '네 탓'으로 돌리는 식으로는 아무것도, 어느 누구도 해결해주지 못한다

제3부 글쓰기 사례 연구

는 사실 또한 명백해졌다. 국회의 문제를 법적논란으로 해결하는 방식이 관행이 되는 것은 이번으로 끝내야 한다. 여당은 헌재의 판단을 겸허히 받아들이는 자세가 필요하다. 절차적 정당성이 확보되어야 하는 만큼 위법상태는 바로잡아야 한다. 그리하면 야권이 '미디어법'을 문제삼을 이유가 없을 것이다. 집권 세력이 어떤 결정을 하든 그것은 역사가 된다. 국민들은 정부 여당이 역사를 두려워하는 마음으로 미디어법을 처리해 줄 것을 주문하고 있다.

합격자 논술 답안

2008년 『한겨레신문』

논제: 세계 금융위기를 계기로 시장과 정부(또는 국가)의 관계를 조정해야 한다는 주장이 나오고 있다. 이런 주장이 제기되는 맥락을 밝히고, 시장과 정부의 관계가 어떻게 조정될 것으로 보는지 쓰시오.

사회를 구성하는 핵심요소인 정치체제와 경제체제는 서로에게 맞는 파트너를 찾으면서 발전해왔다. 자본주의의 씨앗이 발아할 때는 강력한 전제왕권이 뒷받침됐다. 프랑스혁명 이후 시민사회의 성장은 산업혁명과 궤도를 같이 했다. 시장의 힘이 과잉될 때는 전혀 새로운 체제인 사회주의의 기획이 있었고 독재정권이 출현하기도 했다. 그리고 인류는 민주주의와 자본주의라는 최적의 조합을 찾았다.

20세기에 본격적으로 자리 잡은 민주주의와 자본주의 조합의 역사는 인류 전체 역사를 놓고 볼 땐 무척 짧은 기간이다. 두 체제의 결합은 아직 완성된 것이 아니라 여전히 실험 중이라는 뜻이다. 두 체제가 성장하면서 대공황, 석유파동, 아시아 외환위기 등 여러 가지 실패의 경험도 낳았다. 그 때마다 시장과 정부는 서로 힘을 팽창하고 수축했다. 그런 과정에서 두 요소는 힘의 균형추를 맞추려는 노력을 해왔다.

이번 금융위기는 시장의 힘이 지나치게 커진 데서 비롯됐다. 흔히 시장의 힘을 국가가 제어하지 못해서 발생한 것이라고 한다. 그런데 놓치지 말아야할 것은 잘못된 경제체제의 원인은 잘못된 정치체제를 선택했기 때문이라는 점이다. 시장 자체의 문제도 있지만 시장이 실패를 일으키도록 정치체제가 별다른 수를 쓰지 못한 책임도 있는 것이다. 올해 노벨경제학상을 받은 폴크루그먼 프린스턴대 교수는 최근 저서 '미래를 말하다'에서 경제 발전이 정치발전을 가져오는 게 아니라 정치체제의 변화가 경제 발전을 이끈다고 말했다.

자본주의와 민주주의를 이끄는 선진국들이 세계 금융위기의 대응방안이 '국가공조'의 형태로 나타난 것도 이 때문이다. 경제위기의 해법을 논하는 자리에서 '신 브래턴우즈 체제'니 하면서 새로운 정치체제를 논하고 있는 것이다. 이제 새로운 정치체제의 실험이 필요하다는 데 인식을 공유하고 있다. 물론 이것이 민주주의와 자본주의 조합의 근간을 무너뜨리는 것은 아니다. 앞서 말했듯 이 체제는 여전히 성장 중이며 그 과정에서 시장과 국가의 힘의 균형에 균열이 생긴 것이라고 보는 게 옳다.

그렇다면 정치체제를 어떻게 수정해야 할까. 이번 금융위기가 시장을 지배하는 힘이 비대해져 스스로 실패한 것임을 고려해본다면 이후 논의는 시장 약자의 목소리가 정치체제에 반영되도록 해야 할 것이다. 그동안 시장지배의 힘이 커지면서 일차적 피해는 약자들에게 돌아갔다. 사회 양극화가 바로 그 결과다. 그러나 약자의 목소리가 배제된 정치체제는 별다른 수를 쓰지 못했다. 이번 위기는 시장지배자들의 위기다. 시장지배자의 힘이 정치의 영역을 장악하는 순간 그들의 위기로 되돌아온 것이다. 세계는 금융위기를 탈출할 저마다의 해법을 모색하고 있다. 잊지 말아야할 점은 새로운 정치체제의 수정에서 약자의 목소리가 반영돼야 한다는 것이다. 이번 경험을 바탕으로 시장과 국가의 어긋난 톱니바퀴를 맞물려 사회 발전의 엔진을 가동해야 한다.

논제: 이명박 정부의 종교편향에 대한 자신의 견해를 쓰시오.

최근 정부와 불교계 간 갈등 양상을 보이고 있는 '종교편향'문제는 사실 의제 설정이 정확하게 되지 못했다. 종교편향이라고 하면 특정 종교를 챙기느라 다른 종교를 소홀히 했다는 뜻이고, 이는 소외된 종교계에 적절한 보상을 해주면 해결될 문제로 여겨진다. 그러나 이번 논란은 그렇게 간단히 해결될 문제가 아니다. 이번 논란의 본질은 종교편향이 아니라 정교분리 원칙의 위배라고 해야 옳을 것이다.

우리 사회는 정치와 종교를 분리하는 원칙을 지켜왔다. 이는 헌법에도 명시돼 있다. 그래서 다양한 종교가 큰 충돌 없이 비교적 조화롭게 지내올 수 있었다. 그런데 최근 들어 종교가 정치적 활동에 참여하는 듯한 모습을 종종 볼 수 있다. 이를 우려하는 목소리도 높다. 가까운 예로 천주교정의구현사제단을 들 수 있다. 사제단은 지난해 삼성 비자금 사건을 폭로하고 올해는 촛불집회 때 시국미사를 열어 세간의 이목을 집중시켰다. 이를 두고 꽤 많은 사람들이 종교인이 정치 참여를 한다며 사제단의 행동을 비판했다. 여기서 생각해볼 것은 우리가 종교인의 정치 참여를 금지하는 이유다. 그것은 종교가 정치권력의 옷을 입을 경우 다른 종교를 억압하거나 개인이 다른 종교를 선택할 자유를 침해할 우려가 있기 때문이다. 그렇다면 사제단의 행동이 다른 이들의 자유를 억압했다고 할 수 있을까. 김용철 변호사 옆에서 기자회견을 할 때나 시청광장에서 시국미사를 할 때 그들이 줄기차게 말한 것은 (경제적)정의와 인권과 같은 인간의 기본적이고 보편적인 가치였다. 과연 그들의 행동이 정치적 영향력을 키우기 위한 목적이었다고 말할 수 있을까.

같은 기준을 보수 기독교단체에 갖다대보자. 자신이 양식 있다고 생각하는 사람들은 극우 기독교 단체가 친미집회나 반공집회를 하는 모습을 보고 비판할 것이다. 비판하더라도 자신이 어떤 이유에서 비판하는지 알아야 한다. "예수쟁이가 웬 반공?" 이렇게 해버리면 답이 없다. 종교인이라도 경우에 따라서는 정치적 목소리를 낼 수 있다. 자유나 평등 같은 기본적 가치를 외쳐도 정치적이라고 비판받는 한국 사회에서 종교인이 절대로 정치적이어서는 안 된다는 건 그들은 사회에 아무런 발언을 하지 말라는 뜻과 같다. 따져볼 것은 그들이 내세우는 가치가 인류의 보편적인 가치에 부합하는가이다. 극우 기독교 단체가 비판받는 이유는 그들의 주장이 결과적으로 폭력이나 독재를 옹호하는 쪽으로 귀결되기 때문이지 그들이 종교인이라서가 아니다.

이렇게 본다면 지금까지 '정치에 참여하는 종교'의 문제는 큰 사회적 갈등을 일으키지 않은 수준에서 유지돼왔다고 볼 수 있다. 그러나 이번 종교편향 문제는 정교분리 원칙을 본격적으로 위배한 사례로 기억될 것이다. 개신교와 달리 천주교나 불교의 사제(스님)들은 원칙적으로 공직을 겸할 수 없다. 물론 종교인이 공직을 맡는 것 자체를 탓할 수는 없다. 그러나 한 종교가 공직이라는 지위를 이용해 다른 종교의 자유를 제한한다면 이는 심각한 문제가 될 것이다. 벌써부터 각 지자체에서는 공직사회 복음화, 도시 전체 복음화 같은 억압적인 정책이 수면 위로 떠오르고 있다. 지금은 불교가 직접적인 피해자로 부각돼 종교편향이라는 외양을 띠고 있지만 문제의 본질은 종교편향이 아니라 정교유착이다. 이것의 피해자는 소외받는 특정 종교뿐만 아니라 정교분리라는 합리적인 원칙을 지켜온 우리 사회 전체가 될 것이다.

2008년 『경향신문』

논제: 시민의 이중성, 오늘날 시민은 어떤 존재인가

마스터베이션하는 시민

프랑스 철학자 르네 지라르는 공동체가 유지되는 원리의 하나로 '희생양 메커니즘'을 거론했다. 이 이론은 집단의 폭력성이 높아질 때 구성원들은 '공공의 적'을 찾게 마련이고 그렇게 발견한 적에게 집단적 폭력을 행사한다는 것이다. 희생양을 만들어 비난하는 행위를 통해 구성원들끼리는 도덕적 정당성을 획득하고 동질성을 공유한다. 이른바 '집단적 마스터베이션'인 셈이다.

2008년 촛불집회도 시민들의 집단적 마스터베이션이라는 성격을 드러냈다. 미국산 쇠고기 문제로 시작된 시위는 다양한 이해관계를 가진 사람들이 모여 무수한 구호를 낳았지만 큰 줄기는 '안티 이명박' 의제로 수렴됐다. 불과 반 년 전 우리 손으로 이명박 대통령을 뽑았다는 사실은 망각한 듯했다. 아니 오히려 그 사실이야 말로 시민들이 더더욱 '안티MB'를 외치게 만든 진짜 이유다. 작년 말 대한민국 국민들은 자신의 경제적 이익을 기대하며 이명박을 찍었지만 불과 몇 개월 후 자신들의 기대가 빗나가자 불만이 높아졌다. 그런데 그 불만의 에너지가 자신이 아닌 이명박 대통령에게 향한 것이다. 당시 시청광장을 지배한 정서는 '국민들은 속았다. 이명박이 나쁜 놈이다'였다.

그러나 이명박은 시민들의 뜻대로 희생양이 될 수 없다. 그는 힘이 있기 때문이다. 지지율 20%에서 고전하는 이명박 대통령은 줄줄이 공기업 사장의 옷을 벗기고 KBS사장까지 해임했다. 시위대를 강제 진압했다. 뒤통수를 맞은 시민들은 의제를 바꿔가며 다 꺼진 불씨를 살리려고 애썼지만 정부의 물리적 힘 앞에서 무기력했다. 거기서 시민들이 오직 할 수 있었던 것은 '대한민국은 민주공화국이다'를 외치며 자신들의 민주적 의식을 확인하는 것뿐이었다. 촛불집회 동력이 거의 소진됐던 7월 말 광우병대책회의가 "촛불은 승리했다"고 선언한 것은 이런 마스터베이션의 결정판이다.

촛불집회가 마스터베이션을 넘어서지 못한 이유는 '한미FTA반대'라는 구호로 나아가지 못했기 때문이다. 여기서 한미FTA반대는 안티MB를 넘어서는 정치의식의 상징이라고 할 수 있다. 시위대는 언제나 적극적이었지만 보수언론과 정부가 "미국산 쇠고기 수입 안하면 한미 FTA못한다"며 협박할 때만큼은 침묵했다. 시민들은 반 년 전 자신들의 경제적 이익을 위해 이명박을 찍었던 것처럼 '한미FTA는 국익, 그것은 나의 이익'이라 생각하며 자신의 경제적 이익을 건드리지 않는 범위 안에서 '이명박 씹기'에만 열중했다.

글쓰기의 기적

　　시민들은 물질적 욕망을 추구하면서도 비물질적 가치를 추구하는 것처럼 보이지만 그것은 어디까지나 자신들의 경제적 이익이 보장된 한에서일 뿐이다. 촛불집회에서 수돗물 민영화처럼 자신들의 이익과 밀접한 관련이 있는 의제는 비교적 힘을 얻었지만 비정규직 문제나 미국산 쇠고기 수입으로 가장 큰 피해를 입게 될 농촌 문제 등은 '정치적'이라는 이유로 참여하지 못했다. 이런 이중성이 소위 '속물'이라고 하는 오늘날 시민들의 모습인 것이다. 중소기업을 착취하다시피 하는 대기업들이 사회봉사하는 기사를 보고 감동하거나 부동산 투기로 재산을 불리면서도 사회복지재단에 기부하는 것을 잊지 않는 사람들이 오늘날 우리 사회 시민의식의 현주소이다.

　　시민들이 그렇게 자신들의 이익을 지키려고 애쓰는 사이 사회의 양극화는 계속 진행되고 있다. 양극화란 대다수의 시민들이 마치 자석에 이끌리는 철가루같이 빈곤이라는 극으로 빨려간다는 걸 뜻한다. 모두가 자신의 생존을 지키기 위해 최선을 다하는데도 이 흐름은 거스를 수 없다. 이런 상황에서 내 밥그릇만 지키면 된다고 생각하며 "민주공화국"을 외치는 게 진정한 시민의식일까. 내 밥그릇 소중한 만큼 타인의 밥그릇이 소중하다고 생각할 줄 아는 것이 시민들이 그토록 추종하는 '교양'이고 '우아함'이 아닐까.